THE WINNERS

最後的贏家——下

Fredrik Backman

菲特烈・貝克曼——著

杜蘊慧　譯

大熊鎮——3

目錄

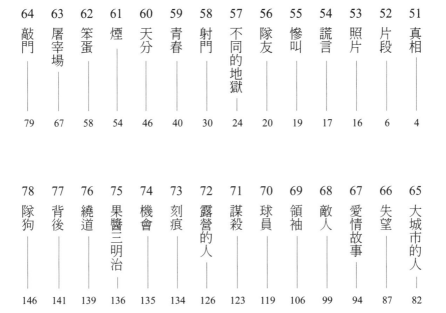

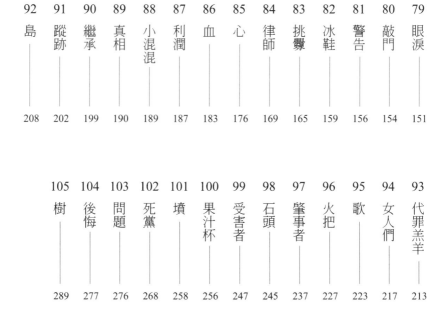

51 真相

「真相」的概念難有定論，但對本地報紙來說，「真相」根本就不存在。主編毫不遲疑地留意到，自己越來越常想起小時候爸爸教她的事：典型的哲學理論──「最簡單的解釋往往就是真相」。

她沒參加葬禮，因為沒人會歡迎她。這裡的人容忍記者，僅此而已。

大熊鎮居民抱怨報紙為海德鎮撐腰，因為報社辦公室在海德鎮；海德鎮居民抱怨所有報紙都討好大熊鎮。沒有中間地帶。你要不跟這些人站在同一陣線，要不就是跟他們做對，你根本不可能贏。她提醒自己，選邊站並不是主編的工作。

她的父親自告奮勇去參加葬禮，因為沒人認得他，經過諸多遲疑，她同意了。「可是別和任何人講話，拍照就好！」她下指令，而他回答得過於爽快。她懷疑地打量他，因為他看來並不像往常那般緊繃生氣；反而顯得很平靜。她記得在長大過程中，凡是他對某個政治人物或知名人士的調查有了突破，而他知道自己「抓到那個渾蛋」時，就是這個神情。「你發現什麼了嗎？」她好奇地問，此時他的臉孔才綻出快樂的笑容，同時往她的辦公桌上放下一大疊紙：她從沒見過的承包商合約影本。此時他在葬禮現場，她在辦公室吃驚地讀著合約，心想就算把老先生關在空空如也的房間裡，他還是拿得出國家機密。

乍看之下，置頂的幾份合約似乎清清白白：它們是有關兩年前的幾塊土地買賣，賣家是議會，買家是本地工廠。交易並沒任何不尋常之處，工廠想擴建，議會需要更多工作機會，售價也符合市價，沒人能抱怨任何細節。但是在這份合約之下，她的爸爸放了幾份他發現的其他合約影本：一份是同一塊地在不久之後的交易合約，這次的賣家是工廠，買家是大熊鎮冰球俱樂部。售價大幅降低了，低到假使售價是正確的，那麼市場必得崩盤，土地價格才有可能比之前低了九成多。對工廠來說看似是一樁賠本交易，但是主編接著看見下一份合約：幾天之後工廠又買了另一塊位於工廠旁邊的地，每個人都知道工廠多年來想買下那塊地。賣家呢？是議會。主編歸納出結論：議會想在不引起任何注意的情況下把土地賤價賣給俱樂部，於是工廠便同意當中間人，交換條件是議會准許他們買下早就相中的地。

看起來已經夠糟了，但還有更糟的：那一大疊合約裡接下來那份顯示，又過了一些時候，議會將冰場旁的同一塊地向大熊鎮冰球俱樂部買回來，也就是議會在第一份合約裡賣掉的那塊地，只不過售價高得多了。因為這次的合約裡講的不光是「土地」，還包括「建物」，交易突然之間包括了俱樂部的「訓練中心」。售價在很長一段時間裡以許多小筆金額付清，但總共價值數百萬。不只這樣：下一份合約是在同一天由同一群人簽的名，決定讓議會允許大熊鎮冰球隊租用它才賣掉的訓練中心，並幾乎是無償使用。

主編不甘心地嘆口氣，因為雖然她看得出來，議會用納稅人的錢挹注冰球俱樂部的手法再明顯不過，這件醜聞卻不夠大到能叫任何一個人認罪。對她的讀者來說太複雜了，不夠刺激，稱不上她爸爸常說的「精采的故事」。那麼當他把這一大疊合約交給她時，為什麼這麼開心？

她一路看完所有合約，到最後才恍然大悟。壓在最底下的不是合約，而是一張電腦輸出的照片。畫面很模糊，但她仍然看得出來是冰場旁的停車場。她爸爸在照片頂端寫下拍照日期，背面寫著：「沒有訓練中心！」

她瞪著照片。納稅人的數百萬元，實地卻什麼都沒有，沒有起重吊臂或是護欄。他們甚至懶得假裝真有其事，深信不會有人發現。說得也對，他們有什麼好擔心的？直到現在，根本沒人質疑他們的各種勾當。

主編向椅背一靠，試著祭出所有的記者訓練，問自己問題：她是否客觀？她是否公平？因為她能看見文件上到處都有彼得・安德森的簽名，但他真的是幕後首腦嗎？這些事發生在他辭掉俱樂部經理職位之後，他為何還簽這些文件？也許他簽的時候並沒想到後果？也許他被騙了？

不，她已經知道爸爸會說什麼：「魚要腐爛，總是先從頭開始，女兒。這是洗錢版本的毒癮，而且已經很多年了，從上位的人開始爛。彼得在訓練中心那筆交易之前辭掉俱樂部經理的工作，恰好能掩飾他們的不法勾當。我不總是教妳？如果有好幾個不同的解釋：選最簡單的那個。」

52 片段

每個人都需要感覺被需要。對某些人來說，那就跟慾望和讚賞和愛一樣重要。對另一些人來說，特別是將一輩子奉獻給某項團體運動的人，被需要的感覺比什麼都重要。

「講得好！」葬禮後，老人邊說邊和彼得握手。

老人背後還有一長排老人，等著和彼得講一樣的話。每個人都想握手，都想聊聊冰球；有幾個人想告訴彼得，他們懷念他還在大熊冰球俱樂部管理階層的時光，希望他能接替拉夢娜在委員會裡的位子。彼得不知道如何對這個想法一笑置之。這是個荒謬的點子，但正如同所有荒謬的點子，聽見的次數越多，它就越來越合理。

「現在跟冰球有關的人都只會掐緊錢包或是搞分析那類狗屁，委員會裡沒有你和拉夢娜這樣的人，就跟沒了心一樣！要像你從前那年代在冰場上打勝仗，可不是像他們現在這樣光是看資料哪！」最後幾位老人之中有一位如此宣布。當眾人終於離開彼得之後，他竟然無法抑止想回到冰球界的渴望。

那種渴望不是你對未來、對夏天、或假期的渴望，而是想再度做回自己的渴望。回到「從前那個年代」，雖然「那個年代」並沒真正存在過，只是我們去蕪存菁的記憶而已。你渴望做回你以為自己曾經是的那個人；在年輕時光中的某一刻，你告訴自己人生並不複雜；你想像假設一切有機會重新來過，你會變成的那個人。對大多數人來說，不渴望最後這個可能性很難；對某些人來說，不渴望是完全不可能的。

教堂裡的人幾乎都走光了。彼得收拾起幾樣個人物品和許多情緒，指尖最後一次撫過拉夢娜的照片。拍照的當下她並不知情，因為沒人敢在她察覺的情況下拍她的照片。照片裡的她很年輕，站在吧檯後的霍格身邊，雙臂向空中高舉，所以電視上肯定有某人剛進了球。甚至也許是彼得。

「只是片段嗎，拉夢娜？我以為妳還能給我們更多片段。我現在……得跟誰聊冰球？」

隨著最後這句話，他的嗓音變得沙啞，眼睛被淚水刺痛。當他轉過身發現其實還有別人，整張臉馬上因為不好意思而灼熱不已。伊莎貝・札克爾仍然坐在第十排的位子上，彷彿正等著輪到她。這位冰球教練和酒吧老闆娘也許稱不上是朋友，但對札克爾來說這已經是她能接受的人際關係極限了。她在熊皮吃煮熟的馬鈴薯，喝微溫的啤酒；她對「對話」的定義極為貧乏，但她和拉夢娜之間的對話，也許比她和鎮上任何人的對話還多。當然，拉蘿娜認為札克爾是個「要命的女人，吃純素，不喝酒，還有誰知道什麼怪毛病」，雖說拉蘿娜總算教會札克爾喝點啤酒，其他的毛病卻無藥可救。不過札克爾對兩件事很在行，贏球和閉嘴，這兩點非常管用。當酒吧裡的老頭們試著告訴札克爾如何訓練球隊，拉蘿娜就會臭罵：「你想學著了解冰球？真的想懂點什麼？那就不應該跟札克爾講話，因為你笨到極點了，她知道的那些事你根本不懂！」沒人知道札克爾的感覺，也許因為她的感覺比我們其他人少多了，也或許她不懂人們為何表現自己的感覺，但是當熊皮酒吧在兩年前被燒毀那次，是她衝進火場救拉蘿娜。她在那次之後可以免費吃馬鈴薯，但仍然得付啤酒錢。畢竟，做慈善事業總有極限。

「對不起……我不打擾妳們兩個了……」彼得抱著歉意說完，開始沿著長椅中央的走道向外走去。

「誰？」札克爾大惑不解，明顯吃了一驚，在彼得走近時向四周張望。

「妳和……我以為妳等著和……」彼得才開口，冰球教練的臉就像冰凍的湖面那樣堅不可破。

「看起來很多人喜歡你的致詞。」札克爾說，似乎非常非常想找個話題和他談，正如某個非常非常不喜歡小孩的大人和小孩講話。

「謝謝。」彼得回答，然後醒悟這是錯誤的答案，因為她並沒說她喜歡。

他從來都不知道該怎麼和她說話，就算他還在俱樂部工作時也一樣，但是他尊敬札克爾的決心。拉蘿娜有一回告訴他，札克爾雖然無法融入大熊鎮，但整個見鬼的星球八成沒有更能讓她融入的角落，哪個地方適合這樣的教練？「叫她去別的城裡當教練？那些地方的人都認為人生有比冰球更重要的事！」

「我聽說你辭掉經理的工作了。」札克爾突然說。

彼得忍不住大笑起來，笑聲在教堂裡迴盪。

「是啊，兩年前。」

「哦？」札克爾回答。

「妳是認真的？妳才聽說嗎？我其實是妳的主管呢，伊莎貝。」彼得微笑。

札克爾毫不在意地回答：「通常我會注意到某個人走掉，是因為另一個人來替補。可是他們還沒找人替補你，所以我以為你只是放假去了。」

彼得的笑聲消失得既迅速又尷尬。俱樂部沒有經理，委員會和札克爾分擔彼得過去的責任；札克爾從前總是忽視彼得對教練的職責建議，因此他始終假設札克爾應該不會留意自己的離開。

為了試著轉移話題，他說：「我聽說妳簽了延長教練合約，恭喜！」

「也不是好事，所有教練都會被炒魷魚。」假如札克爾是會開玩笑的那種人，彼得便會真以為她在說笑話。

「妳用這種眼光看新合約，倒是有趣的反應。」彼得微笑。

幾個穿黑夾克的年輕人開始收拾起教堂後方的椅子，可是札克爾並不想移動的樣子。

「作為冰球教練，你認為最棒的工作是什麼？」她問。假如她是會挖苦人的那種人，他便會真以為她在挖苦他。

「在國家冰球聯盟當教練。」他回答。

「國家冰球聯盟裡哪一隊最棒？」

「贏史丹利盃的那隊。」他回答，帶著些許謹慎。

札克爾點點頭，拿出一點與本性不太符合的耐心。

「過去二十年裡，有十六個教練贏了史丹利盃。五年之後，十六個裡面有三個還沒被開除，兩個主動離職，一個退休，另一個生病。其他九個都被開除，裡面有五個還是兩年之內就被炒魷魚。所以，贏了史丹利盃之後的五年當中，全世界最棒的十六個教練裡只有三個還在當教練。你知道要是照我剛簽的那份合約上講的，我會在大熊鎮待幾年？」

「五年？」彼得猜測。

「五年！所以我當然會被開除。要嘛我們今年成不了聯盟冠軍，我就會被開除；或是我們打贏之後升到更高的聯盟，然後打輸，我也會被開除。永遠有理由開除教練。你應該很清楚這一點，你為了雇用我才開除蘇納，只因為我是女人。」

「不是這……等等……並不是因……」彼得開口辯解，但札克爾聳聳肩：

「那是個錯誤。因為只為了政治正確而雇用女人的問題在於，開除女人成了極度政治不正確的作法。」

「開除妳？俱樂部好幾年沒這麼成功過了！」彼得哀號，開始理解為何每回拉夢娜在熊皮和札克爾講話時都喝得酩酊大醉。

接著札克爾猛然站起來離開，邊走邊說：「我明天要面試一個球員，你要來嗎？」

彼得盡量一起消化接收到的全部訊息。

「什麼？明天？妳明天不是還有球隊訓練？」

「他們不會有事。教練的重要性都被過度誇大了。所有球隊都只會贏三分之一的比賽，輸掉三分之一，剩下能贏最後三分之一的那隊就能得聯盟冠軍，你知道是哪一隊嗎？」

「哪一隊？」

「有最棒球員的那隊。所以我才要去看這個球員；再說，我被罰了，現在不能參加練球。」

「什麼？被罰？」

「委員會收到申訴。我違反了那些新俱樂部價值的其中一條。要是球員違反，就會被罰禁止練球一次，所以我堅持同樣的處罰也應該包括我。你明天到底要不要一起來？」

「什……等等……申訴妳什麼？」

札克爾無力地嘆口氣：「某個女人向我抱怨，某個男孩隊的教練說她兒子隊上的球員全都是沒用的傢伙，不過假使球員媽媽裡有一個還算有姿色，那倒還可原諒，可惜所有球員的媽媽們都很醜。我回她說，那個教練實在不該這樣講話，因為並不是全部的球員都沒用！」

「我猜她誤會妳的意思了？」彼得鬱鬱地推論。

「當然，而且非常生氣。然後她說之前那個教練講，她之所以火氣這麼大，是因為她醜到很久都沒人想和她上床。我回答說，也許不光是因為她的外表，還包括她的個性？這就是為什麼委員會現在得『調查』我，因為我的言語牴觸了委員會的『價值觀』。當然啦，要是我是男人，事情可就不一樣了。」

彼得但願自己隨身帶了阿斯匹靈。

「等一下……妳的意思是假如妳是男的，就不會被調查？」

「我的意思是假如我是男的，應該早就被炒魷魚了。他們立馬開除了那個男孩隊教練。」

「我真不知道該說什麼。」

「所以你是答應了？」

「答應什麼？」

「明天和我去看那個球員？」

她不耐煩地看看時間，像是得趕到別處。

「為什麼找我？妳有波波和——」彼得還沒講完，她便說了大部分人都難以辯駁的理由，對彼得來說更是無法拒絕：「我需要你幫忙。」

「如果能選擇，妳想成為重要的，還是被愛的？」心理醫生不久之前如此問蜜拉；蜜拉至今仍耿耿於懷，幾乎把她逼瘋。她現在坐在教堂停車場裡的車上，心想自己當初應該回答：「如果能選擇，你是要我靜靜付你的帳單，還是把它塞到不見天日的地方？」

李歐在葬禮之後直接騎腳踏車回家，瑪亞和安娜走路，剩下蜜拉獨自坐在車裡等彼得，可是教堂裡全鎮的人都想和他講話。她感覺像是踩進了蟲洞回到許久之前，因為他又成了人物，而她是枯坐等待的那個。她忘了從前多討厭對這一點無法釋懷的自己。

她坐在車裡看著人來人往，其中許多人穿著有大熊鎮冰球隊字樣的上衣，彷彿他們參加的是球賽而不是葬禮；她的腦中才出現「笨蛋鄉巴佬」的評語，就立刻感到羞愧了，雖然她並沒真的大聲說出這五個字。因為那是她母親從前老愛說的：「最糟的病就是嫉妒，無藥可救！」蜜拉真希望她能和這些人一樣馬上又開心起來。某人在某場規則都訂好的比賽裡進了一球就能讓他們興奮到爆炸。她總是希望自己能如此不假思索地愛某件事，活在這類小泡泡裡看起來非常美好，相信自己屬於一件比自己還偉大的事。好像冰球在乎似的。冰球其實根本不鳥我們，或任何人，冰球只管它自己。

她羨慕冰球球迷，如同她羨慕對宗教信仰極度虔誠的人：他們都是盲從的信徒。對這些人來說，每次一同擠在看台上的夥伴最重要，而她和任何事物之間永遠不會有如此重要的凝聚力。

「蜜拉？」

車窗外忽然有男人叫她的名字，受到嚴重驚嚇的她一頭撞在車窗上。

「大尾？幹什……」她氣得想大罵，但他把這個反應當成邀請他擠進副駕駛座。

「哈囉！」他說，彷彿這樣的言行再正常也不過。

「哈囉？」她看著他關上車門的同時警醒地瞥了一下後照鏡，觀察是否有人看見他。

「真是可惜。」他悲哀地說。

蜜拉誤解他的意思，幽幽地說：「是啊……真是遺憾……我很遺憾，大尾。」

他吃驚地看著她：「遺憾什麼？」

她眨巴著眼睛，有些許挫折感：「遺憾……拉蔓娜走了。我知道你們很親。」

大尾的頭左右搖晃：「喔，那我倒不曉得，或許她認為我只是嘴巴永遠閉不上的小丑。」

蜜拉忍不住微笑：「我們大家都這麼認為，燕尾服。但那不代表我們不親。」

他樂了起來，那股活力彷彿能取代上百座政府想在這裡每座小山頭安裝的風力發電機。沒人叫他的本名，每個人都叫他大尾，只有幾個人能叫他燕尾服。他最喜歡這個名字，彷彿有史以來只有他穿燕尾服。

「沒錯，說到這個，我想和妳談談！」他的口氣介於大難臨頭和萬事太平。

「跟你想租給我們的新辦公室有關嗎？我現在不想談那個，燕尾服，老天……我的合夥人希望辦公室在更遠的大城市，彼得希望辦公室在大熊鎮，海德是折衷辦法，我實在……」

大尾防衛性地大搖其頭：「不不，跟辦公室無關。我的意思是，辦公室那事當然還算數！都解決了！不過不是我想談的。這是有關……怎麼說，有點敏感，妳也知道……我不希望聽起來沒心沒肺，可是拉夢娜是大熊冰球俱樂部的委員……所以，妳懂的。」

蜜拉深深嘆氣，深到肋骨似乎都移位了。當然，當然嘍！永遠都跟冰球俱樂部有關，現在也不例外。拉夢娜都還沒入土，就已經得被替換掉了。

「原來如此。可是如果你想要彼得接替她的位子，就不應該跟我談。你得找他，我沒辦……」

她講話的時候，腦中迅速飛過許多畫面，如同上千個小片段的照片，與丈夫在一起的一輩子。她的丈夫。她的丈夫。她能分享的彼得還剩多少？假如她把彼得還給冰球，那麼是否還有多的能分給她？婚姻能否苟延殘喘，再次存活？她好想大叫，叫出所有的沮喪，但大尾又搖了搖頭：「不，不，不是那樣。其實也是，有點是那樣，可是不全是。好啦，委員會的確空了一個位子。可是我們不想要彼得接。我們要妳接。」

剛開始一片沉寂。然後震驚用力擊中蜜拉，她差點賞大尾的臉一巴掌。接著她吼了起來：「什麼……開玩笑……搞什麼鬼……你在講什麼？把我放到委員會幹嘛？」

他努力想要她冷靜，但是反而激起她的懷疑。當他再度開口時，她疑心地聽著。

「不是很好嗎？沒人比妳更知道這個鎮和這個俱樂部。」

她瞪著他良久，滿腹狐疑，直到她悟出一件事，覺得自己真夠笨的：「你是不是做了蠢事，需要律師，所以才來找我。」

大尾的下巴激動地左右搖晃，辯解：「別小看我，尤其是別小看妳自己，蜜拉。律師？如果我真的有需要，難道還找不到上百個律師嗎？我們不需要那些律師，我們只要**最棒的**律師。而且我不知道還有誰比妳更棒。」

奉承比暴風還難招架。蜜拉臉上一紅，非但沒叫大尾閉嘴，反而聽見自己的聲音說：「為什麼？」

「媒體在捅我們的帳。」他靜靜承認，再度檢視後照鏡。

「媒體？有什麼問題嗎？」

「沒問題，沒問題！只是本地報紙而已，那個新來的主編，她一副大城市的派頭，八成認為要是她發現『冰球鎮的祕密』，就能得什麼鬼新聞獎。妳也知道這類的事情。」

他陷入沉默，有那麼一小會時間帶著困窘的神態，不過只是一下下。可是蜜拉能聽見他幾乎說出口的話。她和彼得搬到此處之後的那些年裡，她總是聽見那句話，所有鎮上的老頭都想知道為何本地報紙「只寫冰球的負面報導？」「為什麼冰球老是得到最糟待遇？」老頭們抱怨著，彷彿他們是受迫害的少數族群。「騎馬會摔死人，體操有戀童癖醜聞，可是冰球永遠是最糟糕的！」這些老頭永遠是受害者，永遠受迫害，永遠被貪汙勾結拖累。彷彿他們自己並沒給這項比賽訂規則，從來都毫無任何要求。大尾兩年前開始不談這類事情了，多半是在蜜拉面前絕口不提；但他或許仍然會抱怨，當房間裡只有那些老頭，或是俱樂部成員想防範贊助商予取予求時。他們也許希望在球季最末能由銀行轉帳紀錄決定聯盟排名。「揍人得揍在痛處：也就是他們的錢包。」拉萝娜過去總是如此說。事實上，這是蜜拉記得的少數拉萝娜語錄的其中一句，所以她現在不屑大尾、對他嗤之以鼻是很自然的。

可是大尾又說了：「蜜拉，拜託，委員會上有個律師對我們有好處，我要說的只有這個。我們沒碰上問題，可是現在議會在講合併俱樂部或是另起一個全新的俱樂部，那些該死的記者就開始找碴了，妳也知道會是什麼情況：只要讓他們發現一丁點線索，就能添油加醋把事情講得跟迷宮似的。我們只是覺得委員會裡有個律師很好。妳可以看一下那些文件，為了安全起見。俱樂部不能直接雇用妳，那樣看起來會有貓膩，可是如果錢是問題的話，我已經和其他贊助商講好了，妳的公司在之後幾年裡會負責所有跟大熊鎮商業園區建案有關的法律項目。油水很多，我保證！也許我們明天可以和妳見個面，在妳家？那樣比在妳辦公室好，我會到妳家找妳，就像兩個老朋友聊聊天，要是被人看到的話。」

蜜拉沒正視大尾的眼光，因為她覺得羞愧，她竟然開始說服自己對大尾的提議感興趣；這個提議的結果是為公司帶來油水豐厚的合約，因為其實那是不可能的。真正令她感興趣的是大尾接下來講的話：「當然，這件事只有妳知我知，蜜拉，別跟任何人講，就連彼得也不行。」

蜜拉確實感到羞愧，但是這個提議也有其引人入勝之處：知道冰球俱樂部的核心作法，在所有人都不知情之前發現大熊鎮的祕密。就算她只想在非常短的時間裡享受這項特權，但難道有錯嗎？難道就讓她成了小人？她根本不願想這些，於是便說：「要是被人看到？什麼意思？誰會看到我們？」

53 照片

主編桌上的手機隨著父親傳來的簡訊震動起來。她向前傾身，發現簡訊裡沒有文字，只有三張在葬禮上拍的照片。第一張是彼得・安德森走進教堂，同行的是大熊鎮最惡名昭彰的冰球混混。第二張是彼得・安德森和大熊鎮冰球教練一起走出教堂。第三張是大尾走下蜜拉・安德森的車。

她父親不需要在照片下加任何文字補充，因為他的女兒已經知道他想說什麼：安德森一家還有什麼理由說自己跟大熊鎮冰球毫無瓜葛？

安德森一家就是大熊鎮冰球。

54 謊言

「你明天會在家嗎？」蜜拉若無其事地問。

事後想來，她會認為自己和彼得爭執時最大的問題永遠一樣：他們在應該朝對方跨一步的時候卻向後退；提高音量，而不是放下武裝；記得對方的不是，卻忘記打開自己的耳朵。但是他們最糟糕、最殘忍的罪，是他們不告訴對方所有實情，還說服自己這不算是撒謊。

「什麼意思？妳安排了計畫嗎？」彼得反問，同樣若無其事。

葬禮後，他們在緘默中開車回家，沒握住彼此的手。他的十根指頭放在方向盤上，她的指頭在手機上忙著。此時她在客廳給植物換盆，他在廚房烤麵包；要是她告訴心理醫生這件事，他肯定會興奮得心臟病發：彼得沉迷於創作，而蜜拉費盡心思讓某樣東西存活。她走進廚房裝水時，兩人在水槽邊擦身而過，他的手指沾滿麵粉，她的則沾滿泥土，兩人互問狀似無辜的問題，得到狀似無辜的回答。在一個謊言上疊另一個謊言就是這麼簡單。

「沒，沒事，只是想想而已。我想……我明天想在家工作，所以如果你忙的話，我可以載李歐去學校！」她說。

「是喔？那，好，那也好。我是有點事得處理。我本來想說不會在家，可是……其實也挺蠢的，不是什麼大事……伊莎貝・札克爾問我能不能和她去看一位球員……」他試探性地說，偷覷著她。

「真的？」

「是啊，很蠢吧？」

「才不會，我不是那個意思！只是驚訝而已，沒別的意思。」

彼得在流理台上又撒了些麵粉。

「我就說嘛，根本不合理。甚至也不是俱樂部找我去，只是札克爾自己的想法，說得好像我們是……朋友。」

蜜拉把一盆植物放在水龍頭下，她對於故作冷靜非常在行。

「這樣的話，我想你應該去。」

他自顧自揉麵。同樣幾乎很在行了。

「妳這樣覺得？」

「要是她真需要你幫忙，你也願意，不是嗎？」

「是吧，也許。我們會當天來回，不需要更久。我明天晚上就回到家了，這樣可以嗎？還是妳要我進辦公室？」

他稍嫌迫切想得到她的許可，而她的許可來得稍嫌快速。

「不用，我們應付得來。去吧，沒關係。」

他遲疑地點頭。「那好。」

「就這樣。」她也點頭。

彼得說服自己，他說的句句實言，雖然並沒說出全部的實情，因為他沒說自己有多希望這件事能帶他回到俱樂部。他也沒說這件事讓他又開始做冰球夢，因為現在的情況，姑且不論這到底是什麼情況，對他來說不夠。他沒坦承自己需要「被需要」，自己的「重要性」對他來說很重要。於是他靜靜地繼續烤麵包，把烤盤送進烤箱裡。**砰，砰，砰**，全進烤箱。

另一方面，蜜拉也許知道自己應該把大尾對她說的話和盤托出，告訴彼得委員會請她加入的事，但是她說服自己相信，在這個案例中她的首要身分是律師，不是妻子。因此她默默看著泥土沖進水槽裡，然後拿起另一個花盆，倒空，換進新的土。挖土。什麼也別說。

55 慘叫

在這裡，每個人都和每個人有關聯，由我們看不見的線緊緊繫在一起。當我們事後想起這些日子，也許會留意到黑暗的諷刺：生前認識而且影響許多人的拉萝娜，死後仍然透過她的葬禮深深衝擊她從沒見過的人。今天大熊鎮的每個人都在哀悼她的離去，沒人工作，也就是說工廠得叫海德員工來代班。其中一位年輕女子才剛在幾小時前結束上一班，卻馬上又來報到。她的母親叫她別去了，但是額外的錢和星期天的工作加給好到令人無法拒絕。

「特別是現在，有太多得買的。」年輕女子說。

「妳可得小心，別把自己累壞了，照顧身子比什麼都重要！」母親堅持，年輕女子翻了翻白眼，還是答應了。

她負責在工廠裡操作的機器已經舊了，今天早上她的前一班同事報告機器有問題，但還來不及告訴她。或許她太累，覺得不舒服，可能頭有點暈。之後，工廠的調查人員會針對這點問上千個問題，想讓事情看起來是她自己的錯。但真相是技師沒辦法在暴風雨中前來，管理階層也不敢冒著中斷生產的危險，所以他們在維修單上造了假，讓機器如常運作。操作機器的永遠應該有兩個人，但是由於今天人手不足，年輕女子便獨自操作機器。工安官員正和工廠爭執太多其他事項，所以根本沒人想到要是員工獨自操作時被夾住某個部分的話，緊急停止鈕其實距離太遠了。任何一個聽見慘叫的人都永遠忘不了那個聲音。

56 隊友

葬禮之後，兩個沒參加葬禮的冰球球員在路的另一頭碰見了。其實他們都想向拉夢娜致意，但一個臉皮薄，另一個太羞愧，兩個人都沒辦法說服自己走進教堂。教堂大門打開，人群走出來的時候，羞愧的球員才注意到臉皮薄的球員站在二十公尺之外，於是他向後者走去。

「嗨！」阿麥說。

咕嚕輕輕點頭表示回答。他的嘴唇動了一下，像是要說話，卻沒任何聲音。兩個人手插口袋，肩並肩地站著，眼望教堂。

「我……沒辦法走進去。大家只想問我是不是還會打冰球。」阿麥低聲說。和咕嚕在一起，他忽然覺得可以暢所欲言。

咕嚕只是緩慢地點了點頭，但他的眼神表示他確實了解，於是阿麥絲毫不覺得接下來的問題有任何羞愧之處：「也許我們哪天可以一起練球？就像我們去年那樣？我得恢復之前的體能。不知道札克爾會不會讓我回隊裡，可是我得找地方打球。我……我得繼續打球，你懂我的意思？」

咕嚕又點頭。因為他懂，而且因為他真的很想和阿麥再度一起練球。從前他很討厭那雙極有準頭的手腕和隨時能在空中轉向的冰鞋、來自意想不到之處的射門；但此時的他很想念那些挑戰。冰球應該是困難的運動。

「也許我們可以問管理員，能不能借用冰館一個晚上，或是等湖結冰以後在湖上打。」阿麥說。

咕嚕的頭點得更迫切了些，這個動作也算得上是某種語言。

班吉選擇走教堂後方的小路，西裝披在頭上，像隻怕被發現的貓般輕手輕腳地走，但願沒人攔下他談冰球。在幾百位來賓模糊的嗡嗡交談聲中，幸好他辨認得出14號尺碼球鞋的奔跑，及時力沉雙膝，紮穩腳跟，才免得被波波的熊抱壓斷脊梁，那勢頭媲美以為自己還是嬌小幼犬的碩大成犬。

「**班吉！班吉！！！見鬼，我根本不知道你回來了！你怎麼樣？**」開心但四體不勤的波波，在兩人還沒擁抱完便滾出一串話。

班吉機靈地滑出波波的擁抱，先示意要他小聲，隨後笑了起來：「說真的，我離開之後，你除了吃沒做別的？」

「你自己是啥也沒吃吧？你去的亞洲還是什麼地方，連食物都沒嗎？」波波興奮地踮著腳尖嘻嘻笑著，又撲向班吉再來一次擁抱。

「我也想你。」班吉輕嘆。也許聽來像是在挖苦波波，卻是事實。有一種特殊的愛是朋友無法給予的，只有隊友可以。

「阿麥！咕嚕！看誰來了！」

波波看見兩位隊友在路的另一邊，大吼聲高高越過人群頭頂，同時拽了班吉就往對面走。班吉、阿麥、咕嚕三人異口同聲地朝波波「噓！」了一聲，因為三人都不想吸引任何注意力。但是假如你不想吸引注意力，首先就不該和波波站在一起。

「該死的，波波，你要不要擴音器？我想那些死人大概還沒聽見你的鬼吼！」班吉嘆道。波波看著他的表情像是完全沒聽懂，但仍然開心得要命。

「也許我們可以……去別的地方？」阿麥發現教堂院子裡的人們開始好奇地往這個方向瞧。

班吉迅速點頭，和阿麥一樣渴望遠離此地，於是他們邁開步伐。直走了幾百公尺之後，一切才感到正常；四個大約相同年紀的男孩開始聊起冰球。班吉朝阿麥的肚腩努努嘴，問他：「最近很認真練身體喔？」阿麥笑著回答：「說來話長呢。」然後反問班吉有沒鍛鍊。班吉說：「你也知道，我休息的時候就是在練身體。」四個人都笑起來。波波收到一則簡訊，接著又收到兩則。班吉和阿麥開始虧他，說他八成交了女朋友，但他們沒料到那正是波波最近在忙的事。

泰絲的簡訊說爸媽不在家，也許波波想趁此機會見個面。「我們得想辦法讓我弟弟們有事可忙。」於是波波轉頭問阿麥、班吉、咕嚕，帶著整座森林裡最大最無辜的眼睛：「你們能不能幫我個忙?」

哪種隊友會說不?

波波跟三個人說他去「找輛車」,班吉、阿麥和咕嚕都以為會是正常的車子。波波來接他們時,三人的訝異之情溢於言表。

「搞什麼……露營車?」吃驚的阿麥從車頭到車尾端詳著這部長得過分的車子,它看起來大概有一百歲了。

波波開心地點頭。「是啊!我爸給的!他的狩獵隊給他的。他們都認為這輛車可以報廢,可是我一點一點把它修好了。」

「一點一點?你應該費了很多『一點一點』吧?」班吉笑著上車。

露營車鏽蝕凹凸得厲害,班吉和阿麥一路上以找出任何一個完整零件為樂。原本他們以為雜物箱是完好的,但沒過多久,坐在副駕駛座的班吉膝蓋上便放著雜物箱的拉門和半片儀表板。

「你爸沒有更牢固的東西可以給你?比如三個輪子的滑板之類?」班吉嘻嘻笑。

「說真的,波波,你得罪你爸了嗎?他是不是很氣你?」阿麥大笑,然後告訴班吉和咕嚕,有一次波波偷喝霍格釀的伏特加,又聽人說要在瓶裡加滿水免得被發現。原本一切都很順利,直到波波把酒瓶放回冷凍庫,而第二天得向爸爸解釋冷凍庫裡的「伏特加」怎麼結凍了。

除了波波之外,其餘三人都大笑不止。波波看來若有所思,班吉最後終於問了少有人想知道答案的問題:「你在想什麼,波波?」

波波老實地回答,因為他沒辦法說謊。

「我在想，冷凍庫真是個神奇的東西。你想嘛，把明天到期的肉放進冷凍庫裡一個月，拿出來之後還是可以吃！這不是代表你能讓時間停止嗎？冷凍庫根本就是時光機！」

班吉高高挑起雙眉，高到藏進前額頭髮之下。

「有那麼多東西可以想……可是你只想這個？」

「你不會嗎？我不懂為什麼其他人不會想這類事情咧！」波波回答得非常嚴肅。

班吉和阿麥哈哈大笑，咕嚕仍然靜靜的，不是因為他不懂得幽默，而是因為只有他在納悶到底要去哪。波波被愛沖昏了頭，阿麥也許不了解兩個小鎮的衝突有多深，而班吉一如往常天不怕地不怕。咕嚕的心因為焦慮而下沉，因為他們正直奔海德而去，他知道這夥人出現之後會發生什麼事。

會有大麻煩。

57 不同的地獄

今天強尼和漢娜幾乎同時下班，這樣的機會很少有。他們真的應該在發生這種巧合時去買樂透。他去醫院接她，兩人在車裡像青少年愛侶般接吻，當他企圖進一步時，漢娜大聲笑他的傻氣。她要他像個大人，先帶她回家；可是廂型車又發不動了。幸好漢娜夠愛他，否則漢娜會罵出比「傻瓜」更嚴厲的詞。

他下車檢查問題出在哪裡，並發現手機上有四通未接來電。才幾分鐘之內就有四通？他拿起電話撥給消防隊，卻聽見漢娜打開車門高聲叫他：「親愛的？他們剛打給我！我得回醫院！」

「強尼？你得來一趟！」消防隊那頭同時對他大吼。

強尼嘆了口氣，漢娜也是。他們隔著引擎蓋給對方一個微笑。至少他們共度了幾分鐘，就像呆頭呆腦的青少年。已經難得了。

然後他們各自奔赴崗位。

大熊鎮工廠的生產部門永遠像是裝了政治地雷。它可以左右整個議會選舉結果。兩年前，本地政客理查・西奧曾經提出（至少是表面上）關於失業率的政見，但骨子裡真正的目的是把「大熊鎮工作留給大熊鎮人民」的概念植入鎮民腦中。顯然地，大熊鎮在那段時間裡缺乏工作機會，此時卻是粥多僧少，不過好口號是很難抹滅的。每回管理階層職位或比較好的時段給了大熊人而不是海德人時，來自海德的員工們仍然懷疑是因為決策者有偏好。在如此的情況之下，人們更容易將今天發生在年輕女子身上的事件解釋成非意外。

年輕女子來自海德，通常操作機器的女人則是大熊人。此時後者正在休產假，但代班員工同樣來自大熊鎮，他去參加拉夢娜的葬禮了。於是海德來的年輕女子是替代班者代班；員工報告機器有問題，可是處於壓力之下的經理批准機器繼續運作，他也剛好來自大熊鎮。

理查・西奧的口號很容易記。大熊鎮的工作。大熊鎮的人民。

機器停止運轉時，年輕女子不明就裡。她找同事們來清除障礙物，他們卻全都沒空。她擔心要是等太久，就會拖累自己在工廠新導入的電子控管系統裡的生產數字。於是她試著自己排除障礙。機器發出一陣聲響之後，出乎她意料地再度運作起來，就在那可怕的一瞬之間，她被吸入鋼製機器的齒輪之間，聽見骨頭被軋碎的聲音。唯有當她的肺葉再度吸入少許空氣時，慘叫才得以釋出。像是永遠不會停歇。

我們在那之後會多談後續的麻煩，而少談意外本身；著墨於人們對事件的處理，而不是發生在女子身上的事。消防隊得切開機器救她出來。她痛得幾乎失去意識，還好並無生命危險。她也在工廠工作的兄弟們用力擠開人群找到強尼，強尼才知道漢娜為何被叫回醫院。

「她懷孕了！她懷孕了！」兄弟們歇斯底里地號叫。

救護車一路不踩剎車地直驅醫院，消防車緊緊跟隨，然後是女子兄弟的車；警笛聲響徹森林。他們衝進海德鎮時，整座小鎮都靜止下來。

「讓開！**讓開！清出空間！**」漢娜一邊大喊一邊跑出醫院大門，為救護車的醫護人員清出走道。強尼從消防車上一躍而下，用力攫住兩兄弟，免得他們擋路。

抬著年輕女子的擔架被推進醫院，所有人員緊跟在後，獨留人行道上的血跡。兄弟倆站在原地，無力地盯著它。兩個年輕人幾乎在此同時開著一輛小車駛進停車場；他們比男孩子大不了多少，表情純真，剛冒出的鬍鬚甚至禁不起毛巾的搓揉；對剛才發生的事毫不知情。他們甚至不是醫院員工，只是在醫院旁邊的工地工作而已。車子上放的音樂有點太快樂了，後照鏡上掛了一隻穿著綠色冰球毛衣的小熊。這樣就夠。年輕女子的兄弟把這個當作挑釁，因為他們迫切需要一個理由，隨便哪個都行。

打鬥來得太快，就連強尼都來不及衝進四人之間。其他消防員還沒介入，兩個來自大熊鎮的年輕工地工人已經倒在小車旁的地上，被突如其來的毆打嚇壞了。消防員們把他們拉起來，拍掉他們身上的髒汙，然而此時要兩人冷靜下來已經太晚。他們跳上車倉皇開走，並在往大熊鎮的路上打電話告訴朋友們兩兄弟的作為。其中幾位朋友也在工廠工作。過了一會兒，其中一位兄弟的女朋友停在停車場裡的車子便被破壞了，而她的後車窗上有張海德冰球隊的小貼紙。

事態走下坡的速度永遠都是飛快。

你懷裡抱著最小的人，世界卻顯得從未有的大。你認知到自己成了某人的父母，而且沒人打算阻止你，那時你會感到前所未有的無能感。「我？」助產士跟你說你可以回家的時候，你會如此驚呼：「可是我根本不知道自己在幹嘛！妳要我照顧另一個人類？」

假如你是父母，也許會記得自己剛開始如何抱第一個孩子。如何小心地開車回家。獨坐在黑暗中，不理解究竟該如何確定那個嬌小多皺的生物仍然在呼吸。最窄最小的胸腔上下起伏，偶爾在夢裡發出微弱的嗚咽，或者只是徐徐嘆息，卻能讓你像芭蕾舞伶般踮起腳尖，繞著嬰兒床仔細檢視。那五根小小的指頭緊緊握住你的一根手指，你的心臟也在同一時間攫住了旁邊的肺葉。

身為助產士很奇怪，因為你完美地完成這次的工作，下一個工作卻又幾乎是同時開始，揮別一個家庭之後，歡迎另一個新的家庭，卻根本不認識那些家庭的任何成員。也許這就是這份工作最大的不公平之處：讓你花最多時間，對他們了解最多的母親和孩子們，結局多半是悲劇。

漢娜幾天前在森林裡如何告訴安娜的？「只要一有機會，就得把握快樂的結局。」這也是漢娜對自己的期待，她希望自己的靈魂能經歷夠多喜極而泣和新生兒呼吸的洗禮，因為要不然她不曉得自己該如何捱過這一天。

兩個女人躺在醫院病房的兩頭。一位在暴風雨中的森林裡生產，很快就能帶她的新生兒維達回到大熊鎮的小屋裡。在小維達記憶中，那棟小屋將是他的童年老家，他玩耍的草皮，學騎腳踏車的小路。他打過的雪仗、冰球比賽、第一次心碎、他的第一場戀愛。他所有的人生。

另一位女子會被直升機載往一間更大的醫院，在那裡接受手術接續斷骨；當她終於又回到海德的小屋裡時，卻已經失去她曾經期盼的孩子。她的伴侶認為這次懷孕得花太多錢，但她相信能用星期天加班賺的錢補貼；她會坐在屋子裡，因為絕望而崩潰。幾星期之後，她的伴侶會在儲藏室裡發現一箱嬰兒床，她之前老是念叨著要他組裝起來。他會用力啜泣，彷彿肋骨都要斷裂。在他們的餘生之中，每回走過運動用品店的櫥窗，就不禁認為裡面的腳踏車原本應該有一部是他們的，或是一雙冰鞋。原本有幾萬次冒險和爬樹和跳水塘應該是他們的。幾百萬球沒吃到的冰淇淋。他們永遠不會在聖誕節清早睡眠不足，永遠不用在打電話時以氣音吼：「安靜！」永遠不必在暖爐上烘小小的手套。最大的恐懼和最小的人類，永遠不會是他們的。

明天，工廠將會在報紙報導中誤稱這起事件為「意外」，海德的每個人會說那是大熊鎮的說法；海德這裡則稱之為「出了人命的意外」。很快地，早餐桌上和員工休息室裡就會出現耳語：要是那天操作機器的是那個大熊鎮女人，那個現在生了個健康快樂的寶寶，寶寶名字還跟大熊鎮最糟糕的冰球混混一樣的女人，那麼政客們老早就把工廠翻了個天翻地覆，非找人出來擔責任不可。

也許這樣的說法不盡真實，卻容易得到共鳴。

漢娜和強尼仍然在工作，因此泰絲到圖爾朋友家接小弟弟。剛開始，他不斷追問不同超級英雄的差異之處，很快地又改問起比較哲學性的問題：「為什麼只穿襪子的時候，別人會說你光溜溜；可是如果穿了內褲就不是光溜溜？身上的布不是一樣多嗎？」她忙著聽電話而沒理會弟弟的問題。托拜亞斯和泰德在途中與他們碰面，四個孩子開始準備晚餐。爸爸告訴托拜亞斯可以訂披薩，但是媽媽罵人了，因為她已經交代泰絲不能訂披薩。泰絲告訴漢娜，泰德說托拜亞斯說爸爸說可以訂披薩，他們的媽媽已經累到不想爭論第二手和第三手資訊，所以現在孩子們決定訂披薩。有時候，身為四個孩子的一員有其優點，因為可以利用其他孩子模糊焦點。

「妳聽沒聽我講話？」托拜亞斯問。他看見泰絲在手機上打字，可是不像是在打他的極度特殊要求：雙份乳酪和厚底餅皮不要橄欖只要紅甜椒但是絕對不要黃甜椒，還有其他不及備載。

「嗯。」她回應。

圖爾偷看到一眼手機螢幕，大叫：「妳在傳簡訊！傳給誰？妳為什麼傳愛心圖案？」托拜亞斯和泰德的眼睛立刻睜得又大又圓，彷彿姊姊的人形外皮不小心滑落，露出裡面的蜥蜴皮。

「妳在傳愛心圖案？給誰？」泰德說。

泰絲向來不是家人中會傳情緒化簡訊的人，一張臉又羞又怒地漲得通紅。

「你們想活命的話就別多管閒事！」

要是托拜亞斯和泰德的膽子夠大，就會試著從她手上奪過手機。但是就連托拜亞斯也還為自己的性命著想。另一方面，圖爾年紀太小了，還不理解盛怒的姊姊有多可怕。因此他扒著泰絲的腿往上爬，看了螢幕之後宣布：「波波！她傳愛心給波波！」

泰絲甩掉圖爾時，泰德攔下了即將飛進樹叢的小弟弟，托拜亞斯在她即將毫無目標地飛踢之前先遠遠躲開。她正在用力大口抽著氣，三個弟弟舉高雙手作投降狀向後退。

「對不起，對不起……」圖爾囁嚅道。

「我們只是在開玩笑……」托拜亞斯和泰德異口同聲說。

她手裡的手機開始震動。一次，兩次，直到她低頭看見波波的簡訊。雖然在那個當下她氣得能在弟弟們的內衣抽屜裡放蛇，她仍然忍不住微笑起來。

「你們能不能保密？」她問。

他們當然不行。但是他們保證會非常非常努力保密。因為無論表面如何淘氣和不守規矩，他們骨子裡仍然深愛姊姊，而且這是他們頭一次看見她陷入愛河。

58 射門

波波的露營車在泰絲家外面停下，緊張到熄火時竟然按響了喇叭。

「幹得好，波波，夠低調！」班吉笑他，波波臉紅起來。

這片住宅區在星期天很安靜。氣溫太低了，沒人會在外面除草，但也還沒人出來鏟雪，大部分居民都在家裡為獵鹿季做準備。就連狗都像在休假。

泰德和托拜亞斯站在屋子旁的小院裡練習射門，這塊小練習場是他們小時候和爸爸一起蓋的。泰德打球的架勢彷彿身處世界冠軍賽，托拜亞斯根本懶得打這個鬼東西，又不願意拱手讓弟弟贏。泰德根本沒注意到露營車，做哥哥的眼角卻遠遠地瞄到。當班吉頭一個下車時，托拜亞斯僵住了，手中的球棍已經不是工具，而是武器。

「他來這裡做什麼？」他咬牙說道，先是出於憤怒，漸漸轉為恐懼。

他同意姊姊邀請波波，但她沒提到還有誰，尤其是那個神經病班傑明．歐維奇。托拜亞斯在每一場甲組賽裡都和海德支持者站在看台上，所以他非常清楚班吉是何方神聖。過去海德這邊總叫他「十六號」，彷彿他是個基因實驗品。兩年前當他放棄冰球搬往他處時，每個海德人都樂見其成，包括托拜亞斯，身為冰球球迷的他們討厭他這個死瘋子，只因為他不在他們支持的隊伍裡。此時托拜亞斯腦中出現的頭一個念頭就是：這是陷阱，班吉要來打死他，好報復昨天大熊鎮冰館發生的事。

班吉只穿了T恤，他在葬禮之後就脫去了白襯衫。波波車裡唯一一件上衣是有大熊圖樣的綠色T恤。那也成了托拜亞斯最先看見的。他只有十五歲，班吉二十歲，但後者讀得懂前者的肢體語言，以及托拜亞斯蓄勢待發的找麻煩架勢。有那麼一會兒，男孩和男人衡量著彼此。雖說托拜亞斯在同齡孩子中算是高壯的，他握球棹的手法卻表示他很清楚自己沒有多少勝算。

波波下了駕駛座，人在廚房窗戶內的泰絲發出開心的尖叫，托拜亞斯從沒聽姊姊發出這樣的歡呼。握住球桿的手稍微放鬆了些。然後咕嚕和阿麥也下了車，泰德這時候才抬頭看見他們，眼中閃著崇拜的光芒。

「托比！托比！那個是……那個是……你看見沒？是……他是……阿麥！是阿麥！」泰德說得小聲，大家卻都聽清了他聲音裡的害臊。

托拜亞斯對著弟弟發出一長聲咕噥，感覺自己的心跳變慢了一點，眼睛卻仍然盯著班吉。班吉似乎興味十足，點起一根菸。

波波從快解體的露營車後座拉出大野餐籃，卻無法關上車門。不過他壓根不在乎這個小狀況。泰絲出了屋子，像是盡力強迫雙腳不飛離地面。兩個人都極力克制自己，盡最大力量不在朋友和弟弟面前用力擁抱對方。她邀請他進廚房，他立刻開始問上千個問題，關於她和房子和家人。她不習慣這些，因為她只知道男孩子們都只想要一件事，因此她轉而問他籃子裡有什麼。他讓她看裡面的義大利麵和肉和蔬菜和高湯和鮮奶油。她大笑，心想自己猜對了，男孩子們真的只想要一件事。

做晚餐。

阿麥當然發現了泰德在偷看他，就像小孩被抓到偷看偶像。阿麥通常很討厭這一點。要是在不久之前，他肯定會走回車上要求回家。但他已經不是超級巨星了。傲慢是奢侈品。

因此他問：「你想打球嗎？」

他大可以說服自己相信這麼做是為了那個十三歲小孩，但說實話，是他自己想打球，還沒開口之前就想了。

泰德迫不及待地連連點頭，於是他們開始打。泰德和他的偶像。咕嚕靜靜地向圖爾示範守門時的動作，因為這就是七歲小孩的好處：不需要靠講話就能溝通。泰德嘗試用手腕射門，阿麥溫柔地糾正他的膝蓋角度，好注入更多射門力道。阿麥示範射門時，泰德、圖爾、咕嚕呆站著看他。

「你怎麼射的？根本就像閃電！」泰德大讚。

阿麥迴避泰德的目光，低聲說：「只是靠訓練。你現在的射門已經比我在你這個年紀還好了。」

老天爺，泰德聽見這句話時胸口沒樂到爆炸實在是個奇蹟。他花好多時間在這塊練習場裡打球，甚至有愛管閒事的鄰居威脅強尼要跟社會福利局舉報，因為射門的噪音太煩人，而且她懷疑是孩子的父母逼他在那個六月的夜晚到院子裡冒雨練球。漢娜不得不跟鄰居解釋，她倒真希望強尼能強迫孩子們做任何事，因為這樣一來就能強迫孩子進屋子吃飯了！泰德的癡迷來自內心，沒有辦法。

要是那個鄰居此時正從窗戶往外看，也許就會改變想法；因為她將會在未來的某天吹噓自己的鄰居是誰。泰德和阿麥正忙著挑戰對方，笑聲響徹雲霄。大部分時候是阿麥贏，但是當泰德贏的時候，他會揹著圖爾高舉雙手繞著練習場跑，彷彿贏了整個世界。泰德跑回來時，阿麥和他擊掌慶賀。也許兩人有一天會一同在國家冰球聯盟裡打球。

泰絲和波波在廚房裡嘻嘻哈哈地做飯，一篇愛的故事拉開了序幕。屋子外則是另一篇故事的開始，兩者都算不壞。

其他人在練習場上打球時，班吉靠在露營車上點起五分鐘之內的第二根菸。

「你要用那根球棍打我嗎？要是不會的話，你最好把它放下，不然我會一直擔心你戳到自己的眼睛。」他朝著托拜亞斯叫道，語氣不帶絲毫敵意。

十五歲男孩醒悟到自己仍然像握著武器般握住球棍，便趕緊放低手臂，帶著歉意看著地面。

「對不起，對不起，只是最近跟大熊人有太多麻煩。你穿著那件衣服下車的時候，我以為……該死，要開打了……」

「我不舒服，不想打。」班吉承認。

「宿醉嗎？」托拜亞斯遲疑地問，因為穿著T恤站在零下溫度中的班吉正在流汗。

「我宿醉的時候打架沒問題，清醒的時候可就不行了。」班吉格格一笑。他自從回大熊鎮之後還沒喝一滴酒，身體彷彿在高叫著抗議。

他正說話時，泰絲的笑聲如同漣漪般從廚房窗戶漫出，托拜亞斯訝異地抬起頭，像隻從洞裡探頭的貓鼬。

「我姊**在笑**？」

「她平常不會笑嗎？」班吉不懂。

「只有我或泰德受傷的時候她才笑。」

泰絲又發出陣陣笑聲。

班吉微笑說：「我想也許波波剛才告訴她，他花很多時間思考冷凍庫就像時光機。不管你是跟他一起笑還是笑他，反正你絕對會笑的。」

「時光機？」托拜亞斯重複。

班吉放棄地搖搖頭。

「別想了，這個話題太複雜。你弟弟幾歲？」

他朝泰德點頭示意。

「比我小兩歲，十三。」托拜亞斯回答。

「十三？你們餵他吃什麼？洛威拿狗？他大得像一棟房子！」

托拜亞斯驕傲地點頭。

「他打冰球可厲害了，一定會比阿麥更棒。」

「那就也比他哥哥棒囉？」班吉本想糗托拜亞斯，卻沒料到他不假思索地回應：「他已經比我棒了，只是他自己還不知道。」

班吉彈掉菸灰，看起來幾乎像是要拍托拜亞斯的肩膀。

「你應該去跟我們大熊鎮的教練札克爾打球。」

「應該跟她打球的是泰德，不是我。」

「不對，是你。她喜歡知道自己能力極限的球員。」

托拜亞斯知道這是讚美，不過出於太討厭大熊鎮和太中二，他不願接受。

「你們的狗屎隊裡全是龜兒子和娘炮！」他純粹出於直覺反應一口氣爆出這些字眼，講完之後卻又恨不得把自己嘴裡的每顆牙都打掉，前提是班吉沒先動手的話。

可是班吉回答的時候，神情幾乎一無改變：「我們**不是**龜兒子。可是另外一半可能說對了。」

「對不起……我不是真的這樣認為。」托拜亞斯尷尬地咕噥。

兩前年，大熊鎮和海德鎮才剛發現班吉的祕密。雙方對決時，托拜亞斯站在海德球迷之間。他記得那些人對班吉吼叫的字眼。他們朝冰上丟假陽具。對托拜亞斯和其他人來說，事後很容易解釋當時的行為，因為冰球就是如此，找到對手的弱點，其實根本不是針對個人。無關種族歧視、無關性別歧視、無關恐同心態。只是試著贏球而已。可是那套解釋在此時顯得站不住腳了，他當時吼叫辱罵的人現在就站在他眼前，十五歲男孩覺得自己因為羞愧而縮小。然而班吉僅僅露齒一笑說：「你們也是龜兒子和娘炮。只不過你們還不知道。」

托拜亞斯鬆了口氣地大笑，慶幸當自己鼓起勇氣問問題時，滿口牙都還在。

「你真的有次在比賽的時候扳倒四個對手？」

「誰告訴你的？」

「我爸。我想你是他唯一喜歡過的大熊球員，可是他死都不承認。」

班吉點起另一根菸。

「也許只有三個。而且他們沒人知道怎麼在冰上打架，所以其實不算數。」

「你能不能教我？要怎樣在冰上打架？」

班吉抽著菸，在那短暫的片刻之間，他恨自己回到這片森林裡，因為對人們來說這就是他：有能耐動粗的人，令人畏懼的人。

「所以你認為你弟能趕得上阿麥？你自己呢，能打多好？」班吉回問，避免回答托拜亞斯的問題。

「打不了多好。也許最多到海德的甲組隊。可是如果他們能再往上晉級的話就沒我的份了。不過要是他們不晉級，你也知道，整個俱樂部都會被關掉。」

「你為什麼沒辦法打得更好？」

「因為我不像泰德。我像你。」

「像我？」

托拜亞斯的脖子霎時之間因為血氣上衝而變得紅通通。

「不是像你那樣……同志，我的意思是，我不是……**那個**。不是說那樣有什麼不對，可是我是指……球員。我沒那麼喜歡冰球，喜歡到可以為它做任何事情。我活著不是為冰球，不像泰德。」

班吉笑起來，被煙嗆了喉嚨。

「你認為我就像那樣？」

托拜亞斯點點頭，仍然覺得困窘，可是對自己的說法深信不疑：「要不然不管我們在看台上怎麼罵你，你應該都還是會繼續打球。如果你真的愛冰球，沒有任何事能擋住你。」

班吉翻了個白眼，捻掉菸屁股，開始摸索口袋找下一根菸。

「見鬼，札克爾會愛死你……」

托拜亞斯試著把這句話當成讚美，他真的很想。

波波在廚房裡做晚餐和問問題，因為媽媽跟他說過這是追女孩最好的兩個方法：「因為女孩子對這兩件事都不習慣。」

波波知道自己沒有太多東西能給泰絲，所以希望這兩個方法足夠。確實如此。

泰絲的笑聲再次漫過院子，托拜亞斯盯著班吉的臉看了良久，仍然抱著戒心。然後他非常嚴肅地問：「他還行吧？那個波波？我知道他是你的朋友，可是他這個人……還可以？」

班吉也有姊姊，所以了解這個問題。他回答：「你也許能找到更好的，可是你絕對會找到很多更爛的。他是我所認識的人裡面心腸最好、最忠實的人。可是說實話，你姊姊到底看上他哪一點，只有老天爺知道！」

托拜亞斯思索了很久很久，終於看著地板回答：「也許她看得出來他很友善。」

「這是優點？」班吉老實地問。

托拜亞斯從鼻孔用力呼吸，用球棍戳弄鞋帶。

「她不想過了不起的生活，只想當……正常人。我們的爸爸是消防員，媽媽是助產士，從小到大每個人都說我們是英雄養大的小孩。會往火場裡面跑的人。可是波波不是英雄，我姊也許看見這一點。他不會往火場跑，他會先向她跑過去。」

托拜亞斯意識到這番話在別人耳中聽起來可能很傻，講完之後便羞赧地不再說話了。班吉的手指滑過一頭蓬亂的長髮，笑容不太自在。無話可聊的靜默令兩人沒辦法放鬆，於是班吉舉頭四望，看見車道上有一小塊地面因為水管裂開流出的水結凍了，製造出一公尺見方的冰面。他朝冰面走去，托拜亞斯跟在後面。走到冰面旁邊之後，班吉冷不防揪住托拜亞斯的上衣向後一扯，力道大到托拜亞斯失去平衡朝地面跌去。班吉在他撞到地面之前拉住了他，並且說：「你得想想腳要放哪，然後藉著我自身的重量對付我。」

然後班吉開始教托拜亞斯如何在冰上打架。再也沒有比他更好的老師了。

練習場那頭，泰德終於鼓足勇氣問阿麥：「國家冰球聯盟的選秀會是怎樣的？」

咕嚕想也許圖爾以後想當守門員，便向他示範守門員的工作；當他聽見泰德的問題時，緊張地看了看阿麥。他十分確定沒有別人敢直接問這個問題，除非是夢想大到胸口裝不下的十三歲小孩。阿麥又射出一球，說出經過深思熟慮的回答：「每個人都是最棒的。你在家鄉、聯盟、集訓營、任何地方都能遇見好球員。可是在那裡看見的都是他們當地最頂尖的。他們一輩子就為了被選上。那是……壓力……要人命的壓力。我只能這樣形容，這輩子沒經歷過那麼大的壓力，像是要窒息。」

泰德射了一球之後倚在球棍上。

「我爸說壓力是一種榮譽。如果你不覺得有壓力，是因為你還沒做出任何有價值的事，好讓別人對你有期待。」

「要是我在下次選秀會裡被選上了，可不可以請你當我的經紀人？」阿麥微笑起來。

「再過幾年，你可以當我的經紀人！」泰德高呼。他這輩子還沒對任何人說過如此自滿的話。

泰德羞得無地自容，阿麥卻忍不住讚賞他的態度，因為他能在小男孩的話裡聽見過去的自己。他還記得自己在為其他人打球之前是如何打球的。他擊出的下一球在空中呼嘯而去，幾乎扯破球門網。

「我永遠沒辦法射得那麼有力，不管我多努力練習。」大開眼界的泰德低聲說道。

「你需要的不是多練習，而是別想太多。」阿麥回答。

大熊鎮來的隊友們離開海德鎮的泰絲家時心情很好。波波小心翼翼地在泰絲臉頰上吻了一下，班吉忍不住念叨：「別人就連舔信封都比你還帶感情，波波。」

波波的臉變成深粉紅色，就連咕嚕都忍不住大笑。他從沒有過一幫朋友，從沒經歷過如此的一天，純粹和朋友們毫無目的地閒晃好幾小時。這種沒有任何期待的心態對他來說很新鮮，大笑也是。以至於當波波提議載他回家時，他不假思索地點頭同意了。

「明天練球時間見！」波波在離開咕嚕家門口時大叫。不巧的是聲音大到沿街每一戶人家都亮起了燈。

露營車繼續往大熊鎮開，咕嚕進了家門，但為時已晚。每個人都看見他搭誰的便車。過了一會兒，某人朝他和媽媽的公寓扔了一顆石頭，打破窗戶。海德鎮的冰球球迷在石頭上用紅墨水寫了字，直白又有力：「叛徒！去死！」

59 青春

今天醫院裡有個孩子死了。世界上總是有人堅持小孩出世之前並不算個人，漢娜始終搞不懂這種邏輯。哀悼是一樣的，至於罪惡感，如果死去的那些全都是你的孩子，那麼永遠是妳的錯。

那天晚上，她疲憊不堪地坐在海德家的餐桌旁，哭到全身乏力，只感到心中一片空虛。同事載她回家，兩個人一路上什麼話都沒說。漢娜腦子裡唯一想到的是圖爾四歲還五歲時問的問題：「媽咪，在天堂裡面會變老嗎？」漢娜老實說她不知道；圖爾低聲鬱鬱寡歡地說：「那些在媽媽肚子裡就死掉的寶寶要是不會長大怎麼辦？他們就不能玩了？到天堂裡也不能玩？」

那是對她打擊特別大的幾個時刻之一，因為對她來說，圖爾的一切都是她的最後一次：最後一個孩子。她是四個孩子的母親，夠了，老天，比夠了還多，可是……當你領悟到自己再也沒有決定權的時候，你的想法會改變。孩子永遠不讓你忘記自己正在變老。圖爾今年七歲，泰絲十七歲；面對圖爾，她不會再犯同樣的媽媽錯誤；但是面對泰絲，她所有的應對卻都是當媽以來首度經歷的。「孩子小，問題就小；孩子大，問題就大。」某個同事在泰絲出生之後這麼說，但此話並不盡然。大的是錯誤。漢娜自己的錯誤。

她的額頭枕在餐桌上。今天在醫院的狀況很多，可惜這不是藉口，因為正如她對孩子們耳提面命的：「在這個家裡，我們不能為自己的行為找藉口。」我們自己下的命令總是最難遵循。距離泰絲甩上門消失無蹤已經幾個小時了，爭論過程很快，而且漢娜心知是自己的錯。她疲累地從醫院回到家，腳和肺都在痛，甚至連皮膚也是，所以她已經接近臨界點了。

一切始於她在車道上發現一片橡皮邊條，看樣子是從某輛車上掉下來的。要不是那位鄰居，她原本並不會在意；總是抱怨泰德練習射門的愛管閒事鄰居老太婆從自家院子大步走來，向漢娜抱怨孩子們整個下午都在「開派對」。原本漢娜也可能不追究此事，因為托拜亞斯和泰德堅決否認。不過圖爾雖然已經大到知道自己不該告密，卻還沒大到不能用巧克力收買。於是漢娜從圖爾那裡問出了來訪的是哪些人、來訪的原因、泰絲有了男朋友、弟弟們全在屋子外時她獨自和男友在屋裡，漢娜二話不說就往二樓走，怒氣和恐懼還有被背叛的錯覺蒙蔽了她的判斷力。

累壞了的一天，但不能當藉口。身為四個孩子的老大有不公平之處，那就是養成方式永遠基於期望。泰絲受到處罰，因為她的父母已經習慣期望她是有理智、可靠、永遠不需母親操心的孩子。漢娜怒氣沖沖地邁進泰絲房間，說出父母所能說出口的最糟責罵：「妳應該更懂事的，泰絲！」

對青春期的孩子說這句話，其實只會讓她下次做出更降低期望的事。漢娜心底明白，但是幾乎所有父母在某個時間點都會面對這樣的場合，一開始大吼之後就停不下來。對孩子失望，根本就是因為對我們自己失望，再沒什麼比這個還令人不耐了。於是漢娜對著女兒大吼，完全沒料到女兒也吼回來：「妳根本沒問事情真相！」女兒吼畢，立刻後悔沒說出自己的真正的想法：她的媽媽沒問她的**感覺**。

因為媽媽應該懂的。女兒對真愛的認知全都得自這個家。

「我根本不用問！妳本來應該照顧弟弟們，結果卻帶了個男朋友回家！還是**大熊鎮**的小子！妳究竟知不知道今天發生什麼事？竟然有人在醫院打架，你們可能會被——」

母親剛吼完，女兒立刻反擊：「**要是泰德和托拜亞斯帶女孩子回家，妳高興都來不及，**

可是換成我就該被吼？妳以為我事事得聽妳的？」

漢娜之後會說自己累到沒耐性退一步和道歉，可悲的是她只是自尊心太強；母親和女兒知道如何以特定手法傷害對方，也許因為女兒總是背負著母親良心的不安；兩人最後爭論起根本沒犯的錯：「托拜亞斯和泰德又不會懷孕！」漢娜衝口而出。只需要一句話和幾秒鐘的時間，就能讓做母親的日後在半夜醒來回想起這件事而深自懊悔。

孩子們的嚷叫不是他們最有力的武器，沉默才是。父母只佔了一點便宜：孩子們得等許多年才悟出這個道理。

「妳對我的期望真的低到這種程度？」泰絲低聲問。

接著她大步走過母親身旁，下了樓。做母親的太習慣於不需操心這個孩子，所以剛開始還沒反應，直到聽見大門被甩上。她不了解那代表什麼，但是大門沒再打開，女兒一去不回頭。等到漢娜衝下樓跑到車道上時，泰絲已經走了。

此時漢娜獨自坐在廚房裡，滿腹懊悔。強尼還沒回家，泰德和圖爾根本不敢下樓，最後還是托拜亞斯擔起重任。當然是他了，向來讓她最操心、期望最低的孩子。

「妳打電話告訴爸泰絲離家出走了嗎？」

漢娜的額頭依舊抵著餐桌，含糊地說：「當然沒，你瘋啦？要是她在波波家，爸爸肯定會衝過去然後……」

她在說出傻話之前停住了，反正做兒子的懂她原本想說什麼。他保持靜默許久，接著嘆了氣：「那個波波還行的，媽，他很喜歡泰絲。」

「這不是重點……」母親防衛性地說，可是她聽見口氣有多像自己的媽媽，字句瞬間膠結在喉嚨口。

托拜亞斯沒在餐桌旁坐下，只是用指尖碰了碰她的肩頭說道：「爸老愛說冰球球員怎麼樣？跟狗繩有關的？」

漢娜咬著腮幫子肉，默默回答：「你得相信最棒的球員，放手讓他們去，因為要是你堅持抓住繩子，他們會咬斷繩子一去不回頭……」

「泰絲就是這樣。」兒子說。

漢娜把手放在兒子的手指上用力捏了捏，連帶讓那隻手緊緊捏住她的肩膀。

「你的意思是不是說，我會從此以後失去這個女兒？」她低聲說。

托拜亞斯不夠聰明到能給她答案，但他聰明到曉得不能說謊，因此母親得到的唯一回答是靜默，還有兒子抵在她後頸的鼻尖。

沒有哪種人生像青春；沒有哪種愛像初戀。

露營車開進大熊窪，波波和班吉在阿麥家外頭放他下來。在他們長大的每一間更衣室裡，人們總是告訴他們「打出你自己的球賽」和「操控比賽走向」有多重要。不能呆站在原地等著事情發生，你得自己動手。

阿麥非常清楚應該把這兩句話應用在眼前的自尊心上。他站在停車場裡等，盼望波波問他是否想和球隊一起訓練，而不是自己主動開口。機會走得太快，就像初吻，或對你即將失去的人或物說出最後一聲「抱歉」；假如你不把握機會，也許之後會花一輩子的時間納悶另一個版本的事態發展。

可是阿麥說不出來，波波看他的眼神裡有越來越多的念舊，越來越少的希望。他們很快就會變成成年人，隨著每年過去，他們談論的將會是更多回憶，更少夢想。在這個年紀一切還有可能，但已經接近尾聲。

波波舉手道了哀傷的再見，班吉用兩根指頭輕碰眉毛致意。阿麥迅速點了個頭。這是開心的一天，真的很開心，僅存的幾個真正無憂無慮的日子之一。

露營車轉向往前開。幾個孩子在停車場裡拿了棍子追著網球跑，他們朝經過的波波揮手大叫：「你在賣冰淇淋嗎？」

「去買真的車啦，遜蛋！」

「就連變態狂的車都比你的好看！」

波波大笑。大熊窪的孩子們向來比其他地方的更口無遮攔，班吉搖下車窗伸出頭，孩子們立刻住了嘴。他用力拉車門像是要跳下車，把孩子們嚇得心臟險些跳出來。過了好一會兒，幾顆小心臟才恢復正常跳動，班吉和波波大笑著開遠。身後，那些孩子們立刻又張開大嘴巴互相指責：「我才不害怕，害怕的人是你！」

「你還記得我們像那麼小的時候嗎？」波波笑著問。

「你從來沒那麼他媽的小過好不好？」班吉笑著回。

波波不得不承認此話有其道理。他的手機在車子上了大路時響起；雖然他盡力掩飾，臉孔卻在看見來電顯示時突然泛起光采，還差點開進路邊的溝。

「嗨！嗨！沒，沒幹嘛！現在？來我家？好，當然可以……可是妳爸媽怎麼辦？沒事，我現在過來，已經在路上了！」他忙不迭地說。

班吉在波波掛下電話時嘆了口氣：「如果你是要去接泰絲，那我得跟你一起去。要是你打算睡海德女孩的話，就不能自己跑到海德……」

「你怎麼知道是她打來的？」波波不解。班吉爆笑到整部車都在搖晃。

「我真高興看到你談戀愛，波波，太好了，你應得的。」

「認真？」波波語帶懷疑地小聲問。

「認真。」班吉向他保證。

他們沿著兩座小鎮間的公路出發去接泰絲。她站在森林盡頭，沒有人家的地方，她恨不得趕快離開海德。泰絲只說自己和媽媽吵架，波波沒再多問，她很愛他這一點。他總是任她解釋她想解釋的，不多也不少。回程是班吉開的車，泰絲在後座把頭放在波波肩膀上。波波的骨架子幾乎容納不了多到快爆炸的情緒。

「你覺得我們發展太快了嗎？」她低聲問。

「每件事對我來說都太快了，我這個人有點慢。」他也低聲說。

「要是我生你的氣，你會不會原諒我？」她問。

「我做了什麼讓妳生氣的事？」他緊張地問。

「還沒做。可是你遲早會做的，假如我們從現在起要在一起的話。」

她感到他的心臟跳得像打地機般抵著她的臉頰。

「妳想多氣我都沒關係，只要妳不離開我就好。」

「一言為定。」她小聲說。

說完之後，兩人靜靜地坐著，那是戀愛中頭一段也最棒的靜默。一切如此安全，我們就是所有。有一天，他們兩個會結婚生子，泰絲會一字不差地跟波波說出她媽媽對爸爸講過的話：「要是我們離婚，我希望我們不能再做朋友。我討厭死這種話了。如果我們離婚之後還是朋友，就表示我們不夠愛對方，愛到能傷害對方。所以你要真愛我的話，就得愛我愛到發瘋。」波波就這麼瘋了一輩子。

「波波？」駕駛座上的班吉在車子經過大熊鎮路標時發問。

「怎麼了？」

「我能不能跟你買這部車？」

「不行。」

「為什麼不行？它都爛成這樣了，可是管他的，我開始愛上它了耶，它跟我好像！」

泰絲大笑起來。波波也笑著回答：「不賣，班吉。因為我要把它送給你。」

「認真？」

「認真。」

沒有哪種人生像青春；沒有哪種愛像初戀；沒有哪種朋友像隊友。

60 天分

星期一，札克爾一大早就來接彼得。她的吉普車多了鏽斑，他的舊運動衣變緊了，自從上回他去看冰球之後，整個世界都變老不少。

「那啥？」札克爾向彼得手裡的袋子點頭示意。

「麵包！」

「麵包？」她的口氣彷彿麵包這兩個字獨具異國風味。

他請她吃，她卻點起一根雪茄。他等她說明今天的目的地，但她顯然不認為有任何必要。他們開了一根半雪茄的時間，彼得終於失去耐性：「說真的，伊莎貝，妳真要我坐在車裡，又不想告訴我究竟去看哪個球員？假如妳想要我派上用場，我就得先做好準備！」

「別擔心，你不會派上多少用場的。」她在兩口長長的煙霧之間坦白地回答。

他皺起眉頭。

「可是妳說需要我幫忙？」

「我說過嗎？也許吧，可是並不需要。你人到場就夠了。你現在可以睡了，要開六個小時。」

「六個小時？」

「單程。」

「可是我趕著回家！」彼得扯了個謊，又覺得羞愧，因為假使他真的趕著回家，就根本不會來。

「後座有文件，如果你想看看的話。」札克爾的建議並未顯示彼得看完後的心得能改變任何事。

彼得思忖是否應該假裝自己還有剩餘的自尊，要求札克爾掉頭開回去，但是這麼做毫無意義。於是他嘆了口氣，伸手到後座拿過檔案夾，打開後看見一張照片，兩道眉毛立刻向上抬：「等等，我知道這個傢伙。幾年前我曾經去看他打球過，他之前……不對，等一下……這人叫『亞力山德』，所以不是那個人。另外那個人叫……」

「是同一個人，改了名字。」札克爾告訴彼得。

彼得逐頁翻看檔案。她說得沒錯，是同一個人。五年前當亞力山德還是個十五歲的孩子時，便已經是全國最有天分的球員之一了。他和大熊鎮由凱文領軍的黃金世代同年，所以彼得當年十分留心所有潛在對手。彼得和大尾甚至還有一個甚具野心的計畫，打算說服那孩子和爸爸搬到大熊鎮，兩人曾去看了他的比賽。事後證明那次的奔波根本是浪費時間，因為亞力山德根本沒出現。他的球隊說他受傷了，但是另一個俱樂部的經理告訴彼得那根本是謊言：「有老天爺賞飯吃的天分，又壯得像牛，禁得起打！可是那傢伙不聽教練的。難伺候，還有紀律問題。不參加訓練、和教練吵架、拒絕傳球、不聽指令、根本沒辦法和球隊一起打。太可惜了，他的大好前程就這樣泡湯。」那位俱樂部經理預測準確：接下來的三年之中，男孩被三支不同少年組隊伍踢出來，好勇鬥狠和愛抱怨令他失去每一個機會，直到電話再也不響起。現在他二十歲了，已經是過去式。說也可悲，每個世代都有不少這樣的球員。彼得的經驗告訴他，這些球員靠著天生的本錢一路順遂直到青春期，別人一開始要求他們有所表現，他們就反彈。

「我記得他……愛惹麻煩。」彼得小心翼翼地對札克爾說。

「球季再一星期就開始了，假如他不愛惹麻煩，也不會到現在都沒人選他。」她回答。

札克爾向來不打造球隊，而是組織一幫土匪。彼得此時理解自己的頭會有多痛了，因為他還是俱樂部經理的時候，沒有一天不頭痛。

「我不會建議妳收編他，可是反正妳也不會聽我的，所以麻煩請妳告訴我看上他哪一點？」他虛弱地說，心想札克爾八成會一如往常以簡短的字句反駁，沒想到她讓他吃了一驚：「常見的誤解是冰球球員會追隨領袖。並不是。他們追隨的是贏家。」

「所以這位……亞力山德……是贏家？他在哪個俱樂部裡待得夠久，贏過任何一場？看起來他被每個待過的俱樂部踢出來，可是妳認為我們能改變他？」

彼得對於說出「我們」感到不好意思，因為他聽見自己的聲音抱著期待。

「不行，球員是不會變的。可是亞力山德沒問題，只是被誤解。」札克爾回答。

「怎麼說？」

「他的每個教練都想唬他相信冰球是團隊運動。」

大尾細心地確保每天早上讓所有員工看見他來上班。他邊穿越賣場邊問問題和講笑話，跟員工握手和拍背打招呼，大聲講話大聲笑。他是老闆沒錯，但並不是人們自然而然願意追隨的領導者，冰球毫不留情地教他認清這一點。他是球隊隊長最好的朋友，卻永遠不是隊長，因此他必須自己打出權威性，必須讓人看見聽到，記得他是誰，就算有些員工在他轉身走開時偷笑也無所謂。重點是他們知道他是誰。

他先走進辦公室等了一個小時，最後終於出發去開會時，他是從後門偷溜出去的。辦公室的燈仍然亮著，西裝外套照舊掛在掛鉤上，桌面放著手機，彷彿他只是去一下洗手間。他的車子還停在停車場，大熊冰球俱樂部貼紙上方的車窗仍然碎裂。他還在期盼，一天比一天迫切希望這次事件能提供本地人討論的話題，同時分散報紙的注意力。要是他能引得眾人談論海德鎮的小混混而不是大熊鎮的帳目，也許就有機會解決自己所有的問題。

他捲起袖子，跨上舊腳踏車往那些漂亮的房子騎去。超市和倉庫在這幾年之中大幅成長，他騎了好幾分鐘才出了它們的陰影範圍。他過去對這一點非常驕傲，但近來已經好一陣子沒辦法欣賞自己花一輩子打造的事業，轉而擔心它的垮台；最擔心的是速度會有多快。他最大的商業機密是樂觀，不過此時這種態度看起來似乎隨時會粉碎。他在議會裡的舊識打電話告訴他主編的父親拿到了多少資料。大尾不是笨蛋，他早就料到這種事可能發生，可是他沒料到本地記者竟然會這麼精明，或者說堅持。

幾乎少有人真正了解「貪汙」的意思，大尾倒是真的查過辭典：「為謀私利而濫用公共影響力」。他常常對自己默念這句話。人們常說他沒有良心，他卻認為自己什麼沒有，只有良心。當然，或許他曾經濫用「公共影響力」，稍微扭曲了幾條規則，但是他真的因此獲得任何私利嗎？才沒有，正好相反。贊助大熊鎮冰球隊，等於他每天虧錢；他的所作所為都是為了俱樂部和大熊鎮好。他的道德宗旨就是這麼簡單有力。

幾乎也少有人真正了解「成功」的意思。他們以為那就像爬到山頂，可是大尾的理解更棒：山頂根本不存在，唯有無止境的攀爬。除非繼續用雙手向上攀，否則就會被往下拖或踢到山腳。就算你只是短暫停下欣賞風景，也會有另一個更強壯更飢渴的人從下方出現取代你的位置。商場就是如此，社區也是如此，冰球更是如此。新的比賽，新的球季，新的晉級或降級爭奪戰。一場永不停止的奮鬥，你永遠得想出人們最料想不到的方式，走在其他人前方。

所以多少才夠？何時才停止？為何往前走？答案也許是除非走到你自己的葬禮，否則永遠不停休，也許只是因為你希望人生能有點意義，而這是全世界唯一令你感到自己能發揮影響力的地方。

「那些混帳東西，從來沒愛過什麼東西。」拉夢娜有一回在電視上看見大城市球隊的支持者們說；在看冰球比賽時，他們很明顯地對吃熱狗和爆米花更感興趣。「他們根本不在乎，根本不會管不住自己，因為在他們眼裡凡事都沒有意義。沒有任何東西比他們在鏡子裡看見自己的臉還重要。」她說。大尾心知肚明，大熊鎮上很多人用同樣眼光看他，說不定拉萝娜也是。他在大部分時間裡接受這種眼光，畢竟總得有人當壞人，就像當年打冰球時他總是滑得最貼近防護欄，好讓彼得和其他球星能在冰面中央發光發熱。可是有的時候他覺得旁人根本不感激自己的苦心，他但願有人問他為了大熊鎮冰球隊做了哪些個人犧牲，那時他就可以回答：「犧牲一切。」

腳踏車後座載了兩套大熊鎮冰球俱樂部的帳簿，一本是交給國稅局的，另一本則只有大尾和少數人知道。現在他將首度給外人看這本帳簿；等她看完後，她就能叫全部政客回家喝西北風，讓俱樂部陷於破產邊緣，送有權有勢的人進監獄。

頭一個就是她丈夫。

「好吧，既然我們有很多時間，請先解釋一下冰球為何不是團隊運動？」

札克爾又點起一支雪茄，回答時的神情彷彿在說她不敢相信彼得竟然不曉得答案。

「除非球員長大進了甲組，才算團隊運動；因為到那個時候，比賽才有點意義。至於在那之前的少年組？誰在乎那些比賽的輸贏？那個年齡層最重要的是要最好的球員盡最大力量進步。亞力山德那些教練都要他大方點，把球傳給別人，為了什麼？好讓中等資質的隊友進球？好讓中等資質的教練贏幾場沒有意義的比賽？」

彼得暗自承認自己從沒用這樣的眼光看冰球。

「所以妳的意思是，如果少年組有一個明星，教練和其他所有球員就都得為他服務，好讓他盡可能變成最好的？就算輸球也沒關係？」

「那當然！」

彼得笑起來。他不知道如何告訴札克爾，她是他所認識的教練中最沒同理心，又最有同理心的一個。

「他為什麼改名叫亞力山德？我根本不知道他是俄羅斯人。」

「半個俄羅斯人，也就是父母其中之一是……」札克爾開始解釋，彷彿彼得是非常幼小而且什麼都不懂的孩子。

「謝了！我知道『半個俄羅斯人』是什麼意思。」彼得嘆氣。

「你一開始要我解釋每件事，現在又不要我解釋……」札克爾吃驚地說。

彼得揉揉眉毛。

「要是亞力山德不想為任何人打球怎麼辦？妳為何覺得他願意替大熊鎮打球？」

「你。」

「我？妳不是說不需要我幫忙。」

「我沒那樣說吧，對不對？我是說不需要你的建議。」

彼得大聲吐氣，唾沫星子都濺到擋風玻璃上。

「感覺好像我媽復活當了冰球教練……」

「什麼意思？」札克爾不解。

他翻了翻白眼。「唔，沒事……」

「你有時候講話好像在猜謎，有人告訴過你嗎？」她直言。

「我講話像猜謎？見鬼了……！妳說真的？難道妳不擔心我會說謎語說服這個人替大熊隊打球？」

札克爾沒正面回答，只說：「你和你太太之間的問題一定很嚴重。」

「啥？」

她點頭。

「你直到現在才問問題，表示你希望有個離開家的理由。」

彼得惱羞成怒，反問：「那妳究竟為什麼要我跟妳來？」

她理所當然地回答：「因為你不是贏家。」

他瞪著她，足足有半根雪茄的時間。

「所以我在這裡幹嘛？」

札克爾拿出所有的耐性回答：「我要收編的是贏家，因為所有冰球球員都願意追隨贏家。可是你知不知道贏家願意做什麼？」

「什麼？」

「追隨領袖。所以才需要你。」

蜜拉整理好心情打開後門。彼得和札克爾出門了，李歐在學校，瑪亞的校長准了她很多天葬禮假，因為他顯然以為大熊鎮在遙遠的國度裡，所以瑪亞去找安娜了。屋裡空無一人。雖說如此，大尾仍從後院進屋，而不是前門，他們在拉下百葉窗的廚房裡吃彼得剛烤好的麵包。

「一切都好嗎？孩子們怎麼樣？」大尾開口，蜜拉就翻了白眼。

「拜託，大尾，你像個間諜一樣偷偷摸摸到這裡，我們已經熟到不用聊這個話題，假裝你自己關心我們的小孩。」

「假裝？我什麼時候在妳面前假裝過？」他大驚失色。

「一直都是吧，自從我大概二十年前頭一次見到你開始……」她微笑，而他接著大笑。

這就是他最大的資產：能不費吹灰之力地大笑，聲震屋瓦，感染力強的笑聲，永遠藉機採取主動。

「好吧好吧，蜜拉，不鬼扯了！就像我之前說過的：我們的委員會需要一位律師，最近跟本地報紙有點誤會。我不知道他們發現多少，可是我需要……這個嘛，妳需要……我們得做最壞的打算。我得知道我們的麻煩有多大，萬一有些事……被挖出來。」

她無力地搖搖頭倒咖啡。

「你想聽實話，大尾？你不代表俱樂部，不是委員會委員，你只是贊助商。你不能替俱樂部委託我做事。」

他不同意地搖手，沒留意自己幾乎打翻咖啡。

「那部分讓我處理。妳只要看看我給妳看的，好嗎？」

他把帳簿放在餐桌上，蜜拉不禁擔心起來。談話開始時，她氣的是她和大尾看世界的眼光如此不同，到後來她反而因為兩人的不同處如此之小而討厭自己。

61 煙

主編和父親坐在報社頂樓的廉價童軍椅上，瑟瑟發抖。報社建築物並不高，卻位於小丘上，能清楚看見腳下的海德鎮。今天才剛過了一半，日光卻已經開始淡去，寒冷也執意啃齧著人們吸收自陽光的些許暖意。

「你在笑什麼?」主編問父親。

「妳小的時候，我問妳想住哪裡，妳說紐約。這裡可不是紐約啊，小姐。」父親回答。

建築物的燈光開始亮起，街上駛過幾輛車子，森林裡的電鋸聲提醒他們剛走不久的暴風雨。可是大自然已經開始恢復生機，人們也是，主編忍不住對兩者的堅毅感到好奇。她瞥了父親一眼，他正在抽菸斗。她從小時候就記得菸斗的味道代表那天過得很好，他唯有在不打算喝酒的日子才抽菸斗。

「謝謝你沒喝酒，爸。」她靜靜地說。

他的嘴角輕抽了一下，用了點力氣。

「我沒辦法再邊喝酒邊工作了。至少是沒辦法有效率地工作。妳知道，我已經到了不能賭氣拚酒的年紀。」

「我知道你以為我所有最惡劣的個性都繼承自你……」她微笑。

「妳媽是這麼認為的。」他嘟囔。

「不是，她知道我也繼承了好的地方。」

他的笑聲粗嘎。

「妳是個夠嗆的好主編，孩子。我從來沒妳這麼好。做這個工作得關心別人，妳這一點像她。」

她閉上眼，將菸斗的煙吸進肺裡。小的時候他常常不在，兩個人過去永遠不了解對方，現在卻懂得了。從前還是小孩子的她只是想念爸爸，長大後則像是交了個朋友，一位戰友。她不知道要是一切可以重來，她是否願意交換兩者。

他不耐煩地在童軍椅上扭動。

「那個砰砰聲是啥？活像海鷗被卡在通風管裡面……」他邊嘟囔邊直起上半身檢視，但是椅子太不穩而他太老，不適合如此冒險的行徑，於是他放棄了，重重向後坐回椅子裡。

「只是孩子們在街上朝車庫打冰球。」女兒已經見怪不怪了。

他豎起耳朵聆聽，猜測他們是國中生年紀，一個大叫：「四比四！」另一個生氣地吼：「才不是！你**作弊**！是四比三！」接下來的砰聲是兩個人打起架來，小身體撞在車庫門上。

「這個地方……我不認為之前待過的那些地方像這裡，每個人總是為了每件事在競爭……」他不悅地說。

女兒微笑：「所以我才說，這裡的人就像你。你也是一輩子都在打仗。」

他用咳嗽掩飾同意的笑。

「我不懂妳的意思。我可是和平冷靜的代名詞。」

她伸過手拍拍他的臂膀，非常迅速地；然而對以為自己已經失去所有當爸爸機會的人來說，已經足夠了。然後她指著下方的社區建築物哀傷地說：「是你教我的，記得嗎？找到一個鎮的最高點，因為在看見整個鎮的同時，你也能了解某些東西。」

「所以妳了解海德的什麼？」

她指著：「學校在那裡。我每天早上會經過，讓我想到自己從前念過的學校，你記不記得？在鎮中心。麥家大宅那一區的孩子和國民住宅的孩子混在一起。有些騎破爛腳踏車上學，其他是父母開著豪華休旅車送來的。」

「妳想說因為自己騎腳踏車上學，所以妳是窮孩子？我們可是住在離——」

「別打岔，聽我說。你誤會了！我想說的是你和媽媽的做法是對的：我的朋友來自各個社會階層。現在跟從前不一樣，有錢的父母已經發現這一點：現在那些在我的母校念書的小孩都身穿設計師衣服，去滑雪勝地度假。這裡也在朝那個方向走。大熊鎮有個叫做『大熊丘』的高級住宅區，最貴的房子都在那裡，那邊的父母想設立專屬他們的學校，自己的小孩才不用和窮孩子混在一起。要是真成功了，同樣的事情也很快會發生在海德。」

「所以妳的意思是？」

「你問我從海德鎮學到什麼。我最近讀到的文章說，全國最大的幾個冰球俱樂部打算不讓聯盟頂層對外開放，因為電視轉播權利金的油水太多了，他們禁不起被降級，所以要想辦法關掉所有的小俱樂部，所有像海德和大熊這樣的俱樂部，避免他們往上爬。有錢的打算把窮的關在門外，走到哪都一樣。我不是為他們找藉口，可是……有時候我忍不住想，這些鎮上的人為什麼會這樣，因為他們必須不停奮鬥，甚至作弊。不然根本沒機會生存下去。」

菸斗的煙籠罩著父親。

「這個看法還不錯，但是別讓良心阻擋妳的智慧，小妞。等妳把我們挖到的大熊鎮訓練中心消息刊出來之後，那邊也會有人爆海德鎮的料。妳最後很可能會因為這一切毀掉兩座小鎮，可是那是妳的工作。」

女兒仍然閉著眼睛。她問了問題，雖然並不想聽見答案：「你為什麼能肯定海德鎮和大熊鎮一樣在帳簿上做手腳？」

他的回答哀傷多於憤世嫉俗：「這年頭每個人都在帳簿上做手腳。妳看沒看見球員的薪水？還有這個國家的稅法？要是每件事都按照規矩來，沒人活得下去。南邊的冰球俱樂部快破產的時候，議會用幾百萬買下冰館的『設備存貨』，替帳上的數字灌水。那些存貨原本就是屬於議會的。就算這些政客每個人都有九個屁股，也還是不夠坐滿他們想坐的位子。全國最大的冰球俱樂部之一稱呼當地巴士公司『銀行』，因為俱樂部坐巴士到外地比賽時永遠不必付交通費，可是巴士公司也從來不跟俱樂部要錢，因為議會在每年年底負責買單，好避免俱樂部破產。有些菁英俱樂部的財務糟到宣布破產，所有球員都開始領國家的保證薪資，可是俱樂部本身卻又靠著贊助商付錢招募新球員、簽所有的文件，這些俱樂部還能繼續打球呢！哪個守規矩的人能和這種伎倆打交道？」

她慢慢呼吸菸斗的餘煙。

「你現在聽起來倒像是站在他們那邊了，爸……」

他嘆口氣：「我還真的是呢。我又老又多愁善感，酒喝得不夠多，所以再也不兇狠了。可是妳不能在這個時候退縮！我們得說出關於大熊鎮的實情，就算會壓垮那裡的每件事每個人也一樣。」

女兒吸氣的方式，像是要孤注一擲跳下懸崖：「你覺得我的良心會讓我成為失敗的記者？」

父親從椅子裡掙扎起身：「不。妳的良心能讓妳成為最棒的記者。好了，女兒，我們進去吧，這裡冷得要死，那些砰砰聲簡直把人逼瘋。下次妳最好找某個夏威夷冰球俱樂部的麻煩！」

62 笨蛋

冰球最難的點在哪？要是你問一百個教練，就會得到一百個不同的回答，每個回答都信心滿滿，每個教練都不願意思索自己的答案可能是錯的。因為他們真的全錯了。

因為冰球最難的，最最最難的，就是改心換念。

大尾昂貴的白襯衫因為汗濕而變得透明，大如茶杯的手錶在桌沿發出喧鬧的滴答響。買一隻鱷魚的錢還買不起他的一雙皮鞋。蜜拉了解這一點，因為大尾唯一知道的「回收」概念，是回收再利用同樣的笑話。過去二十年來，每次彼得在烤肉趴上問大尾想要幾分熟的鹿排，大尾都會回答：「只要用你的頭燈嚇牠一下，直接放到盤子上就行了！」彼得也不例外地必報以大笑。還有比這個更低的友誼門檻嗎？大尾的一只鱷魚皮鞋沒有鞋帶，因為在騎腳踏車來的路上被卡進車鍊裡；他的手指是黑的，而且在企圖拉出鞋帶時割傷了。他一直都是頭腦簡單的二百五。蜜拉小的時候每次都會在母親用這個詞罵人時大笑，可是等到長大認識大尾之後，她才確實理解這個字眼的意思：他是十足十，徹徹底底的二百五。

不幸的是，他並不笨。所以當他喝完咖啡，蜜拉請他解釋兩人為何必須暗地裡見面，他從包包裡拿出手提電腦開始放一段影片。是他自己在冰館裡拍下的，內容是幼兒園小朋友練完球之後的訪問。大尾的聲音從鏡頭外傳來，蜜拉不得不佩服大尾對小孩頗有一套。大人們老是覺得大尾愛欺負人，又不留情面，小孩倒認為這種個性是直接並且誠實。

「你最喜歡冰球的哪一點？」他問一夥小男孩們，他們用不同描述方法說出一樣的事情：得分，和朋友在一起，用很快的速度滑冰，贏球。接著螢幕上出現一個大約六、七歲的小女孩，身形比別的孩子小，眼裡透露的壯志卻更大；大尾問她同樣的問題，小女孩顯得完全無法理解：「什麼意思？你是說最棒的嗎？」她的球衣鬆鬆地掛在膝蓋高度。

大尾暫停影片，驕傲地對蜜拉笑：「這個小女孩棒到我們讓她和男孩子一起打球，可是後來不得不叫停，因為爸媽們抱怨她把自己兒子都打趴了。打趴喔，蜜拉，她以後會不得了，就像櫻花樹。妳知道我們這裡都這樣稱呼最有天分的孩子吧？就像彼得在她這個年紀！」

大尾再度按下播放鍵。他的聲音問：「妳能不能對鏡頭說妳的名字？」冰上的小女孩回答時的氣勢，彷彿是在準備狙擊敵人的城堡：「艾莉西亞！」大尾的聲音：「好，艾莉西亞，我想知道妳最喜歡冰球的什麼地方。什麼都可以。妳最喜歡什麼？」小女孩盯著鏡頭好久好久，終於用微弱的聲音和毫無掩飾的真誠說：「全部。我最喜歡全部。」

蜜拉不知道怎麼可能有任何媽媽在看到這個小女孩之後，會不想跨進螢幕裡一把抱住她，跟她說一切都會沒事。特別是大尾繼續問：「那妳**最不喜歡**冰球的什麼？」小女孩猛然含著淚回答：「要回家的時候。」

大尾關掉影片。坐在旁邊的蜜拉生氣地說：「我家裡有兩個青春期小孩，我自己又快要更年期了，你當我還不夠情緒化嗎？」

大尾低聲道了個歉，說話時的真誠倒令蜜拉猝不及防：「對不起。我只是想……先給妳看影片，再給妳看俱樂部的問題……提醒我們兩個為什麼奮鬥。眼前的危機。」

他是頭腦簡單的二百五。但是他不笨。

那是位於空曠停車場旁的小冰館。彼得從沒來過這裡，但那不重要，他仍然有家的感覺。他認得所有的聲響、所有的回音和氣味，甚至光線。可是最重要的是，他認得……「現在」的感覺。彼得在現實生命中的其他時刻都意識到過去和未來，但是冰場上沒有那些。這裡只有現在，現在，現在。

「準備好沒？」札克爾問。

「準備好幹嘛?」彼得剛問完就後悔了。

他看見冰上的亞力山德。看起來像是在實驗室裡設計出來的冰球球員體格。高大、寬闊的肩膀、無庸置疑的強壯,但是動作仍然柔軟有彈性。每根肌肉都運作正確,滑冰技巧無懈可擊,就連齊肩長度的微捲髮型都令人反感地一絲不亂。然而,還是有不對勁的地方。他的眼神和滑行時的動作看起來不止二十歲。他正在滑8字形,每一步都是經過無數練習的完美,但是缺乏年輕人的渴望,他像是在馬戲團圍欄裡小跑步的馬,被繩子拴在定點。他的父親站在冰面中央大叫各種指令,亞力山德卻似沒聽見。彼得向防護欄走近,亞力山德的父親吼叫得更大聲更激動,但是二十歲的年輕人絲毫沒改變滑行節奏。

「他看到你之後就緊張起來,你是他的偶像。」札克爾說。

「別這麼說,伊莎貝,那孩子還沒老到能認出我是誰。」彼得謙虛地微笑。

札克爾的眼皮快速眨巴,像是表示他的反應遲鈍到刺傷她的心。

「不是他,他爸!」

彼得在那個時候才醒悟過來,因為他真的沒那麼聰明。札克爾要他來說服為大熊鎮打球的不是亞力山德,而是他爸爸。彼得知道那個人,雖說他們從未見過,每座冰館裡卻都有這樣的父親:本身當不上冰球球員,但每天都告訴自己那是因為他沒碰到識貨的教練。所以他現在把所有希望都寄託在兒子身上。做兒子的通常是被寵壞而且感到厭煩的天才,一切都以銀盤呈上供他取用,他卻連伸手拿都懶。亞力山德多半在小學時就有私人教練了,他爸爸很可能贊助了他國中時的球隊,四處奔波帶他參加全國最貴的訓練營和最難進的比賽,結果呢?做兒子的根本不想打球。所有青春期小孩都有找到潛力的一小段時機,但是沒人料到那個時機消失得有多快。

「我猜大熊鎮不是他們的首選。在我們之前有多少俱樂部來過？」彼得低聲問。
「至少十個。」札克爾漫不經心地回答。
「沒有一個想錄取他？難道這對妳來說不是警告嗎？」
「誰說他們不想？也許是他不想吧？」
「為什麼不想？」
「沒有一隊能給他機會和國家冰球聯盟的職業球員對決。」
「什麼？」
札克爾的肩上揹了一個袋子。她打開袋子拉出一副彼得尺寸的手套和冰鞋。
「妳開什麼玩笑？」他說。
「我不喜歡開玩笑。」札克爾說完，走向防護欄。
亞力山德的爸爸立刻走過來，眼睛因為興奮而圓睜，極具熱忱，可是兒子連說哈囉都意興闌珊。
「嗨！哈囉！我是你最大最大最大的球迷！」爸爸對彼得叫喊，彼得點頭致意，覺得非常不自在。
「彼得想加入。」札克爾宣布。
「哇！太榮幸了！你聽見沒？」爸爸對兒子大叫，兒子看起來一點都不覺得榮幸。
「所以也許你可以休息一下？」札克爾建議。
做父親的一開始還沒意會過來，然後看似被羞辱，最後是放棄反抗。
「我通常都會在冰上，我——」
「不過你可以為國家冰球聯盟的職業球員破例。」札克爾宣判，不帶一絲商量餘地。

父親帶著怯意看看彼得，仍然不願讓步。他的話聲聽似不耐，其實是感到屈辱：「當然，當然……可是我兒子的體格是他真正的強項！你們看沒看見他有多高多壯？他太適合站在球門前面了，一點都不害怕！我還教他菁英俱樂部的那套打法，我有一整套放三角錐的系統，如果我不在這裡示範，你們應該看不清楚吧？我想——」

如同所有做父親的，他沒料到札克爾根本不在乎他的想法。

「系統？我可不是來這裡看什麼系統。」

亞力山德的爸爸張嘴想辯駁，札克爾卻已經轉過頭去。最後他只好不情不願地往看台方向挪動。同時，彼得也不情不願地穿上冰鞋，速度慢到要不是札克爾很討厭和別人有肢體接觸，否則早就一腳把彼得踢到冰面上了。

「亞力山德？這位是彼得．安德森，他在國家冰球聯盟打過，是你爸的偶像！要是你能越過他的防線，我的車就送給你！」她對著二十歲年輕人大叫。

彼得和亞力山德爸爸笑了起來，但亞力山德首度轉過身，看起來有點感興趣。

「妳在開玩笑？」

「我幾乎不開玩笑。」她向他保證，把車鑰匙放在防護欄上。

二十歲的年輕人有過上百位教練，鮮少有能讓他刮目相看的。

「要是我失敗了呢？」他懷疑地問。

「你會失敗嗎？」札克爾由衷問道。

亞力山德淡淡地笑了一下，彷彿他忘了怎麼笑。他的爸爸弓著身子坐在看台上，看似比在冰面上老了十歲。當父子兩人的視線交會時，二十歲的兒子眼裡沒有愛，只能說像是馬戲團裡的馬發現韁繩被切斷了。彼得遲疑地滑到冰面上的年輕人身後，已經能感覺到下盤承受的壓力，猜測明天上廁所將會很痛苦。亞力山德替他抓過一把球棍，看見比他年長得多的男人正歪歪斜斜地滑行暖身，彷彿這樣能改變任何結果。

「你上次打國家冰球聯盟是多久之前的事？」他問。

這不是挖苦，而是真心好奇，可是彼得已經被眼前的情勢挑起某根神經，喚出他並不自豪的往事。

於是他衝口而出：「要是你能超過我，我就告訴你！」

二十歲年輕人的嘴角抽動了一下，他毫不費力地轉身，彷彿用意志力就能操控冰鞋；與此同時，彼得一向前彎身就能聽見後背像氣泡紙一般劈啪響。年輕人從場中央衝過來時，老冰球球員看似毫無準備，彷彿大勢已去；但當亞力山德一碰到藍線，彼得立刻爆發出生氣，就連他都被自己擋掉球碟的速度嚇了一跳。他也許老了，生疏了，但是某些直覺永遠不曾消逝。亞力山德吃驚地猛然停住，眼裡蒙上怒火，彼得的也是。亞力山德抄起球碟再度出發，態度同樣傲慢，怒火更旺了。這回他深信以自己的速度和力量肯定能夠超過彼得；但是彼得的球棍又自天外飛來打飛他的球碟。他又試一次，但彼得已經看出來他的動線。亞力山德接近時，彼得感覺到他的退縮：這個二十歲的年輕人具備所有技巧、所有訓練，可是他怕挨打。他父親的震耳嗓音從看台上響起，彼得從前已經在上千座冰館裡聽過上千次了：「**別躲！站穩腳跟！想個男人一樣攻擊，老天爺！**」

亞力山德調整頭盔再度出發，但彼得輕易地半途殺出打走球碟。如此又重複三次，直到札克爾從防護欄方向大叫：「亞力山德，你知不知道自己是笨蛋？」

年輕人瞬間停下腳步，彼得趁此機會兩手支著膝蓋緩緩氣，汗水刺痛了他的眼睛，深信心臟病發就是這種感覺。亞力山德滑向札克爾。

「妳他媽的胡說什麼？」

「你知不知道什麼是貓鼬？」她問。

「妳剛剛說我什麼？」

札克爾嘆口氣，彷彿她剛剛為他打開圖書館大門，他卻只知道用嘴啃書。

「那是一種動物，專門獵食眼鏡蛇。你懂不懂這聽起來有多蠢？眼鏡蛇快多了，毒液還能殺死任何動物，可是貓鼬照樣攻擊眼鏡蛇，因為牠是天字第一號大笨蛋。而且你知道最後怎樣？牠還真殺了眼鏡蛇，為什麼？」

「妳是生物老師還是冰球教練？」亞力山德不屑地說。

「這跟生物無關，是生理。」札克爾說。

亞力山德整了整頭盔，試著照常表現出傲慢的神氣，可是有點露餡。他看一眼看台上的父親。札克爾繼續說：「別看你爸，在這裡的不是他。這是我們的世界，你的和我的。」

年輕人吐了口氣，輕微得幾乎難以察覺，但是他下巴的肌肉稍微放鬆了點。

「好吧……告訴我……為什麼貓鼬還是啥的會贏？」

札克爾用手指點點太陽穴。

「貓鼬會贏，因為牠懂得順勢而為。眼鏡蛇每次的攻擊方式都一樣，根本不用大腦想，也不會從經驗裡學到任何東西；可是貓鼬每次的攻擊都是基於之前的攻擊經驗。牠會測試和評估，向後跳，引誘眼鏡蛇攻擊越來越遠的地方。因為當蛇完全伸長的時候速度最慢，也最沒有防備。所以貓鼬不慌不忙假裝攻擊，最後當眼鏡蛇伸長的時候，就一口咬進蛇的腦子裡。看起來像是靠運氣，事實上跟運氣無關，你懂嗎？」

「這個……不懂……」亞力山德撓撓前額。

札克爾用手指和手掌在空中彎成不斷開闔的嘴型：「你打球就像眼鏡蛇，完全可以預料。所有的教練都讓你以為自己很可靠。事實上沒人能靠你。譬如我就不會要你幫我看著啤酒，就算旁邊沒有別人也一樣。所以把你放在『系統』裡，和你講『位置』根本沒意義，因為你笨到根本不懂這些。這也就是你為什麼跟所有教練都不和，被每個隊踢出來。可是這也是你出色的一點，因為你笨到沒人能想像你的能耐。要是你打球像眼鏡蛇，彼得就每次都能打掉你的球；所以你得像貓鼬，像個大笨蛋一樣打球。」

亞力山德看似不完全信服。她在解釋的時候，他有幾次看她的眼神似乎像是札克爾要他聞聞自己引以為傲的屁。亞力山德回到冰面，抄過球碟，滑向場中央，開始以較慢的速度滑行，若有所思。冰球最難的就是改變你的心態。改變心態最難的就是你對自己的看法。

他出動了，彼得等在藍線處。事後，前冰球俱樂部經理會說札克爾的一番話喚出全然不同的球員。兩人即將碰在一起，彼得準備接受撞擊，亞力山德卻消失在空氣之中，看起來像是他跟蹌滑行的同時順便帶著球碟，看起來像是運氣。

彼得的手腳先是在空中胡亂揮舞，然後背部著地，胯下的疼痛令他哇哇大叫，最後以丟臉的爛泥態勢倒在地上好幾分鐘。亞力山德將球射進門之後轉身，聽見冰面傳來喀啦聲。是車鑰匙。札克爾已經朝冰館大門走去了。

經過了如此長久的日子，亞力山德終於又愛上了冰球的某一點。

63 屠宰場

大尾將兩本帳簿推過餐桌，口氣中帶著他平常會用蠢笑話掩飾的不確定：「我信得過妳，蜜拉，如果妳要當委員——」

「委員會成員不是你決定的，大尾，俱樂部會員負責——」她打斷話頭。

「別擔心會員們，包在我身上！」換他打斷她。

「所以你才會在這裡滿頭大汗又一臉害怕的樣子？因為每件事一直從頭到尾都包在你身上？」她嘲弄地問。他的自信受到嚴重打擊，就連天花板上的吊燈都因而晃動。

「我現在只想確定妳的主要身分是律師，所有都應該……保密。」

蜜拉久久地看著他。

「你擔心我看了這些檔案之後，會跟屋子外，或是屋子裡的某人講？」

「裡和外都是。」

「好吧，那讓我以律師身分問你：給我看了問題之後，要是我幫你處理，你希望得到什麼結果？」

大尾立刻說出經過演練的回答：「我要大熊鎮冰球重新成為菁英俱樂部！要做到這一點，最符合邏輯的做法就是讓議會關掉海德鎮冰球。把他們的舊冰館拆掉，投資在大熊鎮。我們會在這裡建一座精心打造的訓練中心，而且是大熊鎮商業園區的一部分！雙倍獲利，只要一半的投資：議會得到一支甲組隊，而不是兩支，還有一支少年組球隊，一個管理團隊……」

蜜拉慢慢點頭，苦澀地想：「而且只需要一位經理，不是兩位；一位管理員，一位清潔工。」像大尾這種典型的男人，會為了增長交換任何條件，只為了讓他們的夢想成真，根本不想別的。如果有必要就開除員工、從外地收編球星，球隊裡再也沒本地男孩的名額也沒關係、抬高比賽票價，使得最死忠的球迷再也買不起。他不了解哪天俱樂部會飛黃騰達，大尾本人卻因為得罪太多人而被摒棄在冰館外的冷風裡。

可是蜜拉以律師身分回答：「所以為了達到這個目標，你得向議會證明大熊鎮的運動成績和財務都比較優越？大熊鎮這塊招牌棒到不可能有哪個瘋子會用新的名字另起新的俱樂部？」

大尾露齒一笑，高聲說：「看吧，我不是說了嗎？我大可以隨便找一個律師，可是要找就找『最好的』！」

蜜拉對讚美充耳不聞，她向前傾身死盯著大尾的眼睛。

「你做了什麼，大尾？」

他的制式化笑容像是不受大腦控制：「這個嘛，我還沒……殺人！可是妳也知道那些記者，他們挖了我們一些帳，可是哪個人的帳完全沒問題？我打賭就連妳的也不完美！」

這句話刺傷了蜜拉，雖然大尾不知情。蜜拉沒跟任何人說她的公司財務出了狀況，彼得也不知道。她回答時的眼神閃爍：「你究竟**做了什麼**，大尾？」

笑意消失了。他朝檔案努嘴。她打開置頂的一份，才讀幾頁就抬起眼搖頭，半是同情，半是責備：「老天……真的是這樣嗎？你們幾乎破產了？我知道彼得還是經理的時候財務就已經很困難了，可是有工廠當贊助人之後不是一切都解決了嗎？」

大尾鬱鬱地搖頭：「沒錯，可是他們的錢有附帶條件。我們得對他們的品牌有幫助。妳知不知道經營冰球俱樂部得花多少錢？尤其是我們這種俱樂部？」

「什麼意思？」

他將兩手一攤，開始計算：「妳在影片裡看到的女孩球隊；我們的多方投資；機會平等的菁英計畫；我們新的價值系統和進一步推廣的成本；所有的社區計畫；每個人都只看見甲組隊，可是冰場上還有幼童組球隊呢，蜜拉！這一帶所有孩子都來這裡學滑冰！現在懷疑我們的媒體，過去可是強迫我們發展這一整套政治正確的空中樓閣，他們只會寫我們不夠『包容』，可是要是每個人都能參與每件事，誰又來買單？沒人願意承認我們為了甲組隊以外所做的付出，其實都是奢侈品！而且假如我們想負擔女孩球隊，首先甲組隊就得贏球。我們得靠贊助商帶錢進來。這樣整件事才能運作。就像我爸從前說的：每個人都想吃肉，可是沒人願意在屠宰場工作。」

蜜拉看著最靠近大尾的檔案夾：「那裡面是什麼？」

他清清喉嚨。

「所有別人不准看的。」

「屠宰場？」

「對。」

「給我看。什麼都不保留。」

大尾照做了。

彼得把自己拖離冰面時才看見那女人，她獨自坐在看台最頂端。亞力山德也看見她了，臉上的笑容多半只有她看得出來。

「媽？」他驚訝地喃喃道。

她不太熱情地揮揮手，他回應的樣子像是不習慣兩人在這種場合下和對方揮手。至於他的父親，則以震驚和怒氣夾雜的眼光瞪著她。彼得見過這種情況，因為冰館很容易就成為父母其中之一的禁區，那個人最好待在場外看球就行，最壞的情況是成為擅闖禁區的不速之客。彼得花了比正常還久的時間才悟出：既然父親和亞力山德都很驚訝在這裡看見她，那麼邀請她來的只會有一個人。

母親向兒子打手勢，表示她在冰館外等他。亞山德點點頭，立刻前往更衣室方向。父親在他身後呼喚，可是極度渴望取回主權的他一急卻叫出亞力山德的舊名，兒子順勢假裝沒聽見。父親叫得更響了，開始邁步想追上兒子。彼得拉住他的手臂：「讓我……對不起……能讓我跟他談嗎？」

父親半氣憤半絕望地衝口而出：「好啊好啊，你去試試！可是沒人能跟他講道理！沒人！特別是他媽媽在的時候！」

他大步走下看台，像個受了委屈的小孩。

「亞力山德？」只剩兩人在走廊上時，彼得叫道。

年輕人轉過身的動作柔軟，近似脆弱。

「什麼事？」

「打得好。」彼得伸出戴著手套的手。

亞力山德握起拳，輕敲彼得的手。

「謝了，你也是。」

「我老到不能這樣打球了，接下來會好幾個星期沒辦法走路……」彼得笑道。

亞力山德的舌頭緊張地在嘴裡滾動。

「我不知道自己這麼容易被預測。你輕輕鬆鬆就打走我的球。」

「除了最後一次。我根本來不及！」

亞力山德看起來幾乎可說困窘。

「我只是……試試新方法，根本不知道會有用。之前的教練很討厭我用新技巧，可是外面那個跟我講一堆什麼鬼貓鼬的話，我根本不知道那是啥東西……」

「有點像狐獴，我想。」

「狐獴又是他媽的什麼鬼？」

彼得爆出大笑。他回身看向冰面和看台：「有幾個俱樂部來這邊看過你？」

「十五個，大概吧。」

「那你為什麼還沒加入他們？」

「他們都不要我。」亞力山德不自在地低聲說。

彼得微笑：「你現在又變得容易被看穿了。我想是你拒絕他們的，除非你媽媽答應。」

年輕人的舌頭在嘴裡不安地亂動。

「好吧，你要聽實話？我會參加那些面試，都是因為她要我去的！我根本不想再打冰球了！可是我爸從小到大幫我做所有的決定，我媽就說那至少給她一次決定的機會……」

「你願意為媽媽做任何事？」

亞力山德點頭。

「因為她為了我願意做任何事。」

「可是她通常不會來冰館？」

年輕人搖頭，垂眼看著地板。

「不會。這裡是我和爸爸的天地，至少從前是。」

「你媽媽是俄羅斯人？所以你才改名？」

回答充滿反抗性，但是堅決：「我的名字一直是亞力山德，可是爸只讓她幫我取中間名。他不想要別人認為我是外國人。」

彼得倚在球棍上，恨不得脫掉冰鞋。

「他對你媽做了什麼？」彼得靜靜問。

「他搞外遇！」亞力山德的回答來得又快又急，連他自己都嚇了一跳。

彼得同情地點頭。

「那麼我能理解你為什麼生氣……」

「生氣？**生氣**？那個瘋賤人只比我大七歲，可以當我姊姊，我媽的心都碎了！」

彼得又點頭，語氣中的哀傷多於自信。

「你知道嗎，亞力山德？我想你小時候喜歡打冰球是因為能讓你爸爸驕傲。今天你很得意能在冰上給我好看，是因為你也同時給他好看。可是我認為你應該為了別的原因打冰球。」

亞力山德聽起來喘不過氣，雖然他們已經站在原地好幾分鐘了。

「所以我應該為你打球？去大熊鎮？」

彼得笑了。「不是為我。我甚至已經不再幫大熊鎮冰球隊做事了。」

「那不然你為什麼來這裡？」

彼得還沒來得及思索答案聽起來有多蠢就已經開口：「我猜是因為我還想活得有點意義。因為我想當個好人，做好事。冰球是我唯一能發揮一點貢獻的地方，所以我才放不了手。」

也許你媽媽看得出來你也是，也許那就是為什麼她不想讓你放棄。」

亞力山德緊抓著球棍，看似想把它摜到牆上砸斷，但是最後他深深吸了一口氣，看著彼得平靜地問道：「她夠好嗎？那個教練？」

「札克爾？除了當教練之外，她在其他各方面都不太正常。」彼得誠實地回答。

亞力山德開始笑起來。

「這麼難推銷的貨色啊，真夠嗆！」

「可是她能激發你最棒的一面。」彼得繼續說，同樣誠實。

男孩的眼光閃動。

「你認為是這樣？」

彼得點頭。

「來看過你打球的教練裡，她是唯一一個醒悟到決定你在哪打球的不是你爸，也不是你。」

亞力山德二十年的人生中頭一次看起來顯得比實際年齡小，小得多。他謹慎地微笑，似乎抱著期待。

他的媽媽在冰館外的停車場裡。曾經拒絕每一位教練的她，如今正和伊莎貝·札克爾握手。並非因為這位教練跟其他所有教練一樣保證把她的兒子打造成贏家，而是因為札克爾保證讓他自由飛翔。

蜜拉在意的不是「貪汙」二字的意義，那不是她的工作；她滿腦子想的是「盜用公款」，這四個字代表的是奸詐，正如實際執行的人，因為一切始於星星之火。幾次的行方便變成抄捷徑；小漏洞變成移花接木；不老實變成罪刑。最先的幾次甚至算不上違法，只不過是施小惠和回報，朋友之間的互相幫忙。比如說大熊鎮少年組的教練幾乎無薪，因為俱樂部想規避繳稅和健保，於是乎其中一位贊助商便以翻修教練兒子的夏日小木屋代替薪水。這是違法的嗎？也許不算。但是形同開了縫的後門。至於甲組隊，俱樂部在四月和球員們簽約，但正式開始打球是八月，因此球員可以領一整個夏天的失業救濟金，但俱樂部不需要付任何薪水。有些球員開的車子從未繳過稅，因為本地車商把那些車子登記為「展示車」，只是剛好在冰球季將它們挪去做「試駕」。有些球員住在免費的公寓裡，屋主是議會的住宅協會；就算俱樂部在帳面上真的「付」租金，也沒有真的金錢往來。為了回報，住宅協會的委員們能在所有比賽中享受最好的座位。這樣算盜用公款嗎？算不算越界？也許不算，可是那扇後門已經不只是開了一條縫。

每年球季尾聲，俱樂部都會組織「大熊冰球之友」晚餐會，是球員們和委員會與贊助商、本地政客和家人的同歡場合；孩子們在充氣彈跳城堡裡玩耍，每個人回家時都在談「本地的凝聚力」。本地政客在活動之後不久決定，明年所有本地體育協會都能夠「無償」租用冰館。官方紀錄將這個決定描述為「大幅推廣公眾健康的津貼」，但是出於純粹的巧合，只有一個體育協會真正受惠：冰球俱樂部先是預約了所有時段，接著又發現它「預約太多時段」，並將多出來的時段賣給想在冰館「辦活動」的本地公司行號。隨著這些「活動」，公司行號也得雇用管理員和清潔人員等「員工」，兩者都來自俱樂部擁有的特定公司。這些「活動」幾乎從未真正舉行過，可是帳單看起來是真的，公司行號也可以把不想報的進帳轉到冰球俱樂部裡，反正沒人會質疑那些帳。同樣的贊助商也許偶爾會在狩獵隊的木屋裡邊喝啤酒邊建議，與其純粹贊助，俱樂部也許可以買「材料」好讓公司行號報銷。這是帽子戲法：某個工業相關行號的備用零件變成了俱樂部的器材，赤字變成灰色地帶，髒錢被洗白。其中沒有一樣真正犯法，或者說「看似」犯法，在一個所有成員都很敏感的冰球俱樂部裡，這就夠了。

然而所有決定和每份合約都越來越接近非法行為：俱樂部負債，便向議會要更多錢；但議會擔心選民的看法。於是議會找了一家註冊在外國的顧問公司當新贊助人。說也奇怪，這家顧問公司同意付清所有債務。顧問公司的老闆是大熊鎮本地的一家建設公司，至今最大的客戶剛好是議會。隔年，建設公司在所有議會發包的建設案帳單裡都加上「其他支出」，議會靠著這個手段，突然之間用納稅人的錢贊助了大熊鎮冰球隊，納稅人卻都看不見。議會裡核可所有應付建設公司款項的人員也拿到好處：由於他「對永續性課題的獨到經驗」，某個家電公司特別聘請他擔任「環保相關問題顧問」，該家電公司的老闆剛好又是建設公司的表親。

蜜拉逐條檢視檔案內容，只有在用手掌揉眼皮時才暫停片刻。

「讓我猜猜，這家建設公司就是會負責蓋你常講的『大熊鎮商業園區』那家？所有騙子都在一窩？」

他清清喉嚨。

「妳也知道怎麼回事，我們是個小鎮，大家都得團結，這可不是……」

她一抬眼，他就閉上嘴，有些羞愧。蜜拉看得出來，目前最糟的就是這些檔案的精心打造：冰球俱樂部的老頭們和建設公司和議會明知這些勾當不可能藏一輩子，所以他們根本連藏都不藏。他們只是讓每件事變得難以解釋，卻又容易辯解，記者就算想聽也根本聽不下去。這不是一件大罪刑，而是幾千件小錯誤，只要每個人可以怪其他人，就不會有人被懲罰。

可是蜜拉翻到下一頁，怒氣猛然爆發，毫無心理準備的大尾驚得手裡的咖啡杯不偏不倚打中鼻梁。

「等等，怎麼**我的**公司也被列在贊助商名單裡？」

「在妳發火之前……」大尾正要回答，不過當然已經太晚了。

「你瘋了嗎？我們很明白地說過**不會**贊助俱樂部！」

「是，是，可是妳誤會了。妳不用付一毛錢，有妳在名單上，只是比較好看而已。妳知道，妳本人實際在裡面……」

原來這就是原因，蜜拉終於了解。大尾從來不需要律師，他只需要能把品牌洗刷乾淨的聖人。蜜拉是前任經理的妻子，更重要的是，她的女兒被冰球明星強暴了。要是她能贊助俱樂部，要是她能加入委員會，記者們怎麼還能指控俱樂部沒職業道德？

「你就是這樣看我和我的家人？能夠讓你利用的東西？」她問，不願承認受傷的感覺。

大尾因為罪惡感而臉紅。

「妳的公司很受尊重，是大公司，能夠吸引其他贊助商。妳甚至不用付任何錢，只要……」

「你是在搞老鼠會嗎？」

「不是……不是，妳這樣講有點過火吧？我可不會說它是……」

她在他眼前揮動文件。

「本來**就是**！你把有公信力卻不用掏錢的『贊助商』拉進去，為了吸引其他贊助商來買單。現在你又要我加入委員會當幌子，好讓大家以為你把事情解決了，因為你們現在是講求『價值』和『平等』的政治正確俱樂部！」

大尾縮在餐桌另一頭，手指不悅地刮著咖啡杯邊緣。然後他陰鬱地悄聲說：「不，不是那樣。至少不只是那樣。我……也需要你以律師身分幫忙。不只我，還有……彼得。」

「你在說什麼？」蜜拉厲聲詰問。

大尾此時從包包裡拿出最後一份文件放在桌上。

「這個。我們要蓋訓練中心，大熊鎮冰球隊和議會一起。是大熊鎮商業園區的一部分，可是財務碰到困難，就把它賣了……」

「什麼意思，賣了？你們根本連蓋都還沒蓋！」

「是還沒，那就是重點。這麼說吧，議會向冰球俱樂部買下它……事先……」

蜜拉翻閱文件，先是不耐，後來越來越驚駭。她跟著每一條錯綜複雜的線：議會將土地賣給工廠，工廠又將土地以低廉許多的價格賣給冰球俱樂部，然後以數百萬賣回給議會，只不過此時已經改名為「訓練中心」了。同時之間，工廠能夠從議會手裡買下垂涎已久的另一塊土地，不受到任何質疑。小惠和回報。

「這個……我甚至不知道該怎麼說了……其他那些事，我也許可以救你一把，可是這個？最後得有人去坐牢。」她勉力說道。

大尾僵硬地笑了笑，然後直起背脊，用僅剩的樂觀打鐵趁熱：「是沒錯，可是妳聽我說，蜜拉：除非現在被發現，否則不算違法！因為我們真的會蓋訓練中心，很快！妳記不記得我給妳看的影片裡那個艾莉西亞？她自從暴風雨之後就沒辦法練球，因為我們有太多球隊要用冰館，沒地方給年紀最小的隊伍。所以我們只需要多一點時間！讓記者們晚一點發現！等訓練中心蓋好之後，海德冰球也會關掉，只剩大熊冰球，到時就沒人會在乎事情的來龍去脈了！」

蜜拉最恨的就是她知道大尾說得沒錯。她的眼睛仍在文件上瀏覽，直到文件最下方。她的心臟瞬間停住。

「等一下，為什麼……彼得……彼得怎麼會在這上面簽名？」她氣急地質問。

大尾的笑容緊張到得拉開領口幫助呼吸。

「他之前是俱樂部經理，所以……」

蜜拉飛快握緊拳頭砸向桌面，力道強到大尾驚跳起來。

「這份文件簽名的時候他可不是經理，渾蛋！他早就離開了！你**搞什麼**鬼？！」

大尾的臉頰上流下的已經不只是汗了。他用力眨眼。

「彼得會簽名，因為我叫他簽的。這件事……需要像他這樣的人。我們準備賣訓練中心的時候，建設公司的管理階層、議會主管和工廠老闆都害怕了，所以他們要求信得過的人簽。每個人都信任彼得。他那時已經開始幫妳做事了，可是我們還沒任命其他經理，而且我……我知道他覺得內疚……他覺得自己把俱樂部搞得不上不下。妳也知道他這個人，老是想拯救全世界。」

蜜拉的雙頰因為憤怒的血流而突突跳動。

「所以你叫他簽你明知違法的文件，他又笨到真簽下去？」

大尾低頭看著膝蓋。

「他簽，是因為我叫他簽，因為他信得過我。」

「所以你就利用他！」

「拜託，蜜拉，我只是想為這個鎮做最好的打算。可是如果這件事出了差錯，整個俱樂部就會……」

她猛然從餐桌另一頭向大尾探身，和他之間的距離小到他幾乎被逼下椅子。

「俱樂部？我才不管那個鬼**俱樂部**！你難道不曉得**彼得可能因為這件事去坐牢？**」

「我……」大尾才吐出一個字，蜜拉就用力攫住他的襯衫領口，縫線應聲而裂。

「要是我先生因為你去坐牢，我也會因為殺人去坐牢，你給我聽清楚！」她咬牙說道。

然後她放掉他的領口，沒等他回答便大踏步走向玄關。前門被甩上之後，屋裡陷入寂靜。大尾不知道該怎麼做，只好又泡了些咖啡，等著。

64 敲門

星期一，阿麥獨自在森林裡跑了好幾個小時。他在那天午後回到公寓小區，第一批放學的孩子們已經到家了，他們一如往常地用棍子和網球打冰球。阿麥把手插進外套口袋，習慣性地拉上兜帽遮住臉孔，免得孩子們認出他之後大叫他的名字。他進了屋子關上門，自然而然伸手到袋子裡拿酒瓶，然而他有一種奇怪的感覺：他不再感到焦慮。或者是說程度沒有平常那麼嚴重。他的胸口長久以來壓著巨石，幾乎令他忘記那種感覺：也許這感覺叫做「平靜」？那個時刻像是某根劇痛了好幾個月的骨頭突然在某個早上不再那麼痛了。他的呼吸變得稍微容易一些。窗戶是關著的，但他能聽見下方院子裡的吵嚷和大笑聲。那些聲音不像平常那般令他反感，反而壓下他腦中的某些聲音，消弭某些懷疑，注入些許希望。只是一點點。沒有任何事物能比打冰球時的快樂更具感染力。

「我能一起打嗎？」他拿著一根舊球棒，走出家門問道。

「和……我們？」孩子們結巴地問。

他點頭。

「當然好，來吧，我和你聯手對他們。」

孩子們的歡叫聲又響又亮，迴盪在整個大熊窪；他們的棍子敲擊著薄雪覆蓋的人行道，有個孩子大叫「作弊！」，另一個叫「好耶！」，擊掌聲持續到某人的媽媽從陽台大叫回家吃飯了。一個孩子聞言轉向阿麥哭著說：「我們明天再打一次好不好？」

阿麥拉起兜帽，雙手插進口袋，無力地微笑：「我希望自己沒時間。」

孩子們不懂他的意思，只是懷抱著夢想跑回家，阿麥站在原地，把埋在心底的老舊夢想全發洩出來。

然後他將球鞋鞋帶死命繫緊，跑過整座小鎮，直到札克爾門前才停下來。

砰砰砰。

他敲門的聲音和心跳一樣急。可是沒人來應門。他繞著房子走一圈，屋裡沒燈光，一切靜悄悄的。他跑到冰館，沒看見她的車。他上氣不接下氣地站在停車場裡，各種念頭在腦中逆流而上，好幾百個聲音叫他「放棄！」，但他這次不願再聽了。他轉過身朝另一個方向跑去，跑向他唯一能坦承一切的對象，此時唯一能給他建議的人。除了母親之外，無論他做了什麼都還相信他潛能的人。

瑪亞上路回家時已經過了午餐時間，安娜跟她一起，因為安娜家裡沒吃的，並且聽說瑪亞的爸爸最近開始烤麵包。安娜愛死麵包了。兩人經過大熊丘上的跑道時，安娜向瑪亞示意問道：「那不是妳媽嗎？」

瑪亞哈哈大笑：「我媽？妳開什麼玩笑？就算火山爆發她也不會跑步！」可是她從樹木間朝跑道看，好像真是她媽媽。瑪亞揉揉眼睛，人影卻已經不見了。她和安娜繼續走回家，前門沒鎖，家人都不在，只有大尾獨自坐在餐桌旁喝咖啡。

「哈囉！」他快活地說。

瑪亞漫不經心地點點頭，從冰箱裡拿出麵包和配料。

安娜小聲問：「要是……要是妳家沒人，大尾在這裡幹嘛？」

瑪亞深深嘆氣，彷彿集所有知名詩人的愁思之大成。

「我已經不再問這個家裡到底發生什麼事了。要是想搞清楚，只會想到頭痛而已。」

阿麥握緊拳頭，舉起手，準備好。

砰砰砰。

敲門。心跳。站在屋前，門正在打開。阿麥早就準備好告解了：「對不起，彼得，原諒我！我搞砸了，請你幫我！」他的整段童年在腦中跑過：頭一次穿上冰鞋，頭一次進球，頭一次輸球，可是彼得的聲音永遠在冰上或看台上。按在阿麥肩頭的輕柔大手，簡短的「沒關係」或「打得好」。這就是他現在需要的。他在跑來的路上已經練習無數次了。

可是門把向下壓時，他的嘴巴卻停在原處動不了。因為開門的不是彼得，是瑪亞。

「嗨，阿麥！」她又驚又喜地叫出來。

「嗨……對不起……」他則是又疑惑又失望地喃喃而語。

「好久不見！你還好嗎？」她爽脆地說。

「什麼？」他心煩意亂地回問。

他覺得很丟臉，自己看起來肯定既邋遢又可悲，站在玄關的她卻一如既往地完美。

「你還好嗎？」她有點擔心地問。

他慢慢點了幾下頭，然後又快速點了幾下說服自己，試圖從鼻子吸氣，從嘴巴呼氣。他打起精神，準備贏回自己的人生：「妳……妳爸在家嗎？」

瑪亞搖頭。

「他不在。他和札克爾去了某個地方，我想是去看新球員！」

阿麥只能瞪著瑪亞說不出話。他的耳朵在高聲鳴叫，太陽穴突突跳動，心臟跳得他頭暈。「新球員。」他們已經找到人取代他了。他又掉回只有十八歲的孩子才看見的無底深淵，再度失去所有機會。

「喔……好。那……沒關係……沒什麼重要的。」喉頭的啜泣扼住他的嗓子。

「你真的沒事嗎？要不要進來？」瑪亞問。

可是阿麥已經轉身朝家的方向走去。

65 大城市的人

亞力山德在加油站停下剛得到的吉普車。他向洗手間走去時，彼得轉頭問後座的札克爾：「我能不能問妳問題？」

「我能不能阻止你別問?」

他嘆氣。

「妳跟阿麥談過嗎?」

她狀甚驚異。

「什麼時候?」

「今年……夏天之後。他沒被選上那時。」

「沒。」

「為什麼沒?」

她對這個蠢問題大搖其頭。

「他又沒來練球,我要怎麼跟他講話?」

「也許打電話給他?」

「打電話?幹嘛?」

「看看他是不是還想打球。」

「要是他想打就會來練球了,不是嗎?」

彼得的脖子因為灰心而喀啦響。

「所以妳沒問阿麥,卻把我一路拖來找亞力山德取代他?」

札克爾的頭向一側傾斜,盡最大力量不罵彼得「豬頭沒得比」。

「你實在有點豬頭。亞力山德不是要取代阿麥的。」

「不然他要幹嘛?」

「氣阿麥。」

然後札克爾在後座倒下睡著了。她睡得如此熟，彼得不禁納悶她之所以把車送給亞力山德，是因為如此一來就不用再親自開車回家。

彼得和亞力山德一路上談論冰球，不談別的。吉普車在那天很晚才駛進大熊鎮。二十歲的年輕人小時候叫一個名字，青春期時選了另一個名字，但是他在這個鎮上會得到第三個名字，而且出乎意料地是來自彼得的一番話。

亞力山德突然問道：「你也覺得這裡是典型的鄉下小鎮？」

「典型的鄉下小鎮是什麼樣子？」彼得想知道。

「你知道啊，那裡的人什麼都討厭。討厭狼、討厭公家機關、討厭外來的人……」

彼得到這個時候才醒悟出自己真的屬於小鎮人，因為他被這番批評冒犯了，但是他沒反駁，反而笑著說：「唔。那你知道這裡的人最討厭什麼？」

「啥？」

「跩個二五八萬的大城佬。」

伊莎貝．札克爾被人聽見大笑的次數少得可憐，不過這次是其中之一。在那之後，大熊鎮的人只叫亞力山德「大城佬」。說也好笑，他並不太討厭這個渾號。

札克爾在家門外跳下車，簡短地下令：「明天練球，大城佬！準時到場！」

年輕人留在駕駛座上，彼得下了車跟在札克爾身後。她看起來有些驚訝；彼得看起來也頗驚訝，彷彿他的腳動得比腦子還快。

「聽我說……伊莎貝……我只想謝謝妳。」

「為什麼？」

「今天要我陪妳去。對我來說具有很大的……感覺就像又回到俱樂部。」

「在我看來，你其實並沒真正離開俱樂部。」札克爾聲明。

「沒有，沒有，當然沒。可是還是謝謝了。今天很有意思。還有，妳錯了！」彼得開心笑起來。

「怎麼錯了？」

「關於最好的球員負責贏球那件事。光是有領袖不夠，他們還需要能了解他們的人，能夠看見他們強項的人。」

他用腳踢雪，她把大門鑰匙插進鑰匙孔裡。彼得正往車子走的時候，札克爾頭也沒回地說：「拉夢娜很少喜歡誰，可是她喜歡你，彼得。我也很少喜歡誰。」

彼得領悟出這些字句的意義時，札克爾早已關上身後的門。彼得又坐進吉普車，大城佬問他目的地在何處，他才想到札克爾八成沒想到這小子該住哪。

他根本不用擔心，札克爾當然早有計畫。大城佬肯定是要住在彼得家。

蜜拉回家的時候已經做了決定。大尾離開安德森家時，兩個人同意了兩件事：大尾應該開始打電話，蜜拉則會做很糟糕的事情。於是她走進女兒房間，坐在瑪亞床上，非常嚴肅地看著瑪亞和安娜：「我要妳們兩個幫我做件事。」

「什麼事？」女孩們問。

「妳們絕對不能告訴任何人今天大尾來過。就連……妳爸也不行。我得自己告訴他。」

房間裡的氣壓變得凝重，這還是客氣的說法。瑪亞不發一語地坐著，久到安娜認為應該由自己說出兩個人的共同想法：「對不起，蜜拉，可是我得先說句話。如果妳要想搞外遇，那我覺得妳可以找到比大尾更好的對象。妳還是很辣耶！也許有很多男的還是很哈……」

蜜拉剛開始聽不懂，後來瞬間茅塞頓開，一臉驚恐兼噁心地瞪著安娜。繼弟弟六歲時把自己關在冰箱裡那回，瑪亞不記得曾在這個屋子裡笑得比這次還兇。

彼得回到家站在客廳裡。蜜拉走進廚房。她之後會自問許多次，為何不在那個當下告訴他實情：大尾來過，她知道所有關於合約和訓練中心的一切。但是蜜拉只看見彼得臉上的表情，她以前從不知道自己有多懷念的表情。他看起來一臉興奮，令人無從招架。

「親愛的！札克爾和我找到球員了！我是說……是札克爾找到他的，可是我……我們都幫了忙！他很特別！我的意思是好的那種特別！他可能……會了不得！」

蜜拉幾乎不相信喉嚨發出的那陣噪音：她笑了起來。她可以有許多種反應，但是她只顧著笑，一直一直笑，因為他開心得像個孩子，而她已經忘記自己當年愛上的就是這個小男孩。所以她對今天發生的事一字不提，只想著保護自己的丈夫，她不能讓他被送進監牢，因為沒有他，她就無法呼吸。

「讓我猜，他沒地方住，所以得住我們家？」她帶著笑意問。彼得的眼睛大大睜開。

「妳怎麼知道？」

「因為從前你還是俱樂部經理的時候都是這樣的。我去客房鋪床。」

她上樓找床單，路上卻得停下好幾次調整呼吸。

「只有幾天而已！」彼得在身後叫。

大城佬走進前門停在玄關，瑪亞剛好從房間走出來，想知道爸媽為何大呼小叫。大城佬和瑪亞的眼睛遇上了，不帶任何情緒，但彼得的臉色瞬間變得蒼白。他看看女兒又看看大城佬，發現自己犯了最糟糕最糟糕的錯誤。蜜拉突然聽見他在客廳大叫：「一個晚上，蜜拉！

最多一晚！」

安娜當天晚上也睡在他們家。女孩們睡著之前，她小聲說的最後一番話是：「結果還好嘛！先是妳媽要我們保密，然後妳爸帶了一個神經病回來，發現妳想和那個傢伙上床。我已經好久沒看見妳爸媽這麼正常了。」

「我才不想和那個傢伙上床！」瑪亞的反駁來得有點急。安娜用力翻了個大白眼，頭差點像貓頭鷹般轉三百六十度。

「是是是，妳不想和他上床，只想用眼睛把他吞掉……」

「**我才沒有！**」

安娜朝瑪亞又擠過來一些，翻過身和瑪亞背靠背，悄悄說：「我很高興妳又想和男生上床了。」

「妳去死啦……」瑪亞小聲回罵。然後緊抓著安娜的手放在胸前，進入夢鄉。

66 失望

星期一是漢娜和強尼畢生最漫長的日子之一。泰絲扮演受傷女兒的功力一流，她離家出走的時間久到令他們開始慌張，卻又沒久到讓他們能宣稱自己是受難的父母。那天晚上她睡在波波的床上，他睡在床邊地板上，弟妹們像小狗似地在她床尾倒成一堆。野豬不懂究竟發生什麼事，因為這個家裡從沒出現過女朋友這種東西，所以他遲疑地問泰絲早餐想吃什麼。

他還要泰絲保證，萬一波波對她不好，就一定要告訴自己，他好宰了那個臭小子。泰絲微笑著答應。她睡覺的時候手臂垂在床沿，好感覺到波波的呼吸吹拂她的皮膚。第二天上午，她在熱茶、吐司和炒蛋的香氣中醒來。

她搭公車回海德上學，彷彿什麼事也沒發生，因為她知道爸媽會打電話問學校她出現沒；要是她缺課，處罰會嚴重得多。此時他們只能虛弱無力地坐著等到放學時刻，看她究竟會不會回家。她所能做出最殘酷的事莫過於此。

晚餐時間到了，她把鑰匙插進鑰匙孔，父母二人立刻從廚房裡的餐椅上彈起，慌張地跑進客廳，既想擁抱她又想說教，但她沒給他們選擇的時間。波波站在她身邊，手裡拿著籃子，看起來跟漢娜和強尼一樣不自在，也許泰絲只是在測試他。假如他願意為了她做這件事，那麼他將會為她做任何事。

「波波帶吃的來了，他會做晚餐！二十分鐘之後，我們就要像正常家庭一樣坐下來好好吃飯。」她不留任何協商餘地。

說到做到。弟弟們從樓上下來，一家人像人質般吃著義大利麵。強尼不發一語，可是漢娜沒辦法不說話，因為波波不斷問她問題。關於她的工作、出身、她的房子。吃完之後，托拜亞斯和泰德迫不及待衝回房間，遠離令人窒息的尷尬對話。強尼假裝得去洗手間，然後是得在車庫做一件非常重要的事。泰絲看得出來他氣壞了。她爸爸不知道如何表現怒氣，女兒不知道如何以不說抱歉的方式表達歉意，不知該如何解釋她覺得抱歉，因為自己惹他生氣；但是她不認為讓他失望了。如果他「失望」，那得怪他自己。

波波不用別人提醒就清理餐桌洗完碗盤。圖爾主動進廚房幫忙。漢娜靜靜坐在餐桌旁看著女兒，尋找適當的詞句。最後她決定選簡單的路子走：和波波講話。

「你是家裡最大的孩子，波波？」

「對。」他點頭，向圖爾示範如何更有效率地往洗碗機裡放碗盤。

「看得出來你對孩子很有一套。誰教你做這麼好吃的菜？」

「我媽。」他回答。

「跟她說教得好。不只是做菜，還有……你這個孩子。」

漢娜瞥了女兒一眼，想確定自己已經表達出歉意，夠格被原諒了。可是泰絲抬頭看著波波，眼中含淚。廚房裡的年輕人哀傷地笑笑，說：「我媽死了。可是她真的很厲害，所有我知道的東西都是她教的。」

這棟屋子可能從沒如此安靜過，漢娜也可能從沒感覺這麼蠢過。她的喉頭像是被緊緊絞住，全身繃緊，準備接受女兒的埋怨。但什麼事也沒發生，只是泰絲看起來和波波一樣傷心。

「對不起，波波，我應該先跟媽說的……」她低聲講。

母親的雙頰泛紅。

「不，不，是我的錯，波波！我根本沒想到……」

然而波波朝漢娜淡淡地搖頭，毫不計較的神氣。

「別這樣，不需要道歉。她會喜歡妳的！要是她知道我害妳難過，肯定會很火大！」

漢娜覺得需要灌下九杯葡萄酒來鎮定自己，她扯了個謊說需要去一下洗手間。她在洗手間裡洗了把臉，花十分鐘罵自己，然後走到車庫裡接著罵丈夫。

「你這個**膽小鬼**，只知道躲在這裡，把女兒丟在廚房和她的……」

「不准妳講那三個字！」強尼不高興地警告漢娜，可是眼睛已經在搜尋周邊是否有任何他不希望被漢娜砸到頭上的物件。

「**男朋友**！他是她的**男朋友**！而且是個好**男朋友**！你最好接納他！」她盡力表現得堅決，卻不太成功。

強尼大可以選擇上千種不同的回答，但他偏偏奇蹟似地選了最爛的：「一個大熊鎮長大的胖子，泰絲不能選更好的嗎？現在她還想強迫我們接納他？我已經……」

漢娜的背脊倏地挺直，這不是好現象。

「泰絲選了他。你在很久以前選了我，你家裡也不是每個人都高興，你總還記得吧？」

強尼還想辯駁，但用詞比較謹慎了：「他們幾乎不認識對方，漢娜……」

她嗆道：「我們剛認識的時候又有多了解對方……」

他回嘴：「根本不一樣，我……妳那時……那個跟這個不一樣！」

「怎麼說？」

接著強尼就犯了最大的錯誤，以他自己年輕時最低級的想法揣測這位年輕人的動機：「妳知不知道他是哪種人？妳難道不曉得我很清楚他們那種年輕人？他只想和海德女孩子上床，好跟朋友吹牛說他和海德婊子……」

漢娜的嘴唇氣得扯成一直線，握成拳頭的手指發出喀啦聲。

「因為那就是你在他那個年紀時，跟朋友聊大熊鎮女孩的說法？你想沒想過不是每個男孩都像你們那些豬八戒？」

強尼的肩膀向下重重一卸，鎖骨幾乎承受不住拉扯的力道。

「我的意思不是這——」

她根本不讓他道歉，而是以寧靜的怒火打斷：「你知不知道泰絲有一項長處？很棒的長處，連我都羨慕，家裡沒別人有這項長處。她有**很好的判斷力**！」

她用力甩上車庫門，關門聲迴盪在整間屋子裡。沮喪的強尼不小心打翻裝滿鑰匙的玻璃瓶。沒人知道那些鑰匙能打開什麼，但是似乎每個父親都有好幾百把。它們能搭配世界某處的某個鎖，也許你能在鎖的另一邊找到答案，告訴你為何無論自己怎麼做，家人在最後都會說你不及格。

波波終於走了，泰絲待在家裡。她和媽媽之間還沒恢復和平，此時只是休戰，但是漢娜不敢奢望太多。泰絲走進樓上房間，並沒甩門。波波走向老舊的綠色小標緻車，強尼從車庫走上車道。波波是這一帶少數幾個比強尼還高大的人，但是他停步的樣子像是準備好被痛扁一頓。

「你的車？」強尼像是把所有童年時期僅存的空氣擠出來問了三個字。

當個大人不容易，可是留餘地讓對方當個成熟的大人更難。

「是……是，我爸給我的！其實他給我的是露營車，可是我給了朋友。我們有客人想報廢掉，被我修好了。外面看起來不怎麼樣，可是裡面挺好的！」波波點頭說著，試圖不表現得太興奮，太像在吹牛，或太像在迎合話題。

強尼撓撓鬍子，朝自己的廂型車點頭。

「我那部的引擎有點問題。」他承認，對他來說已經形同揮舞白旗。

波波熱切地點頭。

「我們廠裡有部那種車！也許我能幫你修好！」

「你以為把我的車修好之後，我就會准你和我女兒在一起？」強尼懷疑地問。

波波的誠實令他吃了一驚。

「我不認為她想不想和我在一起是你能決定的。那是她的選擇。」

「答得好。」消防員不情願地退讓。

「對不起。」波波說，只因為他太常說這三個字了，有時候會習慣性地說溜嘴。

強尼撓了好久鬍子。

「你真認為能夠修好那部車？」

波波點頭。

「可以。我也只會修車。」

「對！你認識他？」

「你說是你爸教的？你是野豬的兒子？」

「我和他打過球。在少年組的時候他撞到我，把鼻子撞斷了。」

波波等強尼先笑起來才敢跟著笑，然後說：「他也許是不小心撞到，因為他只會往一個方向滑。」

此時強尼頭一回放聲大笑。他聽見自己的笑聲粗嘎，已經像老人了。他說話的同時，感到從前所有太快流逝的歲月留下的重量：「泰絲很聰明，波波，非常、非常聰明。她在學校裡總是拿第一名⋯⋯」

「我知道。」波波囁嚅道，已經開始猜測這個話題的走向。

「如果她打算繼續念書，就得離開這裡；她在這裡沒有機會。」

「我了解。」

「不是你的問題，波波，我知道你是好孩子，可是我不希望你絆住她。說實話，我甚至認為她媽媽希望她留在這裡過普通的人生，因為漢娜沒辦法沒有泰絲，可是⋯⋯該死的，波波，她可以成為任何她想成為的人，我們這個女兒可以大有出息，你懂嗎？她可不像⋯⋯」

波波彎腰駝背地點頭，他不斷用力眨眼，以免被看出來自己有多麼難過。

「我當然知道自己配不上泰絲，也知道她很特別，我很普通。雖然我沒那麼聰明，可是也沒那麼不聰明！除了車子和一點冰球之外我什麼都不懂，我知道自己不能給她任何東西，可是我永遠不會……不會……絆住她。我……我永遠不會虧待她。也許我不能像她一樣進大學念書，可是我很會修東西，又還算強壯，我的朋友們都喜歡我，泰絲也喜歡我。我一直努力當好人，而且我相信總有一天我會是滿好的爸爸。重點是我**不會**絆住她！要是她想離開這裡，我會陪她一起去，只要能跟她在一起，我住哪裡都行，反正到處都有壞掉的車子需要修。而且如果你想叫她別喜歡我，那就請你試試吧，可是我不會放棄……我不能……」

強尼站在原地死盯著雪良久，波波最後終於停止自說自話，不曉得對方是否在聽他說話。

「我不會。就像你講的，我不能替泰絲做決定。」強尼在沉默一世紀之久後說道。

他忍不住問自己真正生氣的原因，答案並不冠冕堂皇。他甚至也不是生氣，而是空虛。他的女兒在昨天離家出走，事先根本沒和他談；還偷偷交了個男朋友。如今她的人生更完整了，卻從沒告訴他，如此一來他算是什麼樣的父親？

波波回答時，聲音幾乎低不可聞：「她在我們講到你的時候都會哭，可是我不想要她哭。所以除非她不喜歡我了，要不然你也只能開始喜歡我。」

強尼抬眼看波波，身心俱疲。

「你知道嗎?你不光是能修車而已，波波。」

「是嗎？」波波低聲問。

強尼搖頭，投降似地微笑：「當然，菜也做得還不錯。」

67 愛情故事

星期一下了整夜的雪。星期二早上，大城佬沖完澡頂著一頭濕髮到車上拿東西，回到屋子裡時得像拆樂高積木般掰開結冰的髮束。彼得借給他一件冬天的夾克，因為大城佬原本以為帶了冬季夾克，結果只是普通夾克。

「現在還只是秋天耶，這裡到了十二月會有多冷？」他焦心地問。

兩人一起前往冰館。彼得照理講必須去海德上班，可是他假裝自己得給年輕人指路，其實一心只想看這位二十歲年輕人的頭一場練球。安娜和李歐已經去上學了，所以瑪亞決定跟去冰館，主要原因是想糗她爸爸，事實證明這個辦法確實管用。一路上，彼得故作姿態地走在她和大城佬中間，所以瑪亞格外用心地稱讚大城佬，說他的頭髮很好看、這件夾克穿在他身上多像樣，直到她爸爸發出只有爸爸才會發出的不自在悶哼。他們進了冰館，管理員把大城佬帶去領所有需要的裝備，就此消失。彼得接下來到哪都抓著瑪亞的袖口，彷彿她才四歲，他深怕她掉進游泳池裡。最後他們終於在看台上坐下來。

「我很高興看見你又開始擔心最正常的事情了，爸。」她說。

他不懂她在說什麼，對做父親的來說這也是最正常不過的事。然後他們走到食堂買巧克力球。

蜜拉走進辦公室和合夥人一同關上門，花一整天時間翻閱舊案子和新客戶檔案，準備對付最糟的情況。「永遠期待和平，但是準備作戰」，一位大學教授告訴當時還是學生的蜜拉。如今這些字句帶著特別的重量，使蜜拉全身疼了起來。

「謝謝妳幫我做這些。」蜜拉疲憊地說。

「要是妳原本不認為我會幫，那還真是小看我了。」合夥人回答。「我知道妳會幫我做任何事，可是妳這是為了彼得做的……」

「我是為妳做的。」

「妳懂我的意思。」

合夥人的眼睛從瀏海下盯住蜜拉，嘆口氣道：「去他的。妳要聽我說實話嗎？我是為了你們兩個。我從來不覺得彼得配得上妳，可是妳知道嗎？有時候妳也配不上他。我有好多次想：『他們這兩個傢伙這次離婚離定了』，可是你們其實沒辦法。你們沒了對方活不下去，所以不准你們離婚，我說不准就是不准。你們已經一起經歷太多事情，如果連這場愛情故事都走不下去，那我們其他人就乾脆放棄希望算了！」

蜜拉用袖子抹抹臉頰。

「被妳講得好像是一場永遠打不完的仗。」

「愛不就是這樣嗎？愛一個人是一回事，可是誰能忍受**被愛**二十年？」

「我是真的愛他……」

合夥人微笑：「我知道。每個人都知道。該死的，每．個．人．都知道，蜜拉。妳和他都是鬥士，鬥士總是有能耐在某個地方為了某件事奮戰到死。那也許就是為什麼我還在為妳工作，因為妳讓我覺得自己站在好人那邊。」

蜜拉抽著鼻子。

「妳不是為我工作，妳是跟我一起工作……」

合夥人拍拍蜜拉的頭。

「才沒有，我很崇拜妳，真的，可是每個人都是為妳工作，包括妳先生。」

蜜拉緊緊閉上眼，緊到太陽穴發疼。

「我……我知道彼得既天真又容易上當，可是他……絕對不會存心犯法。他永遠不會害我和孩子們面臨危險。老天，他甚至不會把車停得太靠近消防栓！可是就算這樣……」

合夥人捏捏蜜拉的膀子，輕聲說：「可是說真的，蜜拉，替無辜的人辯護有什麼好玩的？根本不算挑戰！」

所有運動都是建立在最微小的誤差上。幾千分之一、幾公分、幾公克。歷史上最有名的體育成就背後都有上千個隱形的「如果當初」和「假如不是因為那樣」和「就差一點點」。

班吉的露營車正在穿越大熊鎮，搖下的車窗朝外吞雲吐霧。他在快抵達冰館時慢下車速，花了好一段時間坐在車子裡，肺葉裡充滿大麻，心裡充滿他的童年，問自己是否打算回去打冰球；可是一切靜悄悄地。他不知道若是兩年前他沒離開，而是留在此地，是否還會繼續愛冰球。他發現這些年來越來越常自問：假如他的人生不是被這麼多旁人的決定所左右，那麼他現在會是什麼樣的人；如果爸爸沒做那件事，如果凱文沒做那件事，如果其他人沒做那些事，那就不會有人發現班吉是……他的人生會是什麼樣子？如果有時光機，他會用嗎？

他深吸幾口大麻，拿出手機，撥了三次同樣的電話號碼，沒人回應。所有的運動都有微小的誤差，有時候只是一個從未放棄你的朋友。

他任由露營車繼續向前開，一路開往大熊窪，轉過公寓腳下的停車場，看看時間。路上沒有孩子們。每年這個時間都是這樣特殊的日子：雪太多，不能帶球棍到院子裡打冰球；湖上的冰又還沒厚到能穿冰鞋上去玩。露營車慢慢在其中一棟建築物前慢下來，最後停在地下室的門前面。班吉又撥同樣的電話號碼，聽見陰影裡傳出電話鈴聲的回音。

運動和誤差：五公分寬的球門線能決定人們如何記得某人的一生。最後一秒鐘能定奪一場決賽，讓森林裡的小鎮在二十幾年後仍然用「幾乎」這個詞自我辯護。出生在幾千公里之外的男孩，卻能在某一天讓森林裡的人覺得自己與眾不同。

阿麥的背上負著球袋，偷偷摸摸地走在牆面陰影裡。坐著時光機的班吉在他身旁停下。

「練球時間快到了，要搭便車嗎？」

阿麥試著擠出笑容，下巴卻因為寒冷和害怕劇烈發抖。

「我不知道。」他老實說。

班吉趴在方向盤上，從鼻孔呼出煙。

「你在這裡站了多久？」

「我……也不知道。」

他的嘴唇發紫，疲憊的雙眼充滿擔心令每個人失望的恐懼。

「你幹嘛不直接去練球順便和札克爾談？」班吉問。

「因為我不知道他們還歡不歡迎我加入。」阿麥邊抖邊說。

班吉抽著大麻，手指漫不經心地梳過髮間，幾乎同時燒掉自己的眉毛。這讓阿麥的胸膛因為大笑而跳動，兩個人之間的氣氛變得輕鬆起來。班吉撥掉褲子上的菸灰，模糊地說：

「我可不會跟你說什麼打氣的演講之類的，如果你在等的話……」

阿麥在顫抖之間勉強吐出挖苦的嘆息：「不會嗎？我以為你會鬼吼『痛苦只是因為軟弱離開你的身體』或『贏家不是期待勝利，而是創造勝利！』那些東西。」

班吉露齒一笑。他在指間捲新的菸，確定大麻菸草填滿之後開始摸索打火機。

「不會。我不是為了你來的，是為我自己。」

阿麥在雪地裡跺腳，加速身體的血液循環。

「你還好嗎？」

班吉認真地點頭。

「我從沒看過任何人像你這樣打冰球，我不願意花一輩子時間猜想要是你沒放棄的話能打得多好。」

這段話雖然不是打氣的演講，實際上卻是好得要命的打氣演講。阿麥感到無法呼吸。他永遠不會忘記班吉此時的樣子：追根究柢的眼睛和像亂草的頭髮，坐在老爺露營車裡。一顆溫柔的心。一隻伸出來拉自己一把的手。還有當班吉傾身橫過副駕駛座打開門的小小喀啦聲。阿麥遲疑地舉起球袋，身子卻沒上去。他說：「好。載我的袋子，我用跑的。要說服札克爾讓我回球隊已經夠難了，我可不能帶著滿身臭大麻味出現……」

班吉大笑得不能自已，煙嗆了他的喉嚨，他一直咳到某人從陽台怒吼「閉嘴」。他就是喜歡大熊窪的這一點，永遠不用等太久就能知道別人的意見。他把球袋拉上車，大大轉了一圈往冰館方向駛去。

露營車趕上阿麥並超過他時，他正沿著主要道路向前跑。班吉快活地按喇叭，阿麥看見車尾燈消失在進城的路上。今天是一年守度的大冷天，也是最後幾個快樂的日子之一。阿麥在那天晚上又開始打冰球，之後他永遠沒放棄。可是班吉也永遠不會知道他將有多棒。

68 敵人

大尾已經習慣了複雜的金流往來，大部分他現在擁有的事業建立在與忠誠度堪慮的可疑夥伴之間的不尋常交易。他在過去幾個月之中試圖說服有力人士關掉海德冰球俱樂部，但此時他發現自己反過來想努力拯救它；他為了達到和平而開啟戰爭，如今他需要朋友。所以他打電話給敵人。

第一通電話是打給一位政客，第二通是冰球迷。這兩個人可說沒有任何共通點，不過平常幾乎沒人以政客和冰球迷稱呼他們。大多數人給理查．西奧和提姆．瑞紐斯的稱號遠遠比這兩者難聽得多。

「你打給我幹嘛？」理查和提姆聽見大尾想和他們談的話題之後，不約而同心生懷疑。

「因為我們想要一樣的東西。」大尾告訴兩人同樣的答案。

「什麼東西？」兩人都納悶。

大尾回答：「贏。」

理查．西奧坐在議會大樓的辦公室裡，笑聲震耳。

「我聽說你不喜歡我的政策，大尾，所以為什麼想幫我？」

「我想你也不喜歡自己的政策，理查，我只是想你這個人為了打敗對手可以不擇手段。」大尾從自家超市辦公室裡回答。

理查．西奧撮著嘴：「如果你要的是順水人情，大可以去找你那些真正控制議會的政黨朋友們。說到底，大家都說我的黨只是被邊緣化的小反對黨而已。也許你去跟真正掌權的人談談比較明智？」

大尾在電話另一頭嘆氣。

「你和我都知道，下次選舉之後就換你控制議會了。」

政客在電話這一頭滿意地微笑。

「別這麼說！我想我比較適合當在野黨，因為這裡的人很愛抱怨。」

「我要做的事，其他政治人物幫不了。」大尾承認。

「是麼。我有興趣了，你想做什麼？」西奧聲音裡的些許嘲弄掩飾了他的好奇。

大尾解釋：他改變主意，不想再整合兩個冰球俱樂部了。他突然之間認為兩座小鎮都需要自己的俱樂部，固然是為了大眾健康著想，更重要的是為了孩子們。

「當然，當然，『孩子們』，那是自然。」政客的數聲輕笑帶著刺，大尾假裝沒留意。

「我要召集一群本地商人共同施壓，推動海德冰館重建，作為大熊商業園區計畫的一部分！表示議會的投資會造福**整個**地區！」

理查．西奧思索片刻。

「我猜你快說到這樣做能幫我什麼忙？」

大尾深吸一口氣。

「幾乎所有議會裡的政治人物都決定他們只想要一間冰球俱樂部，不是兩間……」

「是你和你的『施壓隊伍』說服他們的，沒錯。你就是那些要求關掉海德冰球俱樂部的人，說是這樣能省下很多納稅人的錢！」政客發噓，不過打心底好奇這番對話的走向。

「要是所有政治人物都站在同一邊，站在另一邊的你就能贏很多票。」大尾神祕地說。

政客嘆口氣，假裝失望。

「我的整套經濟政策都得靠議會裁減不必要的支出，現在你要我支持花上百萬替海德修整冰館的計畫，而且保留海德俱樂部？對我有什麼好處？」

大尾的胸膛劇烈上下起伏，幾乎要裂開；他醒悟到對西奧扯謊和無意義，因為西奧精明得像條蛇。於是大尾承認：「我知道你幾年前幫忙國外老闆斡旋和接手工廠，是你說服他們贊助大熊鎮冰球俱樂部，挽救了破產的命運。所以你肯定很清楚人脈和資金的價值。可是你應該也知道要是兩個俱樂部整合起來，外部稽核人員就會檢查所有帳目，裡面有一些不適合……姑且說『讓人們看熱鬧』吧。」

政客前後搖晃椅子，用肩膀和下巴夾著電話，開始在電腦鍵盤上打字。他最近不像從前那樣仔細閱讀本地報紙，可是現在看見一篇關於大尾車子被破壞的報導。他微笑了。大尾怕的不是稽核人員，而是記者。

「我能問個問題嗎，大尾？最近你看起來好像一直在幫海德冰球講話，那個俱樂部不是快破產了，還有一堆破壞車子的小混混？可是你突然想拯救他們？」

「我只能說情勢變了，我應該有改變主意的權利吧？」大尾努力克制心跳。

理查．西奧又開始敲鍵盤。

「嗯，讓我猜猜，你改變主意想必是要隱瞞議會買『訓練中心』那件事的某些證據，而且你以為我完全被蒙在鼓裡？」

大尾在電話另一頭沉重地呼吸。

「我希望有很多事情能瞞過你，可是我猜你幾乎無所不知。」

政客盡力掩飾得意的語氣。

「所以你現在打算編出一套新的說法？把大熊鎮的醜聞藏在議會金援海德鎮的新聞後

面？因為你期待大家對俱樂部的反應熱烈到記者會停止往下挖？瞞得了一時瞞不了一世，大尾。遲早有人會調查的。」

大尾扯鬆領帶，他汗如雨下，不得不左右邊交替拿電話。

「我不需要永遠，只需要一點時間把文件準備好。你也知道這種事：沒人會對事後才曝光的醜聞感興趣。只要訓練中心蓋好，就不會有人在乎它是怎麼蓋出來的。到那個時候，記者們就會去追別的醜聞了，就像冰球界那句話：『除非被逮個正著，不然不算作弊。』」

理查・西奧沒對最後一句話發笑。他向來對運動不感興趣，可是聽得懂大尾話裡的邏輯。西奧知道，這座森林裡每件事和每個人都是環環相扣，幾乎沒人比他更會利用這一點；小社區裡根本沒有人是完全獨立的，就連記者也不例外。

「所以你要我幫什麼忙？」他問。

大尾明顯地預演過回答了：「說實話：我需要你的政治援手，可是海德冰球不但需要議會的錢，還需要贊助商，就像大熊鎮有工廠當贊助商。要是我幫自己討厭的俱樂部找贊助商，看起來絕對會很可疑。所以……那個……如果你幫我救海德，我就能救大熊。」

「我的回報是什麼？」

大尾閉上眼睛，對自己之後要講的話感到可恥：「我會讓每個人都知道是你同時救了兩個俱樂部。」

西奧不滿地吭了一聲：「你很清楚這樣不夠。」

大尾快速吸氣，緩緩吐氣。

「你還要什麼？」

「我要參與這個你會蓋的『大熊鎮商業園區』。」

「我以為你對賺錢沒興趣……」大尾衝口而出，語氣帶著錯誤的期待，因為他突然以為可以用錢買通西奧。

西奧的回答聽似感到好笑：「是沒興趣，我的錢已經夠多了，大尾。我唯一在乎的資金是政治。這一帶必須成長才能存活，你得幫它成長。像你這樣的人負責蓋，像我這樣的人決定蓋在哪裡，怎麼蓋。」

「所以你要把大熊鎮商業園區的功勞全攬下來？」大尾猜測。

「不不不，當然不是所有功勞，我的朋友。只是這裡一點那裡一點。幾張報紙上的照片之類的。事情處裡好之後我還會要求一個條件。」

「什麼條件？」

政客在電腦上打字，說道：「我還不知道，不過我之後會告訴你，先讓我開始再說。」

提姆的車在進入森林之後不久停下。他站在雪地裡，邊抽菸邊極度不耐地聽大尾鬼扯。

「……所以你懂了，提姆，你和我都想要同一件事！對我們俱樂部最有利的事！我需要……」

「那不是你的俱樂部，從來都不是。」提姆更正大尾，嗓音中的陰沉令大尾在數公里外的辦公室裡倒抽一口冷氣。

「好好好，對不起。不過我……說句實話吧，提姆？」

「請便。」

「我知道是因為有看台上的球迷，俱樂部才能活下來，可是要不是有我們幾個，就沒……」

「你是說靠著你去貼議會的冷屁股?我聽說整合海德和大熊俱樂部是你的點子!幹嘛突然改變主意?」

大尾嚥下一口唾沫，小心選擇用詞。

「主導議會的政客不想整合兩個俱樂部。他們想直接關掉兩邊，另外成立新的；他們認為冰球是『產品』，提姆。他們不想要你這樣的人出現在看台上，很快也不會想要我這種不是真正球迷的人。他們只要消費者。他們認為只要抹掉我們的歷史，就能連帶除掉我們。沒有海德，也沒有大熊，只是某個公關公司創造出來的見鬼新俱樂部……」

「你最好別把你和我相提並論，」提姆建議大尾，然而聽起來卻沒那麼具有威脅性了，所以大尾認為可以直接一點：「有記者在挖大熊的財務狀況。你也知道記者都是什麼德性，老愛找醜聞，而醜聞呢又需要有人背黑鍋。這次他們選上彼得背黑鍋。」

將近一分鐘之久，大尾只聽見電話另一頭傳來香菸的輕微窸窣聲。然後是低沉的聲音說：「好。你要什麼?」

大尾呼出憋緊的呼吸，擦去眉毛上的汗水。

「我不要你做什麼，而是需要你不做什麼；你和你的手下現在不能惹麻煩。如果再有暴力事件，議會就會把這事當成關掉兩個俱樂部的好藉口。然後我們就沒戲唱了。還有我真的不想給那些記者更多理由挖大熊俱樂部的牆角……」

「你到底擔心被記者發現什麼?」

「這你就不用操心了。」

提姆的語氣雖然不能說是在威脅，卻也相去不遠。

「我沒操心，只是感興趣。」

大尾的回答雖然並未直接說出他想要的，卻也同樣相去不遠：「報社主編在打聽俱樂部的帳目。」

「你要我盯著她？」

「什麼？不不不，別做傻事！」

提姆很清楚他們正在講什麼。經過這些年，當某人不跟他明講自己的要求時，他對於聽出對方的弦外之音非常在行。

「我不會做傻事，可是我也需要你做一件事，大尾。你得幫我們救熊皮。」

「熊皮？誰在打它主意？」

「你知道里夫嗎？」

大尾當然知道。畢竟到最後每件事都息息相關，綁得越來越緊。提姆解釋了拉夢娜的債務和里夫的威脅。大尾承諾會跟政治界人脈談，看看能如何處理。他在掛斷電話之前謹慎地說：「謝了，提姆。我知道你其實想看海德俱樂部破產，我感覺你和我一樣，想毀掉那個俱樂部想了很久……」

提姆發出短促的笑聲。他有時候會忘記大尾也有憎恨，這一點幾乎令他同情大尾。

「我還能怎麼辦，大尾？如果我們不能和海德打球，就沒辦法讓他們輸到脫褲子。要是他們沒了自己的俱樂部，那些小渾蛋就會來支持我們的球隊，你想我願意讓他們站在『我的』看台上嗎？等下輩子吧！」他們掛上電話。這就是貪腐的衡量方式。要是沒被逮到就不算作弊，要是沒被揭發就不算醜聞。在那之前都只是祕密，每座森林裡都充滿祕密。

當天下午，報社主編到超市買菜。她想做爸爸最喜歡的菜，給他個驚喜。當她在搜尋食材時，有好幾次忍不住留意到同樣兩位年輕人。他們不直接站在她身邊，但總是保持不遠的距離。結帳的時候，他們排在她的隊伍後方；當她穿越停車場時覺得眼角餘光看見了他們，但一轉身卻又不見蹤影。她進了車，另一部車開過，離她有點近，速度有點快，把她嚇了一跳。她沒時間看清楚車牌，可是確定開車的人穿著黑夾克。

回到家時，天色已經變黑，她眼中只見黑影幢幢。那天夜裡她被驚醒，聽來像是有人在試前門的門把，看看大門是否鎖上。第二天早上，一位騎著電單車的年輕人一路尾隨她到辦公室。剛開始她以為純粹出於自己的想像，很快地她就會希望真是想像。

69 領袖

札克爾坐在冰館看台上，坐在她身旁的是管理員。他看看手錶咧嘴一笑：「讓甲組隊練球練到這麼晚，還真是叫他們把皮繃緊的好方法。」

她沒回答。管理員發出介於咳嗽和悶哼之間的聲音。自從海德開始用大熊鎮冰館之後，她便把大熊鎮冰球隊的訓練時間改到所有隊伍之後。幾乎每個人都正面看待這個做法，認為她是要樹立榜樣，表示所有隊伍都是平等的。唯有管理員看出札克爾真正的用意。一如往常，她是在試煉她的球隊。

「你決定誰當這個球季的隊長了嗎？」他問；當然她照舊沒回答，可是他想像自己看見一絲笑意，因為他在球季開始前的每一天都問同樣的問題。

冰球隊裡總有一些了不得的字眼不斷重複，但最常聽見的就是「領導能力」。問題是這四個字在不同地方具有不同意義，因為並非所有領袖都能領導每支球隊；要一群人跟隨你的方法有許多種，大部分領袖只知道一種。「要是你進森林的時候有其他人跟隨你，這叫什麼？領導能力。要是那個人自己進森林呢？那叫散步。」有一次管理員跟札克爾講這個笑話，她當時微笑了，但不是因為覺得滑稽。管理員永遠搞不清楚究竟是因為她沒聽懂那個笑話，還是因為她認為是他不懂。

「要我去鎖上大門嗎？」他問。她最近要管理員鎖門，好教球員們知道準時練球。

可是札克爾搖頭。

「不用。我們還在等一個人。」

接著她起身走向更衣室。甲組隊快準備好了，許多人在哀號抱怨這麼晚的練球時間。要讓一群成年男人失去平衡容易得很，只要打斷他們的生活重心即可。札克爾非常了解所有戰爭都是男人發起的，而且要打勝一場仗完全得仰賴奇蹟。

她走進更衣室時，波波大聲叫球員們安靜，他們的聲音降下來，足夠讓她不提高音量說：「我們今天會跟少年組共用冰場。」

「搞什……」球員們此起彼落地開口，大男人們的自憐抱怨聲形成一陣噪音。

甲組隊慢慢習慣了札克爾各種怪異的訓練點子，或者至少是接受了。假如某個做法管用，所有球員都會願意照做。勝利能治癒一切。可是這個只用一半冰面的方法始終令他們抓狂。札克爾不久之前在報上讀到一篇文章，說某個大城裡的小冰球俱樂部雖然缺乏在冰上訓練的時間和整體資源，卻能年年培養出進入國家冰球聯盟的球員。當人們問俱樂部主席原因為何時，他說也許正是因為有限的冰上訓練空間。在那裡，兩支或三支少年組球隊總是得同時練習，所以每個人都得習慣在小區域裡打球，反而讓他們打得比較好。「冰球不一定是五個人對五個人。」主席如此說。札克爾給波波看那篇報導，波波之前從未以那個角度看冰球。一場球賽裡共有十位球員，但永遠是一位球員在一公尺見方的範圍內操控一顆球碟。在有限的空間裡訓練反而有利，冰球就是如此：一連串微小的優勢；幾公分的誤差。

所以札克爾對哀號聲充耳不聞，逕自離開了更衣室。波波讓每個人又多嘆息哀號咒罵幾分鐘後，神祕地微笑說：「我知道你們討厭共用冰面。可是我們今天不是要和少年組共用，而是一起打……『練習賽』！」

更衣室裡的氣氛在一次呼吸的短暫數秒之間便大不相同，震耳欲聾的歡呼聲爆出，因為某些事永遠不變：這裡的每個人都曾經是瘦巴巴的少年組球員，和甲組隊打過練習賽而且輸得慘兮兮；唯一的回報是假如訓練的年月夠多，少年組球員終有一天會變成甲組球員，同樣有機會打趴下一個世代。

「我們能不能穿舊球衣打？」一位球員滿懷希望地問。

波波抱著歉意搖頭。「對不起，不行。你們得穿上面有自己名字的白色球衣。」

球員們不高興地嘟嘟囔囔，跟平常沒兩樣。

贊助商在上一個冬季裡替每位球員印了新的練球制服，一件白的和一件綠的。俱樂部的練球制服上向來沒有名字和號碼，但這一點突然之間變得很重要。剛開始沒人了解為什麼，直到大尾有一天和攝影師在練球時段出現。攝影師站在球場中央開始拍正在進行的訓練。大尾需要照片放在廣告傳單上，他想要的照片是位於正在比賽的冰場上，但是真正的比賽無法讓他這麼做，於是便想出這個辦法。球員們很快理解到攝影師其實只顧著拍一位球員，因此其中某球員向大尾抱怨：「乾脆所有球衣上都印阿麥的名字，攝影師就隨便拍我們任何一個人好了。」

大尾根本沒注意話中的嘲諷，但是他這麼做令所有人討厭這些球衣，並且也是札克爾今天要他們穿著練球的原因。她要他們心煩。波波看了看牆上的時鐘，走到外面走廊上又走進來，再看一次時鐘；就在他快放棄希望的時候，他聽見外面的門咿呀一聲，阿麥滿臉通紅地衝了進來，上氣不接下氣。波波的心跳頓失節奏，左腳絆住右腳，強自壓抑奔上前熊抱好友的衝動。因為這也是試煉內容之一。

阿麥但願事情簡單到一個擁抱就能解決。他走向站在護欄旁的札克爾，後者裝作沒看到他。阿麥停在那裡，超重又蒼白，甚至鼓不起勇氣看著札克爾的眼睛。她不發一語，逼得他不得不先開口。

「我……今天能不能加入練球？」他勉力說道。

「我們不缺人。」她冷冷地回答，朝著正滑上場的亞力山德點頭。

阿麥看著亞力山德。他又高又壯，至少比阿麥高一個頭，舉手投足流露出阿麥缺乏的天生自信和傲慢的優越感。鎮上的老頭們總說這樣的球員是「老天爺賞飯吃」，他們就是如此品評凱文的。

「好吧……那我能不能……我是說，能不能用健身房？要是我不會打擾任何一個人的話？」阿麥說話的時候很討厭正在用力忍住淚的自己。

札克爾回答的時候甚至沒正眼瞧阿麥：「我們今天晚上要和少年組打練習賽，如果你想打的話他們隊裡有個缺。」

阿麥朝地板點頭，他的頭如此沉重，他還能站著都已經算是奇蹟了。

指令。

「太好了，謝謝。」他低聲說。

「你可以到我們的更衣室裡拿綠色練球制服，和少年組一起換。」札克爾不帶感情地下

於是阿麥首先得去甲組隊。當他打開更衣室時，自從春天之後便沒見過他的甲組隊全陷入靜默，大家安靜地看他拿綠色球衣。接著他走到走廊對面的少年組更衣室，歡迎他的同樣是一片靜默，卻是為了完全不同的原因。少年組球員只比他小幾歲，可是並不重要，因為他們在這裡是孩子，而阿麥是偶像。其中有個孩子跳起來讓出位置最好、空間最大的座位，但是阿麥哀傷地搖搖頭，在廁所旁的角落座位坐下。那個位子通常是給「小蟲子」坐的，也就是年紀最小而且最菜的球員。他最後一次打少年組時坐的就是這個位子。

「你要跟我們一起打球嗎？」終於有個男孩鼓起勇氣問。

阿麥點頭，一陣興奮的耳語在更衣室裡散開。接著他們又全陷入沉默，阿麥發現他們都盯著他看，覺得懼意從胃緩緩刺進喉嚨。他不想脫衣服，更不想講話，可是這些小子顯然正期盼著他說點什麼。他突然希望班吉在這裡，因為他應該會站起來說：「走吧，我們出去痛宰他們！」之類的，然後全部球員都會一躍而起，歡呼著跟隨他出去。不過班吉是班吉，阿麥可惜只是阿麥。

「對不起！」阿麥正滿腦子想著這件事時，身旁的球員說道。他在綁鞋帶時手指一滑打到阿麥的腿。

阿麥看見男孩的手在發抖。

「緊張嗎？」他靜靜地問。

男孩點頭。「我們可是要跟甲組隊打耶！他們一定會打趴我們！」

阿麥沒有答案，因此保持沉默。他脫掉衣服，周遭的安靜無聲就像在他皮膚下鑽動的昆蟲。他拿起自己的練球制服，看見身旁男孩欽羨的眼光。少年組也有類似的制服，背後卻沒有自己的名字。雖說甲組隊背上的名字是某種公關手段，在少年組眼裡卻是地位的象徵。練球制服上有你的名字，就代表俱樂部不會把你踢出去。

「誰有刀子？」阿麥默默問。

男孩們顯得很困惑。

「刀子？」其中一個重複。

「我有。」對面角落的小男孩說。因為在大熊鎮更衣室裡至少有一位獵人，獵人永遠帶著刀。

刀子在長凳之間傳過一手又一手，阿麥接過刀，開始挑掉制服上的名字。一個字接著一個字，直到他看起來跟別人一樣。然後他站起來傳回刀子後說：「我很不會演講和那一類的鬼東西，你們也猜得沒錯，今天甲組隊會打趴你們。他們比你們高大又比較強壯。」

他清了清喉嚨，沉默不語，時間久到某人出聲說：「真棒的打氣演說！」

整間更衣室爆出大笑，包括阿麥。笑聲鬆動了他體內的某樣東西，某個潛伏了很久的東西。於是他開口了，完全不知道會說出什麼：「我……那個，我看過一篇報導，講某位花式溜冰選手。我不記得她的名字，可是那次她去參加世界錦標賽，大家非常看好她。教練叫她把第一支曲目裡的高難度跳拿掉，只跳簡單的，可是要跳到完美，這樣她就能贏。然後她就上場了……結果滑得很爛。她從來沒跌得這麼慘，是她一輩子最糟糕的一次。後來她進了更衣室坐在那裡想……『管他去死』，這類的。然後下一輪她又上場的時候完成所有最難的跳，其他人跳不出來的那種。她就從最後一名變成銅牌。你們懂嗎？因為……就是說……我也不知道自己要講什麼，我很不會這些講話之類的，可是……」

全更衣室鴉雀無聲，大家都在等重點。阿麥沒有重點；感覺就像在學校裡上台報告，卻發現自己誤解了報告主題。阿麥恨不得有個地洞鑽進去，身邊的男孩子突然開口說：「我也看過那個花式溜冰選手的報導。我記得她在比賽之後說她不能滑簡單的，因為那樣她會想太多。只有在挑戰自己的時候她才滑得好……」

另一個男孩大聲附和：「就像我小的時候會抱怨又跟強的球隊比賽，我媽就說：『想贏球本來就難！』」

其他幾個球員也大笑起來：「我媽也是！大熊鎮的媽都一個樣！」

阿麥坐下和大家一起笑，綁好鞋帶之後站起來，根本不去想結果。其他男孩跟著他站起。當他走向走廊時，男孩們跟隨著他。少年組火力十足地衝進冰場，每個跟在阿麥身後的少年組球員餘生之中都將會記得並且驕傲地談論那個時刻：他們和阿麥一起打球的那天。

阿麥挑掉的名字被丟在更衣室裡，好讓每個人都知道這次他不是為了自己打球。

大熊鎮的甲組隊不是星期天會上主日學的乖乖牌，但是他們已經好久沒在練球時罵這麼多髒話了。他們得奮力滑才能趕上，每個少年組球員在換位時都拿出最好的表現，為了阿麥使出渾身解數；阿麥本人則像是無所不在。他的體重也許超重，滑得也比從前慢，但是甲組隊裡仍舊沒人追得上他。於是他們用上唯一合邏輯的手段：用力橫掃加直撞和阻截。

阿麥有幾次被撞得直飛出去，可是當波波望向札克爾看她是否要叫犯規時，卻只見她搖頭。她要激怒阿麥，她想知道阿麥在盛怒下會怎麼做。有幾回，阿麥飛出去之後似乎即將反擊，最後卻又克制住自己，就連聽見甲組隊嘲笑他、開他玩笑也不例外。他已經預料到背後掃來的那一棍，便向旁邊一讓，脫身之後又奪回球碟，飛也似地滑過兩個對手球員身邊，自從上個冬天他還是最佳球員以來，冰館內還沒第二個人具有如此的速度。他的制服在肚子那截稍嫌緊繃，但是隨著比賽進行，他已經越來越像從前的阿麥。無法阻擋的阿麥。他唯一沒在比賽中打進十球的原因是札克爾總是安排亞力山德對抗他；亞力山德比阿麥慢，打球方法卻比較聰明。無論阿麥如何射門，亞力山德總有辦法伸出球棍，一次又一次地打飛球碟。最後他們兩個幾乎只針對彼此，在冰面上像影子般來回追獵。有幾次休息時間，亞力山德的手撐在膝蓋上大口喘氣，阿麥則至少在板凳區吐了兩次。那場比賽很慘烈，真的非常慘烈，波波為沒能親眼目睹的人覺得可惜。少年組進的四球之中，阿麥獨得三球；亞力山德進兩球，但是甲組隊總共進六球，贏得比賽。不過輸贏不重要。當波波吹口哨表示比賽結束時，甲組隊員們全留在場上為少年組喝采。雖然只是短短地用冰棍在冰上敲擊數次，對少年組來說卻代表整個世界。

練習完後球員們分別到自己隊伍的更衣室裡集合，阿麥根本沒辦法把自己拖回去，而是癱倒在走道上。最後經過他的是亞力山德，後者停下腳步用球棍戳戳阿麥的冰鞋說道：「等你恢復狀況之後，我想再和你對打。」

阿麥笑了笑：「我也是。」

只是小挑戰，但兩個人正需要這個挑戰，札克爾還真不笨。亞力山德走進甲組隊更衣室，阿麥強迫自己一拐一拐地走進少年組更衣室。他聽見身後傳來一陣狂笑，根本不用轉身就知道是誰。

「閉嘴，波波，我知道我走路像老太婆……」

「我根本還沒說話！」

「是沒錯，可是我知道你想說甚麼，所以我才叫你閉嘴！還有別碰我，我已經全身都在痛……」

波波笑得更響了，粗大的臂膀無情地環抱住阿麥。

「我不是說過了嗎？你就像那些魯冰花！」

「謝了，老友。」阿麥嘟囔。

雖然他這陣子以來沒想過這件事，但在那個當下，他忽然醒悟到某些人永遠不會變，另外有些人則會變成截然不同的人。他們都還在少年組時，波波曾經是最愛霸凌和最愛欺負人的傢伙，現在可沒人會相信他曾是那樣的孩子。也許同樣沒人會相信阿麥曾經是耀眼的球員。

「你覺得今天她要是在這裡會怎麼說你？」波波吃吃竊笑，向牆上的拉蘿娜照片努嘴。

「她也許會說我是個大胖子。」阿麥微笑。

波波滿意地拍著自己的肚子：「她也許會看看我，然後說大胖子拉屎拉出個小胖子！」

阿麥笑到全身發疼。然後他拖著腳朝走道稍遠處的少年組歡呼聲蹭過去。

「你走錯了！」波波大叫，不是以朋友的身分，而是助理教練。

阿麥轉身，彷彿置身殘酷的笑話之中。

「真的嗎？」他掙扎著問。

「真的！札克爾要你好好打這周末跟海德的第一場比賽！快去跑步吧，胖小子，跑步嘍！」

阿麥奮力忍住眼淚。波波已經把他的東西搬進甲組隊更衣室裡了。這回當阿麥走進更衣室時，沒人沉默，甚至沒人抬頭看或是讓路，只顧著繼續講話，彷彿一切如常，彷彿阿麥一直屬於這裡。他的老位子上沒人，亞力山德坐的位子是今年春天開里夫玩笑的那位球員原本的座位，那個人已經不在這裡打球了。阿麥永遠不知道原因出在那個笑話，還是他的能力不夠格打甲組隊。

他脫掉衣服，感覺所有人偷覷的眼光，然後走進淋浴間。沒人跟著他。他獨自站在熱水下，肌肉痛，自尊更痛。

他出來之後發現長凳上有一把刀。隊友們全把自己練球制服上的名字剔掉了，沒有人說話，只是一個接一個地把名字丟進垃圾桶裡之後去沖澡，最後只剩阿麥獨自坐在更衣室角落裡，粗重的呼吸聲清晰可聞。就這樣，他輸了一場比賽，卻贏回整間更衣室。

甲組隊的練球時段通常沒觀眾，但今天看台上有幾張熟悉的臉孔。瑪亞和彼得吃著巧克力球，管理員陪在他們身邊；片刻之後甲組隊的前任教練蘇納也帶著狗出現了。練球時間過了一半，他們聽見樓梯上輕盈的腳步聲和悄悄話：「擋在我前面！我不要他看見我！」是法蒂瑪。她很想看阿麥練球，又深怕兒子看見自己之後會有壓力，怕她打破某個魔法。彼得和蘇納笑起來，因為法蒂瑪眼看就要變成那些迷信的冰球媽媽，比兒子更在乎那些上場比賽之前的奇怪儀式。

「要是以後他進的球不夠多，妳很快就會邊燃香邊坐在這裡趕幽靈……」蘇納嘻嘻笑。

當然，隨便他怎麼說都行，因為法蒂瑪根本沒聽進去。她的兒子正在下面打球，其他事情一概不存在。瑪亞坐在她前面；法蒂瑪每每在阿麥進球時用力攫住瑪亞的肩膀，手勁大到她自己都不好意思。瑪亞大笑著安慰她不用擔心。然而當瑪亞轉頭看見某樣東西時，卻反過來用力握緊法蒂瑪的手：冰館大門打開了，一個身影潛進之後坐在遠處角落裡。

「說到幽靈……」管理員看見來人是班吉時微笑說道。

蘇納和彼得轉過身，神情就像看見親生骨肉回家了。他們沒有人說得出話，蘇納的狗便代替他們興奮地汪汪叫。站在下方長凳區的札克爾也看到他了；她不愛和人往來，所以也沒有很明顯的表情，但是自從班吉離開後她還沒讓任何人接替背號十六號。將來她在所有教練過的冰球隊裡都會保留十六號，因為她內心深處永遠不會停止盼望看見此情此景：冰館大門毫無預警地打開，他走進來，彷彿什麼事都未曾發生過。她會教出更有天分的球員，更快、技巧更好，但是她願意用所有的隊伍交換這個長頭髮的笨蛋。他看見她在冰面另一頭的凝視，簡單點了個頭，她也回以點頭。除此之外別無其他反應。班吉擔心要是再靠近一些，她會問他還要不要打冰球，而他不想讓她失望，於是只好保持距離。札克爾向來不後悔任何事，但是她將會後悔當時沒立刻走上前說自己想念他。如同她永遠沒跟拉夢娜講同樣的話。

練球時間還沒結束，冰面上的球員們沒空注意看台上的動靜，班吉就這樣坐在最高的陰影裡，聽著所有的噪音。冰鞋的滑動、回聲、喘氣。**砰砰砰**。他老早就把阿麥的球袋留在冰館外面，還虧他緊張的樣子；但是此時換作他自己站在冰館外的冷空氣中發抖，一直等到練球時間過了一半才強迫自己打開大門，穿過所有回憶的幢幢陰影走進來。看台上其中一人站起身繞著冰場慢慢走過來，不徵求許可就坐在他身旁，把手臂塞在他的手臂下，臉頰靠在他的肩膀上。

「瑪亞．安德森竟然會來看練球？波波一直在講的那個新來的小子肯定辣得要命！」班吉故作驚訝，瑪亞使出全力捶了他的手臂一拳，哈哈大笑。

「你好豬頭，你們全都是豬頭！」

班吉咧嘴一笑，向冰面點頭：「就那個傢伙？」

瑪亞啐道：「是啦，他叫亞力山德，可是札克爾叫他『大城佬』，我真受不了這些豬頭！」

班吉皺起眉：「他真的很辣耶，瑪亞……」

「我知道……」她無力地嘆息。

他縱聲大笑。她拿出口袋裡的巧克力球，抽了一整天大麻的他狼吞虎嚥，一口一顆。

「我很高興看到你有些行為還是老樣子，雖然只有一點。」她笑著說。

班吉迅速閉上眼睛，緩緩睜開。他盯著天花板，彷彿想看穿它。

「回家對妳來說奇不奇怪？對我來說非常奇怪。光是這個冰館感覺起來就比以前擠，我們還小的時候覺得它……大得不得了。」

「是啊，我也覺得很怪。就連自己家都不像家了，要回來的時候我甚至沒說我要『回家』……」她承認。

他許久不發一言，然後問道：「妳想沒想過，要是沒有凱文的話妳的人生會是什麼樣子？」

她低聲回答，彷彿同時被問題和自己不假思索的回答嚇到了：「隨時都在想。你呢？」

他的下巴牽動少許，是全世界幅度最小的點頭。

「妳認為自己原本還會住在這裡？」

瑪亞思考了一世紀之久，回答：「會。我也許會是天真快樂的小女孩，參加派對、喝難喝的酒直到掛、在學校裡八卦誰又和誰上床。我應該還會一整晚不睡覺，聽安娜碎碎念班吉有多性感——」

「我還是很性感！」班吉嚴正地打斷她。

「是啦是啦，渾球，你還是性感。可是就是因為你知道這一點，所以要給你扣幾分。」她笑道。

他遲疑片刻之後問：「然後呢？從大熊鎮高中畢業之後，妳還會留下來？如果不是因為凱文？」

她小心地考慮。

「也……許吧？也許我會和某個打冰球的神經病在一起，住在有小院子的小房子裡面，生兩個小孩還有一隻叫辛巴的貓和叫茉莉的狗……」

「妳的未來寵物有名字，可是小孩沒名字，挺好的。」班吉嘻嘻笑。

「我現在比較想要寵物，不太想要小孩。」她也報以一笑。

「那妳在那個小房子裡快樂嗎？」

「會呀，我想會吧，可是我寫的歌絕對都很爛。」

他大笑。

「要是妳先生跑了，我就去跟妳住。」

「要是我先生跑掉，八成是因為你跟他上了床，渾球。」

「那倒是。」他承認不諱。

「我為你驕傲。」她的悄悄話吹進他的毛衣裡。

「我也為妳驕傲。」他的回答飄進她的髮間。

數排之下的座位上有人氣喘吁吁地鬼叫。

「我呢？沒人為我覺得驕傲嗎？你們兩個真是損友，兩顆老鼠屎！妳相不相信我得靠在妳手機上裝的追蹤程式才找到妳在這裡？」

安娜雀躍地爬過椅子接近他們。瑪亞不好意思地發現有九通未接來電。

「等等……妳在我的手機上裝了追蹤程式？所以能看見我在哪？為什麼？」她忙不迭地質問。安娜大惑不解地將雙臂向外一攤：「當然是為了這種情況呀！」

70 球員

所有其他甲組隊球員沖完澡回家之後，更衣室裡只剩阿麥、咕嚕和大城佬。就在他們準備離開時，阿麥鼓起勇氣問道：「你明天早上想不想來練球，咕嚕？像之前那樣……來這裡練幾次射門……我可以請管理員幫我們開門。」

咕嚕興奮地點頭。大城佬挑起一邊眉毛，遲疑地問：「我能一起來嗎？」

阿麥點頭，喜悅之情溢於言表。然後他在球袋旁站了幾秒鐘，再度拿出勇氣建議：「除非你們想……現在練？」

這個話題根本不用討論。他們脫掉衣服再度換上練球制服。看台上的那一小撮觀眾原本已經往大門移動了，但一等球員們出現，他們就全回到座位上：管理員、法蒂瑪、蘇納、彼得、班吉、瑪亞和安娜。照理講，冰館在這個時候已經該關燈關門了，可是現在沒人有意見。阿麥轉個彎，朝咕嚕右側的球門射進一球，球門網的彈動聲振奮了冰館裡的每一個人。阿麥發出大笑和歡呼，法蒂瑪已經好幾個月沒聽見孩子這麼快樂了。

「冰館裡有了笑聲，所以世界還不算徹底完蛋，還沒……」管理員喃喃自語，接著走進儲藏室獨自面對自己的情緒。

蘇納也大笑，小狗不停舔他的臉。彼得從來沒像此時這樣有回到家的歸屬感。冰場另一頭的看台上坐著班吉、瑪亞和安娜。阿麥在他們下方停住，以戲謔的語氣朝大城佬叫：「嘿！你見過班傑明．歐維奇嗎？他是我們這裡的傳奇喔！從前冰球打得可好了！當然沒你好，不過**還可以**……」

班吉盡可能克制自己，比任何人都預料的還久。但是最後他仍然邊咒罵邊站起身說道：「給我一雙鞋，我要去打斷那個白痴的腿……」

瑪亞和安娜盡情大笑，冰館的屋頂像是在唱歌；阿麥也大笑，可是大城佬站在他身邊小聲問：「他是指你，對不對？他要打斷的是**你的**腿，是吧？」

班吉衝進管理員的儲藏室，拎著一雙冰鞋出來。管理員在這座冰館裡待了一輩子，見過的事情比大多數人能想像的都多，可是還真不記得有比這次更精采的事件。札克爾和波波原本在樓上辦公室計畫下次的練球，但在聽見冰場上的吵嚷和歡呼聲後便回到看台上。波波看班吉的眼神，就像拉不拉多聽見大門鑰匙孔裡傳來的叮鈴聲。札克爾點點頭，顯然毫無所動，說道：「我回辦公室把事情做完，你和你的朋友去打。」

波波歡天喜地地衝下看台，但是札克爾沒回辦公室。她站在原地看班吉滑過冰面追阿麥，阿麥大笑著跳走，波波套上冰鞋加入戰局。最棒的事情發生了：幾乎已經是成人的傢伙們完全忘了自己是成人。

他們分成兩組：班吉、波波和咕嚕一組，阿麥和大城佬另成一組。由於人數不均，他們朝看台上的彼得大叫、碎念直到彼得也下了看台去找冰鞋。瑪亞幾乎不敢相信自己的眼睛，可是她爸爸上了場，看起來似乎……玩得很快樂。

大城佬發現阿麥總是能在看似不可能穿過的空隙之間傳球，彷彿都是靠運氣。阿麥把球碟射進球門之後在往回滑的路上經過波波，氣喘吁吁地說：「你看見那個傳球了嗎？可憐的海德和他們的頭一場比賽，我很替海德覺得可憐。那個傢伙能看出來我在想什麼……」

大城佬只犯了一個錯誤：他勾過球碟之後直直衝過班吉身邊，令班吉一下子重心不穩，大夥全笑起來。從那次之後班吉就像隻憤怒的獾，如影隨形地糾纏他。

「你們那時候真的非笑不可嗎？他會把我宰了！」大城佬在一次接近球門時小聲告訴彼得，彼得只是輕鬆地笑著回答：「才不會，你別擔心。班吉才不會在這裡宰你，太多目擊證人了。你只會在我們不注意的時候突然『人間蒸發』。這裡有很多森林，你知道，隨便埋哪裡都行！」

大城佬死盯著彼得，像是在思考本地的幽默感是否真如此白痴，還是彼得其實是認真的。他身後是班吉追著阿麥，從這頭追到那頭。兩人滑到冰面那一端時，已經因為卯足全力而滿臉通紅。波波滑過去看他們是否無礙，但是正當他打算建議大家暫停時，班吉一彎腰朝球門線和波波的冰鞋上嘔出所有吃下去的巧克力球。

「喔老天爺……該死的……老天──不妙不妙！太噁了！我踩到啦！」波波驚恐地大叫，試圖跳出那一大灘嘔吐物。可以預見的是，他滑了一跤，屁股重重跌在那灘混沌之中。接下來的幾分鐘之內，冰館裡沒有人能正常呼吸，大概連海德鎮都能聽見狂笑聲。法蒂瑪拎著水桶和抹布跑過來，阿麥滑到防護牆邊阻止她繼續前進，接過清潔工具之後自己把冰面清理乾淨。班吉內疚到幾乎揍了阿麥。

「我清理過比你更髒的豬。」阿麥笑道。

「髒不了多少！」波波深感噁心地指出。他看見嘔吐物在冰面結了凍，差點也加入嘔吐行列。

「是味道讓你想吐嗎？」阿麥挖苦波波，然後和班吉一起笑到嗓子變啞。

波波龐大的身子因為乾嘔而抽動，班吉笑到肋骨發疼，不得不彎下腰。波波怒不可抑，靠在防護欄上咒罵阿麥，說他要請札克爾重新考慮球員選擇，班吉聞言發出更劇烈的笑聲，拜託波波別再說話，因為他已經快笑死了。

他們為了波波移到冰場另一頭，用帽子標出一塊小球場，水瓶當作球門。然後重新開打，就像孩提時代在湖面上打球：沒有規則地不停射門。簡單又不複雜，我們對上你們。

阿麥的記憶中會將這個晚上當作某件事的起點；對波波來說則是結束。彼得會覺得他又重新屬於某件事；咕嚕覺得自己首度屬於某件事。大城佬像是重獲當小孩的機會，再度愛上冰球而無法自拔。沒人知道班吉怎麼想的，因為這是他們最後一次看見他打球。

有一天，瑪亞會寫一首關於這天晚上的歌，她的筆記本會被眼淚浸濕：

我記得不久前的那個夜晚
打擊到來的最後一個夜晚
我們終於能夠看見
夢想中你會成爲的那個人
你的身影模糊
你的心跳隨意
做你想做的人

快樂安全又自由
我的朋友你在何處？我無從知道
可是我記得上輩子的那一夜

71 謀殺

所有孩子都是父母童年的受害者，因為所有父母都企圖給孩子他們小時候喜歡或缺乏的。到最後，每件事要不和父母想要的反其道而行，要不就是依樣復刻。這也就是為什麼討厭自己童年的人往往比喜愛自己童年的人還有同理心。因為日子過得苦的人會夢想其他現實；得來不費功夫的人鮮少想像不同的現實。我們輕易地將快樂視為理所當然，彷彿從一開始就這麼快樂。

也許這就是為什麼向實在不懂的人解釋冰球格外困難。因為冰球只有「經歷過」和「沒經歷過」兩種。假如在你成長過程中沒隨著時間愛上冰球，就只會以為那是一種運動。你頭一次打冰球必須在還是孩子的時候，心情必須放鬆到很清楚冰球只是遊戲。要是你夠幸運，非常非常幸運，冰球對你來說將永遠是遊戲。

大熊鎮開始下起大如廚房隔熱手套的雪花，就連停車場裡都聽得見冰館裡的笑聲。有件事說來也許完全合乎邏輯或完全瘋狂，看你站在哪個角度，不過在有些地方，一場遊戲能解救整個童年。如果你總是置身遊戲裡，就不會感覺憂慮或恐懼，因為遊戲裡沒有空間容納它們。所有遊戲裡只有熱切的吼叫和上氣不接下氣的大笑；隊友都是你的朋友，你永遠不覺得孤單。到了晚上，你不是逐步進入夢鄉，而是玩得太累瞬間陷入昏睡，你的父母得小心為床上的你脫下球衣。第二天上午你迫不及待地醒來，狼吞虎嚥早餐之後衝出門，因為街上已經有孩子們在打球了。永遠有新的一場球，永遠有決定最終結果的那一球。如果你愛一種遊戲，打從心底喜愛，你將不會記得童年時的其他時刻。所有你記得的時刻都是手上握著球棍，和死黨們肩並肩，球門之間的幾公尺就是整個星球，我們是全世界最棒的。你所能給孩子最棒的東西就是歸屬感。你能擁有的最巨大的東西就是屬於某件事物。

所以當個與眾不同的孩子很傷人。那個當人們翻閱畢業紀念冊時卻記不得姓啥名誰的孩子，因為那孩子從未參與過別人的童年，除了他自己的。圈子外冷極了，你只能孤獨凍死。

馬帖歐站在冰館停車場外緣的黑暗樹林中。他小心地將一隻腳放在結凍的小水窪上，聆聽冰在腳下的碎裂聲。他不知道湖是否也開始結冰了。對城裡的冰球傢伙們來說，湖結冰的那天比聖誕節還重要；有幾個冬天，就連馬帖歐也對此事感到快慰，因為冰球傢伙們的注意力全會放在比賽上，暫時忘記霸凌別人。可惜這種情況永遠無法持續太久。

露絲總是說：「撐過這幾年，別讓這個鎮毀掉你！然後你就自由了。我們可以到外面的世界去，只有你和我，好嗎？你在學校裡要當隱形人，躲開那些冰球人。」不過整個鎮上都是冰球人，想隱形可不容易。大約三年前的此時，十一歲的馬帖歐在湖旁騎腳踏車，不巧碰上幾個同校的學長。剛開始他們騙得馬帖歐以為自己可以加入，既簡單又殘忍，然後他們說服他到湖上看看冰是否結得夠厚。「再遠一點！再遠一點！」他們大叫；起初是鼓勵，卻很快成了威脅：「繼續走！不然我們等你回來打斷你的腿！」

馬帖歐最後走得好遠，直到冰面開始出現裂痕。他知道拔腿跑的話就死定了，若全部體重放在一隻腳上，他將會沉入冰冷黑暗的湖水中永不見天日。那次事件之後他做過好幾百次惡夢：看得見光亮卻被困住，小拳頭不停敲擊頭上的冰面，徒勞無功地尋找一個洞，最後慢慢淹死。因此那回他做了十一歲小孩唯一能想到的：趴在冰上，試著以最平均的方式分配體重。他想爬回岸上卻又不敢，只好趴在原地啜泣。

他不知道岸上那些男孩是否後悔自己的惡行。畢竟對那些混帳東西來說，每件事一開始都只是玩笑，他們的父母總是在出事之後如此推諉。只是男生惡作劇而已。你們也知道小孩都這樣。只是好玩罷了。馬帖歐沒聽見他們是否在大笑還是大叫，因為他把嘴唇貼在冰上哭得厲害。直到一聲暴喝讓他有了反應：「**你們他媽的在搞什麼鬼？**」

馬帖歐極小心地抬起顫抖的下巴望向岸邊。兩個跟姊姊差不多年紀的少年把電單車停在路邊，正往下坡走。男孩們嚇得四散奔逃，其中一個少年揪住男孩之一，提起拳頭，但是另一個阻止他並且指向馬帖歐。冰面又發出破裂聲，馬帖歐頭一回發出驚叫。少年向四周拚命張望想找到繩索之類的物件卻不可得，最後決定脫下夾克和上衣綁成長條狀。比較輕的那個匍匐前進，盡可能靠近馬帖歐，向他丟出那條臨時繩索，然後以非常非常慢的速度將他拉回安全之處。

馬帖歐幾乎不記得他們對他說的話，他冷得牙關交擊，轟隆隆地耳鳴。他們問他住哪，他勉強指了方向，其中一個少年騎他的腳踏車，另一個用電單車載他。馬帖歐的父母出門去為教堂做永遠做不完的慈善工作，家裡只有露絲。她一看見他們就衝出房子，不斷擁抱馬帖歐，詢問他們發生了什麼事。少年們據實以告。馬帖歐不知道他們來自海德，也不知道他們穿的紅色夾克代表海德冰球隊。其中一位少年向露絲伸出手自我介紹。

她就是這樣認識了謀殺她的人。

72 露營的人

大人們在練習賽結束後便先離開了。他們知道要是另一個世代的人離得太近，充滿開心年輕人的冰館便會失去魔力，金銀財寶會在寶箱打開之後化為灰燼。瑪亞、安娜和波波在停車場裡等班吉、阿麥、咕嚕和大城佬換衣服。蘇納的狗打小就在冰館長大，把這裡當成牠的地盤，在他們腳邊來回嗅聞。蘇納雖然退休了，小狗仍舊在冰館裡度過許多時光，甚至上了最新的甲組球隊官方照片。咕嚕和小狗玩著；所有動物都愛他，也許是因為牠們曉得他也不為人類理解，縱使他極為渴望。

「要不要我載你回家？」波波問。咕嚕搖搖頭，走向公車站牌。

「明天練球嘍？一大早！」阿麥叫道。

咕嚕默默地點頭，臉上的微笑使所有言詞都顯得多餘。眾人分道揚鑣：波波先載阿麥的球袋回大熊窪，然後回家打電話給泰絲；阿麥還是跑步回家，今晚他會睡得很熟，明天早上迫不及待地起床。

「你呢？要不要搭便車？」班吉瞧一眼大城佬，漫不經心地問道。

「不……不用了……」大城佬迴避似地說。

「你還需要什麼東西嗎？我都可以幫你找到！」班吉笑的時候還很大方地眨巴眼睛。

大城佬偷看一下瑪亞，羞赧地說：「我也許需要有個住的地方，彼得感覺起來好像不希望我住在他家。我是說他人很好讓我住一個晚上，可是感覺怪怪的。我覺得昨天晚上他好像把我反鎖在房間裡……」

他的雙頰通紅。瑪亞就站在他身邊，此時講這個話題多多少少有些難為情。「多虧」了安娜，讓情況更難為情：「他只是擔心瑪亞會在半夜溜進你房間跳到你身上！」

「安娜妳真的是個……」瑪亞啐她，安娜邊笑邊踩著舞步閃過瑪亞的拳頭。

「真的假的？瑪亞．安德森竟然想打架？是妳的新死黨教妳打架的嗎？好啊，來吧！用妳最大的力氣揍我啊！」安娜取笑瑪亞，渾身散發武術家的冷靜自信，瑪亞就算再花十年時間也無法接近她的身體。

大城佬看著她們，略感吃驚。

班吉饒富興味地打量他。「我有一部露營車。」他說。

「什麼？」大城佬問。

「露營車。如果你想找個地方住。」

「我的意思是……真的嗎？」

「我的意思是……真的嗎？」班吉模仿大城佬的口音。

大城佬在地上的雪堆擦著鞋底，把彼得借他的夾克拉得更緊些。

「你是說你有一部露營車……就像……大家開去露營的那種？」

班吉笑得打顫：「我猜你是不是從來沒去露營過啊大城佬？」

「你們要去露營？我們也要跟！」幾公尺外的安娜忙不迭接話，她輕輕鬆鬆地只用一隻手便擋住瑪亞的攻勢，彷彿瑪亞是個小孩。

「現在是零度以下耶。」大城佬指出。

「所以呢？」安娜不解地問。

「我有大麻和啤酒喔。」班吉昭告眾人。

於是他們出發露營去了。

班吉開著露營車，沿著幾乎無法穿越的森林小徑向前進，路上經歷幾次險些翻車的危機，最後神奇地抵達湖邊，停在可以看見瑪亞和安娜小島的位置。那座小島從前曾是凱文和班吉的，是兩個男孩在全宇宙之中最祕密的國度，每個夏天必來造訪的避風港；但是那些夏天早就走遠，凱文也搬到別的地方，因此班吉把小島讓給女孩們。如今女孩們已經是女人了。瑪亞的指尖放在班吉肩頭，極輕極短地小聲說道：「這裡很浪漫。所以我先跟你說清楚，要是你以後帶我先生來這裡還想跟他上床，我絕對會宰了你。」

班吉爆出大笑。他和安娜試著合力生火，直到安娜舉起一根大樹枝指責班吉的做法錯誤；生火任務最後由安娜獨力完成。到處都是斷裂的樹，暴風雨就像忙著逃命的暴徒，所到之處淨是受害者；可是此時地上的大洞和傷痕已經慢慢被雪和遺忘掩蓋住了。到了春天，大自然會淡化上星期狂風留下的衝擊，人們也是。年輕人們裹著睡袋坐在火堆前，喝啤酒抽菸，看著天上的星星，被茫茫然的迷霧包圍。那是個美好的夜晚，最好的其中幾個之一，你會幾乎整晚不睡，因為捨不得那種靈魂陷入極度安詳的感覺，彷彿能找到一切問題的答案，所以根本毫無睡意。最後還是瑪亞先打了個哈欠，包著睡袋從童軍椅中掙扎而起，含糊地說：「真要命，我已經好久沒這麼醉了。我得去歲……不對我是說我要去脆，我要去最……**唉呀你們知道我的意思！**」

其他人笑得臉頰發疼。

「去**睡覺**，醉鬼，老天爺，看妳這一點酒量，妳那個音樂學院的新閨蜜肯定很不會喝酒！」安娜格格笑。

「什麼新閨蜜？」班吉不懂。

「瑪亞丟掉我之後新交的好朋友！」安娜點頭說道，醉得兩隻眼珠不朝同一方向看。

「那好，就衝這一點，我以後絕對要睡她老公！」班吉向安娜保證，兩個人就連想擊掌為誓都瞄不準位置。

瑪亞決定等明天上午酒意退去能夠正常講話的時候，就叫他們兩個去死。她的頭還沒碰到露營車裡的枕頭就睡著了。安娜在車外等了一下，如此才能誇口說是瑪亞先昏厥的。接著她有禮貌但是嚴正地叫兩個男孩去死，爬進露營車裡背靠背地和死黨睡在一起。

班吉和大城佬留在原地，班吉看著他，他看著天上。

「你該不會也打算跟那些觀光客一樣，說你從來沒看過這麼多星星？」班吉取笑他。

「我來的地方也有星星。」大城佬笑著說。

班吉聽起來幾乎是被羞辱了：「可沒我們的好。就像冰球選手。」

當然，這是謊話。今天他在球場上注意到大城佬的手腕動作和傳球技巧，非常清楚他有多棒。大城佬看著班吉的眼睛，知道班吉很清楚自己話中的真實程度，於是他曉得不需要再多說什麼，取而代之的是經過深思熟慮的問題：「我上網查過彼得，他是二十年前的大熊冰球隊隊長，是吧？他們幾乎跟著他拿到冠軍？」

班吉閉著眼睛深深抽了幾口大麻。

「那就是大熊鎮。幾乎是最好的，幾乎一直都是這樣。」

大城佬揉弄手指，像是在轉動隱形的婚戒。

「彼得和札克爾來看我練球的時候什麼都沒說。我問他要是他根本不替俱樂部工作了，為什麼還會去那裡，他說……他想做有用的事。說冰球就是他讓世界變好的方式。」

「他很特別。」班吉說。口氣囊括了那個人所有的長處和壞處。

大城佬也深深抽了幾口大麻，回答：「在像那樣的球隊裡打球……你知道……肯定非常特別。讓每個人跌破眼鏡的球隊，絕對有真正的兄弟情感，你懂吧？讓每個人都比最好的自己還更好？就像國家冰球聯盟裡的那些隊伍……不可能永遠在一起……只是連續贏幾年之後變得太老，整支隊就被賣掉。我想你要是在那些隊伍裡面，肯定能親身體驗那種特殊的感覺？」

班吉半睜著眼睛看他，眼中除了跳躍的火光之外一無所有。

「所以你才來這裡？為了變成特殊的那個？」

大城佬怯怯地笑著：「也許吧。」

班吉盯著他看了很久，之後的問題來得猝不及防，大城佬一愣之餘被煙嗆了個飽。

「你摔過幾次腦震盪？」

「為——為什麼……問這個？」大城佬邊咳邊說。

班吉平靜地聳聳肩：「今天打球的時候，只要我的目標是球，你就打得很漂亮，我一點機會都沒有；可是如果我的目標是你的身體，那麼你每次都會躲開。我曾經和一個這樣的傢伙打過球，他也很棒。可是我們十四歲的時候他摔過一次腦震盪，在那之後好幾個月，他都會跳到一旁以免又被撞到。」

大城佬停止咳嗽，往火堆裡丟幾根樹枝，過程中不可避免地燙到手，然後含糊地說：「那個傢伙是凱文．厄道爾？」

整個晚上，班吉首次面露驚訝的表情。

「你怎麼知道？」

輪到大城佬聳肩了：「我爸老是會留意全國跟我同齡的最佳球員，還在我牆上釘了一張名單。其實我看過你打球，我爸開了四小時車帶我去看那場球，只為了讓我見識一下我的競爭對手。我記得自己瘋狂嫉妒凱文。」

「他棒得誇張。」

「對，可是那不是原因。我嫉妒他有你。沒人敢碰他。」

班吉靜默了好幾分鐘，然後重複問題：「腦震盪幾次？」

大城佬嘆氣：「六次。第一次是十二歲，最近一次是去年。有人用橫桿推擋我的背，我飛出去撞上防護欄。那傢伙被罰離場兩分鐘，我卻有九個星期沒法上場。頭三天裡我除了吐之外啥也不能做，沒辦法思考，只想了斷自己。我甚至不能出門，因為陽光像是在砍我的頭，從來沒經歷過這麼糟糕的狀態，那整個周末裡我徹底失憶。我現在還會頭痛，耳鳴，永遠不會停。有時候腦子裡只有一團黑霧。我在電視上的某場比賽裡看見一個傢伙也被類似手法推了一記，你知道播報員怎麼說嗎？『被撞的人要負責，他得把頭抬高！』」

他敲著太陽穴。班吉能看出他眼裡的痛苦，點頭道：「沒錯。我曾經看過文章說那位性情大變的國家冰球聯盟球員，還有很多其他問題。永久性腦部損傷，可是一直到他死之後做了解剖，大家才了解原因。」

大城佬閉上眼。

「我回到球隊之後，教練要我多用身體打球；在球門前面總是『打』這個『打』那個。他滿腦子想的都是打贏肢體衝突，你曉得，『多利用防護欄』那些鬼話……」

「『啃球碟！』『嚼鐵絲網！』」班吉模仿著，因為他也碰過幾百萬個這樣的教練。

「就是那樣。」大城佬苦澀地笑。

「後來怎麼了？」

「我不敢。他看出來了。我再也無法融入他的打球方式，所以他把我晾在板凳區，因為我的『頭不夠硬』，我不耐煩之後，他就去跟俱樂部說我有『紀律問題』。」

「你有嗎？」

「那個俱樂部也許是我有史以來唯一**沒有**紀律問題的。我有好幾年都很不成熟，跩個二五八萬，可是打從心底喜歡那個俱樂部……我希望順利待下來。可是我沒辦法再照那些教練的要求打……」

「這裡呢？」

大城佬從鼻子緩緩呼吸。

「那個札克爾看起來……不太一樣。」

「這個說法算客氣了。」班吉微笑。

「所以也許她會讓我用不同方式打球？」

「我只能說，她也許已經把你的底摸透了，連你都不知道的自己。有時候這是好事。」班吉說。

「什麼時候是壞事？」

「大部分人都不想知道關於自己的真相。」

大城佬花了點時間消化這句話，打開最後一罐啤酒。

「我喜歡彼得。我以為他像所有其他老職業球員那樣神氣得要命。可是他……」

「有些特別？」

「這整個鎮都很特別，是因為近親通婚還是怎樣？」大城佬哈哈笑。

「還有大麻。」班吉咳嗽。

兩個人在星空下笑了好久。這個晚上真的很棒。

「彼得究竟有多棒？」過了一會，大城佬問道。

班吉不假思索地回答：「他從前是最棒的。我是說真的，雖然……他太癡迷了。很多關於他練球的故事都讓人不敢相信。小的時候你會以為那是傳說，可是我看過錄影，跟我看過的都不一樣。他看起來慢得要命，可是沒人能搶在他前面。一個都沒有！」

「就像他能讓時間慢下來。札克爾要我跟他對打的時候，我注意到這一點。」

班吉嚴肅地點頭。

「每個人都以為那是天分，其實只是練習，和癡迷。他的生命裡只有冰球。假如你是他，你想自己會打得多好？」

「你為什麼覺得我不像他？」大城佬笑道。

「你這周末有一場比賽，可是你正在森林裡的露營車旁邊抽大麻喝啤酒。」班吉點出。

大城佬大笑，似乎在鬆了一口氣的同時又感到沉重的壓力。

「反正我不會像阿麥那麼好。他好到極端。我從沒碰過比他更快的人，他能夠進國家冰球聯盟。可是我呢？不可能。老爸總是認為我可以，可是他不了解必須具備的條件。你得具備非常獨特的能力，我只是……好而已。我爸只看見我在這個小泡泡裡拔尖，可是每個小鎮都有像阿麥那樣的人。到了國家冰球聯盟呢？他們一年打一百場球……我的意思是，得做多大的犧牲！什麼都沒有只有冰球，每天，每年。我不認為我可以過那種日子。我爸瘋了，你知道，為了能在國家冰球聯盟打一個球季，他願意剁掉一條手臂。他的欲望夠強，天分卻不夠；也許我有天分卻沒欲望……」

「欲望就是一種天分。」班吉說。

大城佬聽見這句話，感覺心幾乎碎了。

「你呢？什麼時候不再打球的？」他低聲問。

「當我不再愛的時候。」班吉回答。

大城佬沉默良久之後鼓起勇氣問：「你覺得你還可以嗎？重新再愛？」

班吉直直望進他的眼裡。由於這樣的夜晚讓人覺得凡事都有可能，他便回答：「也許。」

他們進了露營車倒下，背對著安娜和瑪亞。天氣冷得不像話，大城佬卻安睡一夜，整晚沒醒過一次。他已經很久沒睡得這麼安穩了。他第二天一早醒來之後走進森林裡坐下，傾聽從前沒聽過的，或者說至少不如此時這般徹底、鋪天蓋地而來的——

寧靜。

73 刻痕

夜晚降臨大熊鎮，不過天色已經黑了好幾個小時，根本沒人注意此時的黑暗其實是夜色。教堂院子門打了開來，一條身影謹慎地走在陰影中，踏在雪上的步伐如此輕柔，彷彿他正赤腳踩在玻璃上。幾座墓旁搖曳的燭光是他唯一的指引，但他似乎很清楚要去的方向。

教堂墓園應該是最後的目的地，但是對我們許多人來說，墓碑則是問號。為什麼？怎麼會是你？為什麼這麼年輕？你現在在哪裡？要是一切換個樣子，你現在會成為什麼樣的人？或者不同的只是一件非常微不足道的事情？如果你有不同的父母、不同的姓名、如果你住在別的地方？

幾乎沒人會記得她的名字。他們會說：「喔，對，她呀，她從前在我班上，幾年前失蹤了不是嗎？聽說她逃家了。她的爸媽信教信到瘋對不對？那個詭異的教會，叫什麼來著？我聽說她吸毒，跑到國外結果吸毒過量死了。老天，她叫什麼名字？我忘了！」

露絲。她的名字叫露絲。刻在墓碑上。名字下面只有日期，沒別的了，也沒有詩句或墓誌銘。可是在墓碑上方一角，有個人小心仔細地刻了一個小小的圖案。你得靠得很近才能看出來那是一隻蝴蝶。

身影在黑暗中四顧。有一天，他的名字也會刻在墓碑上，人們會說：「誰？我不記得他……」然後會有人提醒其他人他的綽號。由於他幾乎不說話，人們便叫他「咕嚕」。

他走近露絲的墓，雙膝向下一沉跪倒，手指滑過墓碑上的字。然後出於絕望的他顫抖著重複同樣三個字，一遍又一遍對著夜色說：「對不起。對不起對不起對不起。」

74　機會

今晚稍早，瑪亞、班吉、咕嚕和其他人站在冰館外和蘇納的狗玩，彷彿一切都很太平，世界很美好；馬帖歐則藏身在黑暗中看著他們。他看見阿麥和波波向其他人說再見，波波載阿麥的媽媽先回家，阿麥跑步。班吉、瑪亞、安娜和不知名的新球員走向一部老露營車。咕嚕獨自朝公車站走去，像是要搭公車回海德。當他以為沒人看見時，便轉身走進教堂墓園。馬帖歐躡手躡腳地跟去。此時他坐著躲在墓碑之間，聽咕嚕在露絲的墳前啜泣。

馬帖歐不知道這件事讓他對咕嚕的恨意增加還是減少。他總是認為殺死姊姊的人並不在乎，不會為她哀悼，甚至不當她是人。可是他最後決定眼前的情況更糟：咕嚕當她是人。因為假如她是別的東西，只是可以利用和丟棄的物品，那麼至少還說得過去。他們竟然能對一個人做那種事？一個活生生的人？那他們必定邪惡到極點，除了地獄之外哪裡都不配。

要是馬帖歐手上有槍，肯定會在此時此地直接送咕嚕下地獄。但是他得等幾天才有機會。

75 果醬三明治

砰！

砰！

砰！

蘇納退休後，鎮上許多人擔心他將會無所事事地呆坐一整天，可是現在他想不透自己從前怎麼有時間上班。他有一隻不顧他的喝斥照樣啃家具的狗，還有一個站在院子裡朝牆面射球碟、將近七歲的小女孩。「這兩個傢伙還真合作，從不同角落拆房子。」當蘇納站在廚房給屋裡的小流氓做肝醬三明治，給外面的小流氓做果醬三明治時便常常如此咕噥。他最近一次去看醫生的時候，醫生問他是否比平常疲憊，他回答：「我怎麼知道？」對話就此草草結束，因為艾莉西亞牽著狗在候診間裡，蘇納和醫生聽見一陣騷動。艾莉西亞的頭探進來問外面的盆栽貴不貴。「你孫女？」醫生笑著問，蘇納不知道該如何解釋兩人根本毫無血緣關係。三十五年前的某日，同樣的事情也發生在超市裡，不同的是當時跟著蘇納的是個不耐煩的小男孩，手裡拿著冰球棍。某人說：「你兒子長得真帥。」那時蘇納不知道如何回答。小男孩的名字叫彼得．安德森，沒人教他正確發球，他也從沒吃過像樣的果醬三明治，於是蘇納決定親自插手這兩件事，並從此開始了一輩子的友誼。彼得是蘇納在大熊鎮所見過最漂亮的櫻花樹，他就是這麼看最偉大的冰球天才：排除萬難，在冰天雪地的花園裡綻放的粉紅色花朵。

蘇納從來沒有自己的孩子，他在職涯末期負責教的都是成人球隊，而不是孩子們。他原本已經不再想櫻花樹了，直到四歲半的艾莉西亞參加她的第一次訓練。她是一群孩子裡年紀最小的，在冰上的身形最矮，卻從一開始就打得最好。她現在快七歲了，好到當俱樂部讓她和男孩子一起打時，還引起父母們的抗議。「有些大人就是蠢。」當她問蘇納為何不能繼續和男孩子們練球時，他哀傷地回答；不過她並不需要蘇納告訴她這個事實。關於大人，她已經無所不知。自從提姆拜訪她家，告訴在場的人現在她歸誰保護之後，她身上的瘀青已經少多了，但家人仍然不在乎她回沒回家吃晚飯，甚至在許多日子裡也許還慶幸她沒回來吃飯。因此她在要練球的那幾天，放學之後就直接到冰館；不練球的那幾天直接到蘇納家。其他孩子們會畫圖送給蘇納讓他吸在冰箱上，艾莉西亞卻對畫畫沒興趣。牆面上的球碟撞擊痕跡倒也可以和畫有相同的意義：它們都是時間裡的小標記，說明某個你愛的人曾在這裡長大。

剛開始蘇納只教她打冰球，到後來變成教她任何人生中應該知道的事情：綁鞋帶和背九九乘法表和聽貓王的歌。她開始跟他和小狗進入森林，老人教她了解所有跟樹和植物有關的訊息。當他偶爾感到呼吸不順暢，胸口疼的時候，便會說：「妳帶狗先跑到前面去，我等下就跟上。」不過最近這樣的情形越來越常發生了，他甚至就是這樣教會她騎腳踏車的：他在路邊，雙手扶著行李架跑在腳踏車後面，當無法再跑下去時，他輕聲說：「妳先繼續騎。」她真的成功騎了起來。

她開始上學之後，曾在開學不久後跟他說他需要準備午餐盒，因為他得和他們一起去校外教學。蘇納不懂她在說什麼，艾莉西亞不耐煩地嘆氣說因為他是「另外的大人」。蘇納還是聽不懂，艾莉西亞拿起球棍說她沒時間討論這個，既然他的反應這麼慢，那乾脆自己打電話給她老師。蘇納就在院子傳來的砰砰砰聲中打給她的老師，對方解釋她告訴班上的孩子們這次校外教學還需要另外一位大人，艾莉西亞舉手說她認識這樣的人。

蘇納和他的狗就這樣參加了所有校外教學。當蘇納聽見小女孩向同學介紹「蘇納的狗」時，覺得有必要澄清：「牠也是妳的狗。」那天下午她站在院子裡打球，看起來需要一根長一點的球棍，因為她像是至少長高了十五公分。

她今天在上學前比平常還早敲蘇納的門。這是個星期三早上，一周的中間，也是一個月的中間，她家裡不一定有食物。所以她和蘇納到店裡買牛奶和麵包和果醬和肝醬。蘇納在回家的路上走得很緩慢。艾莉西亞問幾歲才能打國家隊，他說跟年紀沒關係，而是打得夠不夠好。

「等我可以打國家隊的時候你會幾歲了呢？」

蘇納笑笑：「妳覺得我現在幾歲？」

「一百歲？」艾莉西亞猜測。

「是啊，有時候的確覺得是這樣。」蘇納嘆氣。

「我來拿袋子好不好？」她問。

他拍拍她的頭。

「不用，不用，沒關係，妳帶狗先跑吧，我等下就趕上了！」

她照他的話做了。進了院子，她先解開狗鍊，趁著上學時間之前站在院子裡對著牆發球，比平常稍微久一點。

砰。**砰**。**砰**。

76 繞道

班吉星期三一大早打電話給姊姊們，艾德莉一路咒罵著到了湖邊。朋友送那頭笨驢一部車；笨驢把車開到湖岸邊，被隔夜的雪卡住了。

「這只是露營車，又不是越野車，你當然會被卡住，笨驢！」艾德莉跳下車時的聲明當然對這頭特別的笨驢毫不管用。

「它已經不是露營車了，是避暑小屋。很天才吧！」班吉露齒一笑。

他和大城佬和瑪亞和安娜擠進艾德莉的車。她不得不搖下車窗，因為青少年加上宿醉的臭味足以熏跑狐狸。回到狗園之後，班吉的笑聲迴盪在廚房裡，他的姊姊和媽媽已經好幾年沒聽他這樣笑了。如果艾德莉是個不識相的人，肯定會說他聽起來像是陷入愛河的人。她幾乎沒辦法對他生氣。幾乎而已。

安娜今天蹺課，瑪亞顯然沒計畫回學校，於是兩人吃了早餐之後又往森林裡去。她們不知道究竟要去哪，但是假如能有一段最後的時光假裝自己還是孩子，人生也並不複雜，老天爺在上，她們絕對會把今天活到最多采多姿。

艾德莉和班吉載大城佬去冰館。班吉看著大城佬揮手走進冰館，姊姊則看著他。

「你臭死了。」她滿懷關愛地說。

「好歹我還可以洗澡，妳自己的臉怎麼辦？」他也親暱地回嘴，她的拳頭飛快捶向他的胸膛，他一口氣差點上不來。

他們環著小鎮繞了長長一圈，好整以暇地聽音樂閒聊天。自從他們的爸爸帶著獵槍走進森林裡之後，身為大姊的艾德莉便開始扛起許多父親的責任。她教班吉打架，但或許她應該多教他如何不打架。她想告訴他的是，他可以選擇不使用暴力；但他假裝以為她的意思是不和別人打架。她指的是他不該用暴力對付自己。可是今天他的笑聲讓她覺得他也許正在自我虐待。

「我愛你，大笨驢。」她邊說邊拉他的耳朵，直到他又笑又叫。

「我也愛妳，老姊。謝謝妳在我被卡住的時候拉我一把。」他笑著補充。

她永遠不會忘記這句話。

77 背後

主編在星期三上午進入報社辦公室時，整棟建築裡的人似乎都不自在地躁動著。半數員工甚至沒在她經過時抬起頭。一直到她走近自己的辦公桌，看見另一頭坐著的人才恍然大悟。

「哈囉！我們還沒見過，可是我聽說過很多有關妳的事！我叫理查・西奧！」政客說著站起身，渾身散發出的自信說明他很清楚這番介紹是多餘的。

「你是來應徵的嗎？」她尖銳地問。

他暗自驚異她能如此快速地針對情勢調整反應：大多數人只敢在理查・西奧背後表現出這樣的高傲態度，還是在離他很遠很遠的地方。

「我已經有工作了，謝謝。可是也得看下一次選舉結果，也許我會來找妳！」他面帶微笑。

她也回以笑容，只是淺笑。

「那我猜你是來告訴我們，敝報社的報導有多出色？」

「或多或少是吧。妳知不知道人們在我背後講的話裡面最難聽的是什麼？」

「什麼？」她脫口而出，無法掩飾自己的困惑。這個反應正中他下懷。

西奧解釋的時候，看起來幾乎自尊心受了傷：「他們借用總理那句『政治是意志力』，說我的版本是『政治是只要贏』。當然，我虛心認為此話不正確。政治對我來說是動手做，把事情完成，不是只講空話。妳懂我的意思嗎？」

「很費解。」她懷疑地說。他的笑容更大了，彷彿剛剛說的話完全是隨機胡扯；事實上每個字都是經過仔細斟酌。

「妳認為別人在妳背後講的最難聽的話是什麼?」他好奇地問。

她瞥了他一眼,但願爸爸在這裡;但是他昨晚徹夜檢查大熊鎮冰球俱樂部的帳目,此時還在家睡覺。他會如何評論理查·西奧?主編認為他應該會說政客有兩種:愛挑釁的和愛操控的。一種到處戳戳點點尋找痛處,另一種壓根就知道要找的是什麼。

「我從來不揣測別人怎麼說我。」她扼要地回答。

「是嗎?我以為那就是你們新聞記者的工作,挖出大家的意見?」

他笑著,她試著回以一笑,但她不像他那麼會騙人。她注意到他的膝蓋上放著今天的報紙,打開在讀者來信那一頁。主編很清楚裡面的內容,因為是她決定刊登那封信的。一位年輕球員的母親以不具名方式嚴厲批評大熊鎮冰球俱樂部的「大男人文化」。她曾經正式投訴過一位少年組教練和一位甲組隊教練,俱樂部向她保證少年組教練會被開除,而甲組隊教練會被停職。但是她發現甲組隊教練只缺席一次練球,少年組教練的工作也只被「暫停」一個月,而且很快就會接手訓練新隊伍。那位母親的來信指出這些證明清楚顯示俱樂部有極深的「父權文化」。

「如果你想來講這件事,那封信可是匿名的。」主編說。

理查·西奧深感興味地抬起眉毛:「這個?不是,那跟我沒關係。我認為大家能夠自由發表跟俱樂部有關的意見是件好事。」

「匿名發表。」主編指出。

政客揚起雙手。

「保密的消息來源是民主制度的基石之一,我老是這麼說的!不過把『父權文化』用在這裡豈不是很奇怪嗎?甲組隊的教練是女的呀!」

主編嘆了口氣，神態像是徹底不認同「保密的消息來源」能被用來當詞藻華麗的藉口。接著她說:「我認為在這個例子裡，『父權文化』的象徵意義大於真正的性別問題。」

「是嗎?好先進的觀念!」政客雀躍地歡呼。

「可是你不是為了這個來的吧?」主編又問，聲音因為不耐煩而微微顫抖。

理查‧西奧不慌不忙地調整個舒服的姿勢，就家具和窗外的風景講了些無關緊要的話之後才切進重點:「我今天來是基於關心此事的居民身分。最近我聽說很多謠言，關於海德和大熊鎮之間快演變出……怎麼說?『不滿的情緒』?我想和妳討論我們兩個能怎麼合作，降低不必要的對立。」

主編盯著他許久，不太確定他葫蘆裡賣什麼藥。於是她決定裝傻拖時間:「哦?怎麼說?」

西奧很清楚她的計策，但是如同所有握有權力的男人，他不想錯過任何可以給女人上課的機會，於是他說:「一開始是兩邊的少年組球員在大熊鎮冰館裡大打出手，然後一位贊助商的車在海德被破壞了，之後工廠的意外又引來更多暴力行為，先是在醫院停車場裡，然後是大熊鎮另一部車子被破壞。如果我們不想辦法提水熄掉火星，我擔心之後只會越燒越大。」

「所以我猜你今天是提著水來的?」主編狐疑地問。

他故作姿態地慢慢吸了一口氣。

「我聽說某位你的記者正在挖俱樂部的帳目。我相信是令尊?當然啦，我們這些搞政治的都知道他，可以說是一位傳奇人物呢!所以我想要妳知道，我認為自由媒體絕對有立場檢視帳目，我甚至希望你們更嚴格檢查這一帶的帳呢，因為還真是有一兩個可疑之處——」

「請你講重點。」主編建議西奧。

「我只想確定你們發起的不是空穴來風的抹黑行動，激起人們的負面情緒，做出暴力行為。因為就連媒體也都應該有相當的社會責任，是吧？」

主編向後靠在椅子裡。要是在幾天前，她會對這場對話更有信心，但最近她像是在大白天裡也見到鬼，薄暮時分到處都有黑夾克，就連最天不怕地不怕的人也會受影響。

「我不想談我的記者正在調查的事，可是我可以向你保證，不管負責調查的是我爸還是任何人，他們的手法絕對是正當公平的……」

政客假裝自己極度被誤解，幾乎要從椅子裡跳起來。

「當然當然！我哪敢建議妳登或不登某篇報導！不，才不會！我只是想指出……時機的重要性。目前很多人都擔心他們支持的俱樂部未來發展，我相信無論妳或者報社負責人都不想冒……被誤認為選邊站的險？」

她注意到他強調了「報社負責人」作為低調的威脅，但她不打算提這一點。

「不管做什麼，總會有人認為我們選邊站。要是我們寫些海德的正面報導，馬上會有上百個大熊鎮居民打電話來罵，反之亦然。可是就像我講的，我們的所作所為都是正確而且公平的。我不想跟某位政客多透露任何可能的調查內容，因為那樣更像選邊站，不是嗎？」

理查．西奧面露滿意的笑容，彷彿在說他還沒決定兩人是最好的朋友或是最糟糕的敵人。

「妳不是本地人吧？」

「不是，而且我想你早就知道了。」

「我其實是在大熊鎮長大的，妳猜沒猜著？我住在國外的時候把口音改掉了，而且學會在回來之後同時用外人和本地人眼光看事情。我能不能給妳個建議？」

「我能阻止你嗎？」她講話的時候強自鎮靜，並且被他開口時的嚴肅神情嚇了一跳。

「我們不該以為自己能獨自面對所有事情。我們和大自然緊密生活在一起；在森林裡和湖上，妳需要朋友。很多事情都有可能在我們毫無準備的情況下發生，比如最近的暴風雨，妳真的不希望那個時候只有妳自己一個人。那樣做不但有勇無謀，而且很危險。」

他不等她回答便站起來，在她還來不及拒絕之前就迅速伸出手。

「謝謝你跑這趟！」她企圖帶著自信大聲說。

他用力握著她的手許久，然後朝報紙的讀者來信頁面點點頭，微笑說道：「彼得・安德森還是大熊鎮俱樂部經理的時候絕對不會發生這種事，我敢保證。他是個誠實的人。我和許多人都很尊敬他。**非常**尊敬。」

主編十分厭惡這番話給她留下的大惑不解，還有西奧在她眼裡看見那股困惑時的得意之色。她對於大熊鎮冰球俱樂部的調查被洩露出去已經有心理準備，卻不知道理查・西奧如何得知調查對象是彼得・安德森。也許是因為議會裡有人注意到她爸爸手上拿到的資料，可是也有可能是這間辦公室裡任何一個人洩的密；雖然他們全都是記者，但有幾個人出身自大熊鎮。她永遠無法徹底理解每件事和每個人之間的關聯。很不巧地關於那一方面，理查・西奧是對的。

只有本地人才了解。

78 隊狗

艾德莉和班吉在蘇納的家門口停下來。艾德莉想拿一批舊球衣給女孩隊伍試穿。她從沒想過當教練，可是人生中鮮少有計畫好的事情。她也沒想過繁殖獵犬，完全只是因為她很在行。蘇納的小狗是幾年前退休時得自艾德莉的，負責幫老冰球教練挑小狗的是班吉，他說：「挑那隻，因為牠會是個挑戰。」確實不假。所以現在艾德莉在訓練蘇納如何訓練小狗，而他訓練她去訓練一支不滿七歲的小女孩球隊。是他們兩人一起想出女孩隊的點子，他們就是這樣發掘艾莉西亞的：他們挨家挨戶地敲全鎮居民的門，詢問是否有想打冰球的女孩。沒人比艾莉西亞更渴望打球。私底下，艾德莉從沒對任何事情感到如此自豪。

「咖啡？」蘇納問，彷彿這真的是個問句。

「和平常一樣有焦味嗎？」艾德莉想知道。

「很抱歉，女王陛下，草民不知道您今日會大駕光臨，否則肯定會冰上一瓶香檳！」蘇納回答。

艾德莉給蘇納一個擁抱；她幾乎從不擁抱任何人。他在這個世上已經沒有親人了，可是這些日子以來，他在這個鎮上有了好多家人，他根本來不及逐個吼他們。

「妳看了報紙沒？」蘇納問，並朝餐桌上打開的報紙努嘴。他和艾德莉兩個肯定是全地球最後兩個不願用平板或類似的新奇玩意看報的人。

「讀者來信？還不是某個匿名膽小鬼。」艾德莉嗤之以鼻。

沒錯，她當然看了。

「妳老愛說那句什麼？『就算你是笨蛋，也不代表你錯了』？」蘇納笑道。

艾德莉也無力地笑著。這位匿名讀者講的其實沒錯：永無止境的資源爭鬥、父母試圖影響球隊挑選球員、言行舉止媲美原始人的教練。艾德莉知道，因為她曉得大家都在談對女孩隊的投資，雖然沒人敢當著她的面講。當她和蘇納成立女孩隊時根本沒辦法拿到設備贊助，兩個人得和俱樂部的其他人吵架才搶到在冰上的練球時段，但一講到為大熊鎮冰球隊做行銷，女孩隊突然之間非常適合被納入所有光鮮的型錄版面。偽善令她作嘔，但她仍然文明地說：「我不喜歡『父權文化』那句。」

因為寫這類文章的人忘了，還是有很多像蘇納這樣的人；他們忘了當初俱樂部是建立在蘇納這種人的肩膀上。

「只因為你是老頭，不代表你就不是笨蛋。」蘇納微笑。

屋子裡異常安靜。艾德莉偷看一下客廳，醒悟到因為狗在屋子外，而班吉倒在一張沙發上睡著了。他四周的牆上掛滿照片。很老的冰球員照片如今紛紛讓位給艾莉西亞和小狗的照片，其中甚至還有一張「隊狗」的剪報，是從牠跟甲組隊的合照上剪下的。

「糖？」蘇納從廚房裡叫。

「不用。」她回答。

「妳聽沒聽說大尾的車在海德被破壞了？」

「聽說了。還有冰館的群架。男孩組球員。我不知道他們當初同意讓海德在這裡訓練的時候腦袋是怎麼想的。」

「還有工廠意外之後的麻煩。」

「對，對。」

「還有大熊的十三歲孩子明天會對上海德的十三歲孩子。」

「我也聽說了。」

蘇納接下來說了一件事，彷彿只是隨口提起，但是艾德莉夠了解他，知道前面的話頭都只是看似無心地鋪陳出這個重點：「我聽說提姆的手下也許會出現。自從之前那些事發生之後，他們和海德之間變得比較緊張了。」

艾德莉的眉毛在咖啡上方挑起。

「那些笨蛋當真想要在十三歲小孩的比賽裡打架？」

蘇納放棄似地聳肩。

「我猜有些事永遠不會改變：年輕人和他們的地盤。喔，也許我只是愛操心的老頭。可是我只想講一聲，要是妳能跟他們其中任何一個人講點道理，或是妳可以……叫任何一個人遠離現場。」

艾德莉認真地點頭。她和提姆・瑞紐斯打小就認識，沒人能和他講道理；但這不是蘇納的用意，他要艾德莉確保班吉不捲入麻煩。因為惹麻煩對他來說是家常便飯，那頭笨驢。

砰。

砰？

砰？**砰**？

蘇納有做筆記的習慣。當然是在多年間為冰球養成的：短句加上圓圈和三角形和指向這裡或那裡的線條。一直等到他上了年紀之後才開始寫其他東西，想法和感覺。剛開始都是跟身體狀況有關，因為醫生要他每天記下哪裡疼哪裡痛；但是越寫越往心裡去了。近來他常常寫死亡。他已經到了不可避免死亡的年紀，不像年輕人可以否認它、中年人可以盡量不想它。蘇納的寫作最主要的內容是清單：屋子裡每樣東西的運作指南，天氣不好的時候哪扇窗戶會卡住，如果你不想獲得一場難忘的經驗就別碰哪個插座。春天時院子裡哪邊會淹水，哪盆植物最近才剛換盆。當然還有小狗。蘇納有一整本筆記專門記下小狗的獸醫紀錄，牠最喜歡的肝醬品牌，還有哪天他死了的話，鉅細靡遺的小狗照顧指南。他在不久前想把這本筆記交給艾德莉，卻把她惹毛了：「你才不會死，老糊塗！」她吼完之後拒絕再多討論這個話題一秒鐘。

她的愛只能以怒吼表現，聲音越大代表她越在乎。

砰？

蘇納從未嘗試書寫愛，也許他應該試試。從沒結婚或沒小孩的角度寫出對愛的感覺；他有多少愛是不曾透過文字表達的，施與受之間不需要任何一個字就能理解。當然，冰球不會說話，冰球就是冰球。狗也不會說話，牠們就是愛你。

砰？

那隻該死的動物。難對付又不可理喻，野蠻瘋狂，從不讓蘇納有片刻安閒。然而，從來沒有任何事物比牠更讓蘇納感激。他沒料到自己會如此愛這條狗。他嘴裡說「我的狗」，但是每回牠看著他時情況卻正好相反：是他屬於小狗。他是牠的人類。牠如此信任他，有時甚至令他承受不住，因為他不知道自己是否能負起責任。他不知道自己是否能接受如此的被需要，被愛。無論他有多少次在早上被床邊充滿渴望的爪子喚醒，臉上有多少次感覺到那粗糙的舌頭，他還是訝於牠對自己的無私接納。狗就像冰球，每天早上都是新的機會，每件事不斷重新開始。

「你要叫牠什麼？」蘇納頭一次抱著小狗時，艾德莉問他，他想了很久。他從沒想過名字，因為那樣會讓他突然感到巨大的責任，小幼犬也沒辦法告訴他自己的想法。所以到最後蘇納根本沒選名字，因為他的愛不需要文字。他選擇一個聲音，他最愛的聲音，在冰館聽了一輩子的聲音，如今每天下午打在屋外牆面上的聲音。那個聲音告訴他生命還在繼續，他還在這裡，某個人仍然需要他。

「砰。」他說：「我想叫牠砰。」

砰？

此時他繞過房子大叫，氣喘吁吁，一隻手放在胸口。這些日子以來他老覺得消化不良。可是小狗沒出現。過了一會兒，艾德莉也感覺到不對勁，跟在他身後出了門加入吶喊的行列。他們的聲音大到吵醒班吉，跑了出來。砰是隻頑固的生物，可是吃飯時間到了，那隻貪吃的小狗向來不會錯過。

砰？砰？砰？

牠躺在牠最愛的樹後面的灌木叢深處，看起來像是睡著了。當蘇納從草地另一頭走去時，牠的小耳朵沒反應，小爪子沒動，小心臟沒跳。牠不再咬爛他的拖鞋，也不再吠叫不已，惹得蘇納叫他閉嘴。

牠不再舔蘇納的臉。因為牠已經不在這裡了。

79 眼淚

獸醫陪著蘇納在廚房裡坐了一個多小時。艾德莉把整間屋裡的每個盤子杯子都洗了一遍,雖然沒必要。她只是不讓手空著,免得把眼前看到的東西全砸光。班吉眼神哀憤地走進森林,回來時帶著流血的指節和大到足夠當墓碑的石頭。一位鄰居拿來工具,他們在石頭上刻了狗的名字和日期。蘇納要他在下方刻上他唯一還說得出來的句子:

你先跑

艾德莉和班吉在學校入口等艾莉西亞放學。她哭了好幾個小時,哭到令人難以相信那小小身體裡竟然還有那麼多沒流完的眼淚,哭到陽光都消失了,她還在黑暗中蜷縮著坐在砰的樹旁,無論旁人怎麼說都不願意離開。哭到她累得倒在雪裡,班吉把她抱進屋子免得凍死。他知道死亡對孩子的意義,他知道被空虛吞沒的感覺,所以他什麼安慰的話都沒說。他不保證有天堂,也不騙她有極樂世界。他只做了唯一能幫上的忙:往她手裡塞一根球棍,小聲說:「走吧,我們去打球。」

兩人在半夜到了冰館。艾德莉已經事先打電話給管理員請他留一扇窗戶讓他們爬進去。班吉和艾莉西亞一直打到無法呼吸,然後倒在冰場中央的大熊圖案上。快要七歲的小女孩問剛滿二十歲的男孩:「你討不討厭上帝?」

「討厭。」班吉說出心裡話。

「我也是。」她低聲說。

他暗忖,假設告訴這個七歲小孩等她大到可以抽品質非常好的大麻時這些感覺都會變得比較容易面對,這樣的答案算不算不負責任。可是他又想到艾德莉會很慢很慢地折斷他的手指，就打消了說出口的念頭，並改成如此的回答：「艾莉西亞，妳以後會為了很多狗屁事傷心很久很久，會有大人跟妳說時間會讓傷口好起來，可是見鬼的根本不會。只是因為妳自己變得越來越強，每次就都比上次痛得他媽的少一點。」

「你好愛罵髒話。」她笑著說。這是一整天之中她的嘴角頭一次往上揚。

「我才沒他媽的罵很多髒話，妳這個混帳小王八蛋！」他嘻嘻笑。

她哈哈大笑，笑聲迴盪在冰館裡，生命就是因為如此，所以還有希望。他們躺在冰上，班吉跟艾莉西亞說艾德莉的狗園裡有一隻母狗剛生了小狗。他沒說艾莉西亞可以挑一隻，只問她覺得應該給牠們取什麼名字。如此一來，艾莉西亞不但沒氣得大叫她不要別的狗只要砰，反而認真思索起來。他們想了上百個名字，一個比一個傻，笑得無法呼吸。最後五十個全都跟「狗屎」有關，艾莉西亞最中意的是「狗屎三明治」，因為那是她所聽過最噁心又最可愛的名字。班吉算準了下一回練球結束後，艾德莉肯定會好好訓他一頓。

「你以前比賽的時候會怕嗎？」艾莉西亞過了一陣子之後問道。

「每次都怕。」班吉承認。

「我有時候緊張到吐。」她說。

他的大拳頭小心地橫過冰面下的大熊圖案，握住她的小手。

「我教妳一個祕訣好不好？我小的時候常常像現在這樣躺在這裡，而且是在比賽的前一個晚上從窗戶爬進來的，妳可不能告訴管理員！」

艾莉西亞點頭保證。

「然後呢？」她催促。

「然後我倒在這裡看天花板，心想：『現在全世界只有我了。』我會把那種安靜的感覺記在腦袋裡。因為我自己一個人的時候從來不怕，只有跟別人在一起的時候才怕。」

「我也是。」

班吉很氣這孩子竟然知道那個感覺，她還這麼小。但是他繼續說：「妳自己一個人的時候，就沒別人能傷害妳。」

她的手指將班吉的手握得更緊了些，大熊在他們身下，永恆在他們頭上。她細小的嗓音疲憊地問道：「然後呢？」

他慢慢回答：「然後要是我在比賽的時候覺得緊張就會抬頭看屋頂，想像我是一個人在冰館裡。然後腦袋裡就會變得安靜，我突然能夠把所有其他的噪音關在外面，覺得完全孤獨，沒有任何事能讓我感覺危險。一切都沒事。」

艾莉西亞倒著，安靜了幾分鐘。她的身體裡有好多地方在痛，此時此地卻一點感覺都沒有，因為班吉躺在他身邊；因為現在是秋天，新的冰球季即將開始；因為一切應該都會沒事。她上方的屋頂無邊無際，沒有任何事能讓她感到危險。班吉察覺握著自己手的小手指放鬆了，才發現她已經睡著。他一路抱著她回到蘇納的家，把她放在沙發上之後也在旁邊的地板上席地而睡。

第二天上午艾德莉告訴他，他們發現蘇納的院子裡放了許多裹著肝醬的老鼠藥。鄰居的院子裡一個都沒有，只有這裡。歐維奇姊弟找不出任何一個字形容腦中的黑暗念頭；他們不需要哲學式的論理，只需要靠直覺就知道最簡單的解釋往往是事實：大熊和海德的支持者已經向對方宣戰了，每一個報復都是衝著前一個報復而來，而且每個人都知道砰是綠衣俱樂部的吉祥物。牠的照片甚至上了報，頭條是「隊狗」。如果某人真心想傷大熊鎮，又膽小到不敢攻擊人類，那麼就會用這個手段。

班吉的聲音一點都不激動，也不具威脅感，他不過是陳述事實：「我要宰了他們。一個都不放過。」

要是在其他時候，艾德莉肯定會反對，但是今天不然。歐維奇姊弟開車回家的時候，蘇納站在廚房窗前想，某人等於向這一對姊弟下了生死戰帖，這座森林裡再也沒有比這個更危險的決定了。

他感到有個東西碰了碰褲管，他正想彎腰拍拍砰的頭，突然湧來的失落和絕望卻令他幾乎失聲痛哭。艾莉西亞又拉一下他的褲管，把她的小手放進他的大手裡問道：「我們能不能做果醬三明治？」

當然可以。

她想做多少就做多少。

80 敲門

星期二晚上，咕嚕在離開大熊鎮教堂墓園內的露絲墳墓之後搭公車回到海德，彷彿什麼事也沒發生過。馬帖歐仍然留在原地，藏身於黑暗中，但願他也能假裝無事。他渴望能空手殺死咕嚕；但是他只有十四歲，而咕嚕已經是男人了，他絕對沒勝算。事後我們會說這樣的男孩之所以會犯罪，是因為他們想感覺自己掌握了力量，但這個說法不盡正確：他只是不想繼續體會無力感。

他騎腳踏車穿過小鎮回家，輪胎在雪地裡打滑翻車數次。車鍊又脫落了，他在試著修理的過程中割傷了手。血從手背滴下，但是剛開始他冷到沒發現。他出於沮喪和氣憤而啜泣著，可是這樣做又有什麼用？他把腳踏車往家的方向拖，累到根本沒注意走上了哪條路。當他走到連棟住宅時，聽見某個老人在叫他的狗。他們正在做例行的晚間散步，早就習慣這個時間的路上不會有別人。馬帖歐根本懶得躲開，可是他們仍然沒注意到他。

「砰！過來！對，沒錯，來這裡！好孩子！我們回家吃肝醬吧！」老人快活地說。

馬帖歐認得他。他叫蘇納，從前是大熊鎮甲組隊的教練。他也知道那條狗，曾經上過報紙，全大熊鎮都愛牠。

馬帖歐不覺得自己有力量，他只想停止那種無力感，一下下就好。他想到教堂墓園裡咕嚕身上的綠夾克，蘇納也有一件那樣的夾克。馬帖歐想拿走他們的某樣東西，好讓他們體會那種感覺。因為他相信他們哀悼那條狗的程度會勝於哀悼露絲。在充滿大熊人的鎮上，女孩的價值還比不上動物。

馬帖歐把腳踏車一路拖回家，偷偷爬進鄰居老夫婦家裡，先是再度試著打開槍櫃，後來又放棄這個點子，轉而潛進儲藏室。他原本不知道自己在找什麼，直到他看見層架最頂端兩個小盒子上的警告圖案。

他在星期三一早回到連棟住宅，認出蘇納家的院子。往回走的路上，他跟艾莉西亞擦身而過，小女孩砰砰敲著蘇納的門把他叫醒，因為她想吃早餐。他們去完店裡回家之後，艾莉西亞用盡全身力氣抱完砰，解掉狗鍊放牠進院子。那是她最後一次看見砰。

81 警告

大熊鎮和海德的星期四早晨來報到了，每個人都在憤怒中醒來。今天是暴風雨過後整整一星期，感覺卻像好幾個月。距離上次兩鎮之間的暴力相對，造成一個人死亡的事件已經兩年了，可是我們很快就得換個說法。我們有太多藉口，總是如此；我們會說兩座小鎮之間的對立太複雜，像這樣的情況不能以非黑即白來斷定。我們會以故作超然的姿態嘆氣，說兩個社區和冰球俱樂部之間的憎恨已經不是新聞，而是好幾個世代的累積。我們會說這跟冰球無關，只是文化差異、不同的傳統、兩邊小鎮一開始的謀生方式就不一樣。我們還會談論議會的優先課題和財務資源和這一帶哪些行業應該存續下去。我們也會提到工作和主管單位根本不了解這裡的百姓們只想安靜過活。他們要的是自主管理、自由地生活、在他們的森林裡打獵、在他們的湖裡釣魚，把生產的成果留在此地而不是全部運到南方。我們會細數有多少本地爭執其實往往出於大城市裡做出的政治性決定，做決定的人一輩子都沒來這一帶看過。大熊鎮會說大路另一邊的渾蛋只是嫉妒；海德會說樹林那頭的渾蛋是自我感覺良好的偽善者，以為他們比誰都棒。有些人會提起冰館裡的男孩們打群架，另外有些人會提起車子在海德被破壞，然後又提起工廠裡的意外，最後就連最理智的聲音都會為了講理而提高音量。原本只是談工作環境和工廠的安全問題，很快地卻演變為政治口號；一方宣稱他們受到不公平待遇，另一方便叫起：「那就不要來這裡工作！去你們自己的小鎮找工作！」每個人都認識某個人認識那位被機器夾住的年輕女子，或是原本負責操作機器但是事發當天請產假的少婦。每個人不是認識醫院停車場裡毆打年輕人的兄弟，就是認識被打的年輕人。海德鎮的每個人都曾經在婚禮或冰球賽裡碰過大熊鎮的豬頭，大熊鎮的每個人都曾在冰館或工作場合遇過海德鎮的王八蛋。所有我們聽說過而且深信的最慘事件，都有某人從另一個某人那裡聽來的故事可以證明。

我們會說這件事的根源早就埋在歷史裡了。文化因素太深。對立原則可是世世代代傳下來的。如果你不是這裡的人，絕對無法理解。我們會說原因太複雜了，真的好複雜，不過當然不只這些。要是拉夢娜還在的話，她絕對會說：「哪有什麼見鬼的複雜。反正不要再殺來殺去就是了，你們這些蠢豬！」

可是我們已經不知道該如何住手。

「只是一條狗。」

當然沒人真的這麼說，但是蘇納感覺鄰居們都是如此作想。他坐在廚房裡，心碎成上百萬片，窗外的日常生活照樣進行。他去信箱拿信時，某個經過的人說「我很難過你的狗走了」，但他不要他們為這件事難過。他要他們為他的人生難過，而且這樣的人生得繼續下去，少了那隻不聽話、難管教的小怪獸為伍。少了床沿的爪子和手腕上的牙印。怎麼辦？誰來吃冰箱裡那一堆肝醬？他接到幾位冰球俱樂部委員和少年組教練傳來的簡訊和電話，大家都覺得遺憾，程度卻不如失去一個人。當然，他們為蘇納的難過感到難過，可是並不真正了解他的失落。因為那只是一隻狗。當你是那隻狗的人類時，很難向別人解釋牠不只是動物。也許得拿出比一般人所具備的更多同理心才能理解，或是想像力。

基於這個原因，門鈴響起後發生的事才顯得出乎意料卻又合邏輯。門外站著一個雙眼含淚的人，是提姆。他身後是十幾個穿黑夾克的傢伙。他們遞給蘇納一個巨大的花圈，放在棺材上的那種。

提姆說：「我們想跟你說大家都很難過。有什麼需要我們幫忙的？」

「謝謝，可是牠只是一隻狗。」

提姆用力拍打蘇納的肩膀。

「牠從來都不只是一隻狗，是家人。每個人都知道你有多愛牠。我們也愛牠，該死的，牠可是大熊的隊狗……」

他身後一個人的脖子上和手上都刺了青，或許位於這兩處之間的身體部位也刺滿了，用微微顫抖的聲音說：「我跟牠沒那麼熟，可是我會想牠。牠就像俱樂部的一部分！」

蘇納杵在門口，手裡拿著花圈，臉上帶著失落，想不出該說什麼。要說誰能了解你對動物那種既無羈又無理的愛，那麼也許只有一輩子不顧一切愛某樣東西的人：「那不只是冰球。」

熊迷在每個時刻對每件事都能感同身受。他們知道哀悼程度的深淺不在於你失去什麼，而在於你這個人。他們有想像力。事實上是想像力太豐富了，所以只要一想到失去了不可或缺的事物，就能讓他們變得致命。

「咖啡。」蘇納這次不帶問號，領著眾人進屋。

黑夾克們跟著他，喝著咖啡。其中一個注意到浴室水龍頭在滴水，便順手修好了。另一個負責洗杯子。第三個負責擦乾杯子。他們離開的時候，提姆在流理台上放下一個裝滿現金的信封。

「沒多少。」他低聲說。

「你留著，我——」蘇納才開口，提姆便舉起手制止他。

「不是給你的，給艾莉西亞。我們知道牠也是她的狗。」

他正往屋外走時，蘇納說：「提姆……你和我，雖然交情不深，而且我知道你很生氣……要知道我也氣得要死，可是……別為了狗去報復，好嗎？牠不喜歡人類打架。而且我也不想要艾莉西亞有報復的想法。」

「報復？誰要報復？」提姆明知故問。

在那個當下，蘇納知道海德的某個人將為這件事付出很大的代價。

班吉和艾德莉在狗園裡餵完狗，站在廚房流理台旁邊吃東西，然後到艾德莉改造的健身房花一整天做重訓。大姊注意到班吉比從前弱了許多，她還注意到上星期他遠行歸來之後的眼神比較清澈，彷彿被沙灘上的陽光漂淡了；可是現在又重新變得濃重。他看起來強壯了些，但也更堅硬。昨天他們倆去接艾莉西亞放學，告訴她心愛小狗的命運之前，班吉在屋裡活動的神態令艾德莉聯想到受傷的鳥。今天卻讓她想到受傷的熊。他在昨天還是傷痕累累，今天像隨時準備爆發。

82

冰鞋

彼得整個上午都在烤麵包，期盼手機響起。他每隔五分鐘就檢查一次手機的電力，但是它始終寂靜無聲。蜜拉似乎甚至沒注意到他不在辦公室；他對公司的重要性可見一斑。他找不出文字形容自己的感覺：受傷？生氣？不適任？

他烤了好多麵包，要命，一大堆麵包。終於收工時，流理台上已經排滿麵包。然後他抓起綠夾克走向冰館。反正沒人需要他，乾脆去看十三歲孩子們打球算了，他想不出還有哪個年紀的孩子們打起冰球會比這個年齡層更有娛樂效果。在這個年紀，所有的天分和潛能都還未經琢磨，所有夢想都還沒被打破。

他到冰館的時候還早，人不太多，可是已經有幾個傢伙到處閒晃。他們抬頭看見他走進來便說：「好啊，彼得，我們聽說了那個新球員……亞力山德？是叫這個名字吧？他還行？」

彼得微笑：「我們叫他『大城佬』，而且沒錯，他很行。你們看了就知道。」

老傢伙們很高興。當然。

「大城佬？好吧，容易記。阿麥也回來了？他們能搭配得好？」

彼得開心地點頭：「札克爾有自己的打算。」

有那麼短短一會兒，感覺就像從前。老傢伙們拍打彼得的背，大聲說道：「別這麼謙虛，彼得，大家都聽說是你跟札克爾下去找的新球員！要是阿麥回來了，就表示你也跟這事脫不了關係！每個人都想要你回來當經理。你曉得，哪天你不想繼續給你老婆在海德那個事務所裡泡咖啡還是幹啥的……」

彼得陪笑的努力很成功，彷彿對方講了一件非常好笑的事。真的非常、非常成功。

他在看台上坐下，管理員過來坐在他旁邊。彼得此時才得知蘇納的狗死了，以及黑夾克們正在來看球賽的路上。

「也許我們得有面對麻煩的心理準備。」管理員憂心地咕噥，現在真的感覺像從前了。

只是有點太像罷了。

蜜拉和合夥人坐在辦公室裡，面前放著一堆一堆打開的文件夾，下方墊著更多打開的文件夾。

「妳怎麼看？」蜜拉疲倦地問。

「我認為目前對我們有利，因為一切複雜得要命，沒有哪個正常人能了解彼得犯了什麼錯。」合夥人試著表現得積極正面，效果卻不盡理想，因為蜜拉很清楚彼得做的事。

「對罪刑睜一隻眼閉一隻眼，就跟親自以身試法沒什麼差別。」她說。

合夥人說得沒錯，一位好律師能夠將許多俱樂部做過的事辯護為合法的瑣碎事項，這也就是蜜拉為何如此氣彼得簽下那些與訓練中心有關的文件。它們等同於殺人武器上的指紋。因為誰都知道這一點：你不能偷走納稅人的幾百萬元，兜售空中樓閣，然後叫議會買一棟不存在的建築物。這樣做會讓你既不道德又違法。

「妳告訴彼得妳已經知道這件事了嗎？」合夥人問。

蜜拉搖頭。

「沒。他只會說他在簽名的時候根本不知道是什麼。而且我會相信他。我會……選擇相信他。」

同事無力地笑笑。

「我也會相信他。妳先生或許是個笨瓜，可是不會笨到這種程度。」

蜜拉嘆氣。

「他笨到簽名之前不先看清楚，還能有多聰明？我總不能辯稱他沒犯法，因為他無知到……」

合夥人緩緩點頭：「妳想知道我怎麼看的嗎？我不認為報紙敢登這件事。要是他們真敢，人們不把報社屋頂掀掉才怪，大家都認為彼得是個聖人……就算登，也許也不會真找人背黑鍋？或者只是著重在批評委員會和政客，而不是針對某個特定人士……」

蜜拉反問，可是不想知道答案：「萬一他們真的想有人背黑鍋？」

合夥人不高興地說：「那彼得還真是完美的人選。最完美的一個。」

蜜拉想回答，喉嚨卻只傳出抽噎聲。她希望大尾能找到辦法拯救海德冰球、拉攏足夠的戰友阻止報社，她希望這樣就夠掩飾彼得做的事。因為就連她也無力遮掩這個紕漏。

一隊孩子正在冰面上練球。管理員趁著十三歲球隊開賽前去換燈泡、檢查窗戶和緊急出口，彼得跟著幫忙。他還是俱樂部經理的時候總是督促自己不但必須認得所有的隊伍，也得對冰館瞭若指掌，哪裡需要維修和上油、替換和補強。在這樣的小冰球俱樂部裡，一個人不只做一份工作，而是至少三份。

「該死……」彼得脫下夾克時，拉鍊脫落了。

「是夾克縮水還是你的肚子變大了？」管理員咧嘴一笑。

「都是。」彼得承認。

「儲藏室裡有尖嘴鉗，我等下幫你修好。你可不能穿著那個到處晃，小夥子。」管理員警告他。就算彼得活到八十歲，在管理員眼裡仍舊是「小夥子」。

他們走到儲藏室時，阿麥拿著冰鞋站在外面。他一看見彼得就顯得極度不自在，不知該往哪放的雙手還不小心失手掉落一隻冰鞋。

「需要打磨嗎？」管理員問，聲音裡的快活只保留給他最喜歡的球員。

「要是……要是你有空的話……我不需要……」阿麥努力擠出這些字。前幾天當他跑到彼得家的時候曾經有那麼多話想跟他講，但是此時那些沒說出口的話都像是在喉嚨裡生了根似的。

「讓我先修一件夾克。」管理員告訴阿麥。

彼得彎腰撿起地上的冰鞋說：「我來磨，阿麥。進來跟我說你想磨成什麼樣。」

三個不同世代的男人站在一起低聲討論冰刃的打磨角度，旋轉的打磨器不斷噴出火星。管理員說冰刃不能像從前那樣銳利，因為阿麥胖了十公斤；彼得對阿麥使個眼色說：「他只是假裝聰明，根本不知道怎麼調整機器的設定，幾百年來他都用同樣方法磨每雙冰鞋。」

「你可以穿我磨的冰鞋去跑碎石子路！反正你每場比賽裡都沒滑出五公尺之外……」管理員回嘴完去找尖嘴鉗了。

彼得和阿麥身邊只剩打磨器和刺耳的磨冰刃聲。

「你會留下來看十三歲組比賽嗎？感覺好像你昨天還是那個年紀。我的意思是，有些很久以前的事感覺起來卻像……」

阿麥的眼睛定定地盯著冰鞋。

「我知道你的意思，有時候我也有這種感覺。」

彼得的手指輕輕滑過冰刃。

「所以整個鎮才這麼喜歡看孩子們打球，那個年紀除了希望沒別的。」

阿麥以帶著裂痕的嗓音回答：「春天的時候我應該聽你的。」

彼得默默搖頭：「沒有，沒有，你沒錯。你是大人了，我沒權力叫你做……」

「要是我那時聽你的話，現在可能已經在國家冰球聯盟打球了。」阿麥掙扎著說。

彼得轉過頭，阿麥不得不看著他的眼睛：「你總有一天會在國家冰球聯盟裡打球。不是因為我或其他人，而是因為你是個要命的好球員。」

他把冰鞋遞給阿麥。阿麥接過之後望著地板說：「沒有你，也不會有現在的我。」

「別這樣講，你有老天爺賞賜的天分，你有——」彼得還想反駁，阿麥已經低聲但堅定地打斷他：「光有天分還不夠。至少對我來說不夠。還需要相信你的人。不只是我……你也幫了班吉和波波，現在你又幫亞力山德……我們都不是你的小孩，可是你總把我們當你的孩子看待。你比我們自己還相信我們。」

管理員回來了。敞開的心門暫時關起。打磨器還在運轉。阿麥尷尬地點頭，囁嚅一聲「謝了」，然後回身走遠。彼得站在原地，不敢再穿回綠夾克，因為他怕胸中的豪氣會把夾克撐破。管理員不耐地瞥他一眼問道：「你打算就這麼杵在那裡嗎？我還有二十雙冰鞋得磨……」

彼得在儲藏室裡待了好幾個小時。他好久沒覺得自己這麼有用了。

阿麥走出儲藏室時，冰館裡已經開始聚集人群。他們令他緊張，所以他沒留下來看球。他在停車場裡看見咕嚕，肩上揹著球袋，同樣帶著面對人群時的緊張神色。雪又再度下起。

「咕嚕！你想不想找個地方練球？我們去看看湖結冰沒？」阿麥高聲問。

咕嚕當然點頭。

馬帖歐站在稍遠的樹林中看著他們離開。

83 挑釁

星期四下午。海德的這棟房子由於大家不斷在樓梯跑上跑下而震動不已。泰德正在收拾球袋，因為他今天要和大熊鎮的十三歲組比賽。托拜亞斯仍然被禁賽，所以他難得能去看泰德比賽：過去幾年他們的比賽總是撞期。泰絲把圖爾送到鄰居家，他對這個作法很不滿。然而就算此時沒人知道接下來的事態發展會有多嚴重，強尼在今天早上仍然出於直覺認為最小的兒子不該和他們去冰館。強尼和漢娜都在盡力穩住情緒，雖說成功程度不一。工廠的意外帶給他們很大的震撼，他們甚至還沒機會和對方好好討論那件事，也許他們是刻意迴避這個話題。強尼幫忙切開機器救出年輕女子，漢娜接手在醫院裡照顧她。現在漢娜變得情緒化，強尼變得敏感；她把感覺表現在外，他則悶在心裡。她慢慢釋放沸騰的怒氣，他是快要爆發的炸彈。

「我先去看看什麼要裝車載的。」他說，雖然沒有需要裝的東西。他只是走出門坐在駕駛座上，低聲播放史普林斯汀的音樂。

漢娜任他去之後，走進泰德的房間。十三歲的孩子已經穿好紅色練球制服，和往常一樣比其他孩子都早準備好出門了。十五歲的托拜亞斯也和往常一樣才剛睡醒，還在找一雙花色相同的襪子。漢娜邊幫他找邊不加思索地念叨：「這些是你的襪子？簡直就像你爸的！你的腳多大？我感覺好像昨天還在幫你綁冰鞋鞋帶……」

「妳最近一次幫我們綁鞋帶應該十年之前了，媽。」托拜亞斯和泰德同時笑嘻嘻地說。

「才不是，只是五分鐘前的事！至少也是上星期！」做媽的堅決反駁。

並不是你們長大了，而是我的剩餘世界圍繞著你們縮水了，她想著，同時擁抱她的男孩們。如今她只剩一個還需要幫忙綁冰鞋鞋帶的孩子，就連圖爾也幾乎不讓她幫了。這些機會從妳手裡溜走是很可怕的事，因為當孩子們開始滑上冰場、跨出練球或比賽的第一步……一輩子只有少數幾個如此的時刻讓她覺得自己是個好媽媽，是個進入狀況的媽媽。不過只有那麼一下下，現在他們凡事自己來。他們又小又麻煩的時候她正希望他們能自理；但她反而想要再回到那個時候，因為他們已經又大又獨立了。

往大熊鎮的路上，泰德和托拜亞斯不斷爭執聽什麼音樂。泰絲為了和弟弟們作對放了史普林斯汀，強尼當然以為那是為他放的，一路上掛著得意的笑，直到他們出了森林，看見一長串開往冰館的車陣。

「狗屎！人也太多了，發生什麼事？」托拜亞斯大叫。

「這些人都是要去看**我們的**比賽嗎？」泰德驚呼。

強尼和漢娜不發一語，警惕地從停車場這一頭的人群掃視到那一頭。人群中點綴著幾小撮穿黑夾克的男人，他們通常不看十三歲小孩的比賽，不過今天不同。暴力的到來如同心理暗示：熊迷聽見謠言說海德的男人會在今晚來找碴，便認為他們應該在大熊鎮保護他們的男孩子；如此一來海德的男人們反而更認為他們應該來大熊鎮保護他們的男孩子。根本不需要任何挑釁，憎恨有其自由意志。

今天晚上想必無法善了，漢娜想。但是她說：「大家都對比賽這麼熱情，很棒吧？你們看有這麼多海德人，簡直就像在我們自己鎮上打球！」

「本來就是。」強尼不高興地埋怨。

原本這周末確實是要在海德鎮比賽的，假如冰館屋頂沒垮的話。現在卻得移到大熊鎮，還是星期四，因為沒有其他時段了。大熊鎮的某人還特別把大熊鎮的名字放在大門外面的本日比賽名單最頂端，彷彿這是**他們**的地主賽。

「親愛的，我認為這一點不是非常重要。」漢娜特地指出，強尼悶悶住嘴。

他們跟著其他車子在巨大的旗桿下駛過，綠色旗幟高高飄揚。冰館漂亮的新屋頂覆著雪，在陽光下閃閃發亮。所有最靠近冰館的停車格上都停著昂貴的休旅車，車主兼冰球爸爸看起來都一個樣。他們的後車窗上都有大熊鎮冰球隊貼紙，強尼的車從他們旁邊開過，底盤發出喀啦喀啦的噪音，史普林斯汀唱得正響，不遠處有一群青少年吶喊著：「**我們是熊！我們是熊！我們是熊！大熊鎮的熊！**」另一群海德孩子在某處回以：「**海德！海德！海德！**」停車場每個角落立刻響起青少年的喝倒采聲：「**海德婊子！海德婊子！海德婊子！**」

「好客的大熊鎮和他們最最崇高的『價值』。」強尼低聲嘟囔，漢娜根本懶得叫他別說了。

托拜亞斯和泰德跳下車，托拜亞斯不發一語扛起弟弟的球袋，免得萬一發生事情的時候弟弟會被卡在人群裡。他們看見泰德的教練和其他球員們站在冰館大門附近，便往那個方向移動，漢娜叫著：「你們現在只要管冰球！別惹麻煩！聽見沒？」

泰絲站在她身邊，望向大門裡面不遠處。漢娜看看她，又看看大門，嘆了口氣說：「妳看見波波了？」

泰絲高興地點頭：「我可不可以……？」

換成漢娜點頭：「好吧，好吧，妳可以去，不過別離他太遠！要是發生事情妳得確定他先被打，反正他這個目標這麼大……」

泰絲一溜煙跑走了，彷彿置身遊樂園般無憂無慮；不過對她來說這裡確實像遊樂園。她快樂的笑聲幾乎令漢娜放鬆，因為除了少數過於激動的口號聲之外，漢娜得承認大家看起來心情很好：空氣中洋溢著期待、孩子們揹著沉重的球袋，打開的後車廂裡是一袋一袋的甜點和咖啡。兩個小鎮在過去這個星期裡對彼此懷抱如此深的怨恨，此時卻全都在冷空氣中搓著手，記起運動帶來的溫暖。他們擁抱春天之後還未見過的老友；把人們趕到露營地和夏季小屋的漫長季節終於過去，現在真正的生活重新開始。每天又會被接接送送的差事占滿，數百個家庭又有晚間話題可聊；假如這些孩子們不打冰球，他們的父母便永不會有這麼多空閒陪他們。就算在最好的情況下，漢娜自己又還有幾年能過這樣的日子？這種生活很快就會結束，孩子們長大成人，母親再也沒有武器可以護衛孩子過完一輩子，因為她把所有的自己都給了他們；孩子到了青春期之後，她已經體無完膚，因此如今所有的失去都像是在她的身體上又直接劃下一刀。

「我要去買熱狗，妳想待在這？」她身邊的強尼一副沒事人的樣子，她忍不住盼望他在此時此刻被天打雷劈，當然不是打死，半死不活就行了。

「熱狗？現在？」漢娜質問，但是她其實不該這麼驚訝，畢竟她早就知道丈夫是活的垃圾桶。她花了半輩子時間把便宜巧克力「藏」在抽屜上層，好讓喝了啤酒的他能輕易「找到」，如此便不會繼續醉醺醺地到處搜尋，發現被她藏在抽屜底層的高級巧克力。

她看見泰德兩位隊友的家人站在不遠處，便向他們走去。強尼去買熱狗。一家人就是這麼輕易地分散在人群中。

84 律師

這天下午安德森全家都到冰館來了，但是沒有一個人能解釋為什麼。瑪亞和安娜回家吃麵包，大城佬正在收拾他的東西，因為他要搬到現在是夏季小屋的露營車裡長住。昨晚大城佬獨自睡在露營車裡，班吉為了大城佬不太了解的原因回姊姊家了，但是他非常喜歡住在森林和水邊的感覺，於是決定待下來。

「你今天會去看比賽嗎？」兩人在廚房撞見彼此時，瑪亞狀甚天真地問。

「什麼比賽？」大城佬問。

「海德和大熊的十三歲組要對打。」

「十三歲？在這裡算是重要的比賽？」他驚訝地問。

「只要是大熊鎮對海德，每件事都非常重要。」瑪亞回答。

「妳……會去？」他問。

「**現在**會去了！」安娜宣布。

她們還說服李歐一起去，他假裝不太情願的樣子。在路上，他和瑪亞和安娜合抽一支菸，覺得自己前所未有地像個大人。瑪亞在進冰館的時候傳簡訊給媽媽：

> 我們要去看比賽。來嗎？

蜜拉和合夥人坐在辦公室裡，身邊堆滿文件，驚訝地回傳：

十三歲小孩的球賽？不曉得妳會感興趣？

收到的回答是：

管他是誰比賽，媽，
過來找我們

如果妳也是青少年的媽，要是能拒絕這樣的邀請，我就敗給妳。

其實強尼不想吃熱狗，他只是在車子轉進停車場時從馬路上看見熱狗攤子，他認得站在攤子後面的小販。一位瘦削、絡腮鬍稀稀落落的年輕人，強尼在里夫的回收場裡看過他，是里夫的手下之一。四個穿著綠夾克的中年男子圍住他，其中一人的臉和他的離得很近，正在大聲爭論。另外一人生氣地抓住熱狗攤，里夫的手下僵持著卻沒還手，雖然他看起來有能耐。縱使綠夾克們顯然過胖，還頂著同樣可悲的髮型企圖掩飾快速倒退的髮線，終究人數還是壓過熱狗小販，姿態也比他高。

強尼接近熱狗攤時拉下夾克拉鍊，站在數公尺外清清喉嚨：「有什麼問題嗎？」

綠夾克們轉過身，怒氣迅速消散。當然部分原因是強尼的身材，而且也因為他們看見打開的夾克下方是有消防隊標誌的 T 恤。不是說這些人尊敬消防員，他們誰也不尊敬；但是他們知道得罪一位消防員，就等於得罪整支消防隊。此處的強尼也許孤身一人，卻等同於一整幫。

「這裡不准賣熱狗！」其中一個男人說，聽起來比實際上還硬氣。

「不准？賣熱狗？你是說真的？」強尼覺得非常可笑。

「男孩隊也在冰館裡的食堂賣熱狗！這個混帳在這裡只賣半價！這樣裡面的孩子怎麼可能賣得出去？」

里夫的手下轉向強尼，幾乎無法克制怒火：「難道這裡不是自由國家？自由的鎮？」

「至少不是你的鎮，所以乾脆滾回你來的地方吧！再說那些熱狗裡用的是哪種肉，老鼠還是蝙蝠？」其中一個男人咒罵道。

強尼狠狠地看著他，直看到他向後退縮，嘴巴大拳頭小的男人的標準行徑。一個男人拉住朋友的手臂，對強尼含糊地道歉：「這件事……抱歉……別把事情鬧大了。我們的孩子只想在裡面賣熱狗替球隊賺點基金。家長們只是不高興……」

強尼懶得聽他繼續講，朝里夫的手下點點頭：「憑什麼不高興？你們以為停車場是你們的？這塊地是議會的！他跟你們一樣是社區的一分子！」

「好好好，抱歉……」男人舉起雙手說。

「不要跟我道歉，笨蛋！跟他道歉！」強尼火了，又朝里夫手下點頭。

男人看著他，彷彿不敢相信他是說真的。

接著其中一個抓住另一個人低聲道：「走吧，我們去裡面。比賽快要開始了．晚點再解決這件事。」

強尼和里夫的手下站在原地看著男人們走開，他感覺脈搏跳得飛快。他們其中沒有彼得．安德森，但他突然醒悟到這些男人令他聯想到彼得．安德森，光是這樣就夠了。

「謝了！」里夫的手下說。

強尼轉身點了下頭：「要是他們再找你麻煩就讓我知道，這裡不是他們的停車場。這整個區域不屬於大熊鎮，雖然他們自以為是這樣。」

里夫的手下把手放在心口，感激地朝強尼一鞠躬。強尼壓根不知該如何回應，只好笨拙地拉上夾克拉鍊，原本看似想揮揮手，最後卻變成敬了一半的禮。里夫的手下替他準備一份熱狗遞過來，強尼伸手想從牛仔褲後口袋拿錢，對方卻擺手：「消防員免費！」

強尼點頭表示感謝。他邊走邊吃，認為算得上是非常好吃的熱狗，絕對勝過大熊鎮食堂裡賣的狗屎。

安娜、瑪亞、李歐和大城佬在冰館裡閒晃，從一群人晃到另一群人。安娜才消失不到一分鐘，回來時手裡便拿著裝了八罐啤酒的塑膠袋。

「妳……怎麼拿到的？」李歐驚嘆道。

「我只是問了一個傢伙。」安娜理所當然地回答。

「她能在任何地方找到啤酒，就連葬禮也不例外！」瑪亞幫腔。

「葬禮是**最容易**找到啤酒的地方好不好？」安娜宣布。

一行人在停車場一端的石頭上坐下來喝啤酒。瑪亞讓李歐喝一罐，她自己兩罐，安娜三罐。大城佬婉拒了，他今晚還要練球。

「你擔心被教練罵？」安娜糗他。

「沒有，我只是不想讓她失望。」他想不出好的謊話，只好直認不諱。

瑪亞拍拍他的肩膀以示鼓勵，然後用最濃的森林腔調說：「要是你不想讓別人失望，那可就來錯地方了。這裡的人要是不有一點點失望，是不會高興的。」

大城佬笑得略微尷尬。瑪亞從沒見過哪個大可以自滿的人卻如此害羞。

「我讓人失望的功力很高強，所以正在努力改進中。」

啤酒的酒精比瑪亞想的還高，而且瑪亞很快便喝完自己的兩罐，她正要說出非常不得體的話，李歐卻喃喃道：「我覺得不舒服……」

「**你把所有啤酒都喝掉啦你個小渾蛋？**」安娜怒吼著邊從底部拎起空塑膠袋。

李歐的頭暈到講不出話。

蜜拉罕見地暗自高興此時溫度位於零下，因為這給了她躲在高高翻起領子的厚大衣之下的藉口，頭上的毛帽拉下來遮住眼睛。她溜過冰館外的人群，沒人注意到她；然後她傳簡訊問女兒在哪。她略微吃驚地在食堂櫃檯後找到瑪亞和安娜，兩人正與一群穿綠夾克的男孩組球員們賣熱狗和巧克力球。

「嗨，媽！」瑪亞驚呼，彷彿已經忘記是自己叫蜜拉來的。

「我們是實習生！」安娜開心地告訴蜜拉。

蜜拉向櫃檯另一側傾身，用氣音問：「妳們……喝了酒？」

「一咪咪！」安娜高聲吼，可是在她的想像中是講悄悄話。

「李歐呢？」蜜拉詢問。

「洗手間！」安娜努力控制笑意，瑪亞則笑得歇斯底里。蜜拉盡其所能做出生氣的樣子，真的很努力了。但是女孩們太高興了，她又太累、太需要一個不必她操心的家人。於是她繞過櫃檯給女孩們喝了點水，自己站在那裡賣巧克力球和熱狗，就像從前。

泰絲和波波走進食堂，雖說沒握著手，卻也盡可能貼近對方。近到他們的手和手指偶爾交纏。快速的互望、來去無蹤的笑容、微小的火花四處亂竄。

大城佬站在角落吃巧克力球，波波停下腳步和他說話。泰絲轉身張望，忽然出現弟弟那天看見阿麥時的反應：「那是……蜜拉．安德森？那個律師？」她逼緊聲音問波波，不斷拉他的手臂。

「對啊，蜜拉！嗨，蜜拉！」波波邊叫邊揮手，泰絲臉上的表情，是之後兩人互伴終老的歲月中，每次波波在大庭廣眾之下讓她丟臉時就會有的。蜜拉抬起頭向這邊揮手，然後和泰絲四目相交；泰絲瞬間滿臉通紅。波波以為泰絲被某個東西哽住喉嚨，正準備施行哈姆立克急救法，就被女朋友嚴厲地訓了幾句。這是泰絲第一次訓他，但絕對不是最後一次。

蜜拉走過來擁抱波波，並向泰絲伸出手：「哈囉，我叫蜜拉……」

「我知道，我知道，妳是那位律師！」泰絲快速接口。

「對，可是妳怎麼會知道？」蜜拉驚訝地大笑。

「我去學校接弟弟回家的時候就會經過妳的公司，看過招牌。所以……就上網孤狗……」泰絲招認，再度滿臉通紅。

「泰絲也想當律師！」波波補充，因為他還沒學到在這種情況下閉緊嘴巴。終有一天他會學到。未來還有好多年可以練習。

「我……還沒決定……我想念法律，可是很多人都說太難了。」泰絲不好意思地說。

「難是正常的，所以才值得念。」蜜拉友善地微笑，看見自己在泰絲這個年紀時的不安全感，那時她晚上邊在父母的餐館裡洗碗盤，邊懷疑自己是否有能力和大學裡的有錢孩子們競爭。

「妳覺得我可以嗎？」泰絲的坦白令自己和蜜拉都吃了一驚。

她結結巴巴地道歉，問了一個蠢問題，但是蜜拉親切地握住她的手臂回答：「讓我告訴妳我媽從前跟我說的：想要知道答案，妳只有一個辦法。」

泰絲的眼睛亮了起來，想也不想地衝口而出：「我想幫助其他女孩子，被性侵或受虐待或……我的意思是，我自己沒受到這些待遇！可是我知道發生在妳女兒身上！我想像那些……幫助過她的人。就像妳！」

蜜拉今天並沒準備好到食堂來被痛擊一拳，所以花了一段時間才緩過氣。

「有的時候這份工作會很不容易。」她低聲說。

「我們家裡每個人的工作都很不容易。」泰絲也低聲回應。

蜜拉看見女孩眼中的熊熊火光，心想也許這些年來彼得也是如此：盛開的櫻花樹。因此她微笑著慢慢點頭，伸手到內袋裡拿皮夾。

「這是我的名片，後面有我的手機號碼。妳可以隨時打給我，隨時來我辦公室。如果妳真的想走這條路……**真的**非常想……那我保證會幫妳。」

泰絲握著那張名片，像是握著巧克力工廠的金色入場券。她的話說出口之後才想到自己聽起來像跟蹤狂：「我聽說妳女兒到別的地方念大學了，妳難不難過？」

蜜拉的嘴角顫動了一下。

「難過，可是我也很驕傲。」

泰絲的話從嘴裡滾出，彷彿有人把她頭下腳上地拎起來。

「所有法律課程都在很遠的地方，我媽不想讓我搬走。」

「做媽的總是這樣。」蜜拉說實話。

泰絲還有好幾千個問題，但是她沒來得及繼續問，因為通往樓下冰館的階梯附近有人大叫：「**打架！有人打架！**」

然後他們聽見下方傳來的吶喊聲。某些男人驚慌地呼叫兒子，其他男人對彼此怒吼。接著是雜沓的腳步聲，似乎大家都在逃離某個更糟糕的事件。

85 心

海德鎮冰球隊的十三歲球員們才走進客隊更衣室，又立刻臉色發綠地衝出來。更衣室裡瀰漫著臭味。衝鼻的味道令人作嘔、彷彿具有腐蝕性，一瞬間灌滿孩子們的鼻腔，讓人一聞到就想吐。另一幫穿綠色上衣，反戴棒球帽的十三歲男孩們狂笑著，直到管理員在理解到發生什麼事之後拿個榔頭把他們趕進停車場。海德的十三歲孩子們還在反胃。那股氣味像是酪酸，或者放太久的蝦殼或腐肉，在大熊鎮的惡作劇劇本中，這個手法是嚇跑對手的老招數了。最好客溫暖的大熊鎮和他們宣揚贊助俱樂部是正道的傳單，現實中的行為卻如此幼稚。海德的每個人早已見怪不怪，但是這類惡作劇通常只針對成人隊伍，不是十三歲孩子們。看來今天這場比賽不同以往。

「**我們是熊！**」看台上的人群吶喊，「**我們是熊！**」一片黑夾克海重複大叫，令泰德和隊友們站立處的甬道牆面為之震動。教練正在告訴他們換衣服的新地點，呼吼聲卻遠遠壓過他的聲音。「**海德婊子海德婊子我們要宰了你們海德婊子！**」群眾再度吶喊。站在球隊旁的托拜亞斯看見年輕球員們臉上的懼意，他們只是孩子，今晚要他們上冰場打球無疑是送他們上戰場。托拜亞斯拉住弟弟：「泰德！」

「嗯？」

托拜亞斯抓著弟弟的手臂大叫：「想想蛋糕！」

泰德發出驚訝的大笑聲，被哥哥緊抓住的身體開始放鬆。

「什麼啦？」

「你最愛蛋糕！只要想到蛋糕你就會放鬆！」

「你真的好呆……」

托拜亞斯認真地點頭。

「不要因為他們在那邊亂吼亂叫就害怕，知道嗎？要謝謝他們！你想不想進國家冰球聯盟？所以你得習慣在一堆瘋狂球迷面前打球，那些人肯定不會比這群神經病更瘋。如果你受得了這些，以後就無敵了。你只要上場打你的球，讓那些鬼叫的人閉嘴。他們每喊一次，你就進一球。打垮他們，把你最愛的冰球從他們那邊搶過來。」

弟弟的頭向哥哥湊過去，說道：「謝了，托比。」

哥哥咬牙回道：「別謝我，出去贏球，別他媽的手下留情。」

他們的眼神短暫交接。做哥哥的下了冰場總是強硬得要命，上了冰場卻處處忍讓；做弟弟的正好相反。只要托拜亞斯在防護欄這邊保護弟弟，就絕對沒人阻擋得了防護欄另一邊的泰德。他們各是十五和十三歲，但是其中一個的冰球生涯幾乎結束，另一個的才正要展開。

當泰德跟著隊伍往停車場走去好在家長們的車裡換衣服時，托拜亞斯雙手插進口袋待在甬道裡。然後哥哥在球隊換裝時轉身跑到看台上的海德球迷之間。幾位較年長的男人認出他，他們過去也上同一所學校，此時邊叫邊揮手要托拜亞斯加入他們。

「前幾天揍了幾個大熊鎮娘炮被球隊禁賽的人是你吧？」其中一個問。

托拜亞斯有些遲疑地點頭。他們用力拍他的背。

「根本不該罰你禁賽！應該頒獎給你！」托拜亞斯當然知道這些人是誰，他爸總是叫他離這樣的人遠一點：「那些笨蛋只想找麻煩，托比，等你長大一點就會明白，人生中的麻煩已經夠多了，根本不用找……」但是當那些男人開始在看台上又唱又跳時，托比的心不禁跟著狂跳起來。他的耳朵轟隆作響，腎上腺素大量分泌，於是他也開始又唱又跳。

泰德的球隊換好衣服回到冰館裡，後面跟著幾位球隊爸爸，一直跟到球員入口，對於更衣室的惡臭逼得孩子們得屈辱地在停車場裡換衣服而憤怒不已。他們口中大叫「沒有運動精神的行徑」，其中一人揪住某位嘴裡不知在喊什麼的大熊鎮十三歲男孩，此舉引得所有大熊鎮球員爸爸衝到球員甬道裡保護他們的兒子。事情的發生就是這麼簡單，這麼迅雷不及掩耳。

班吉和艾德莉在球賽快開始前才到場。還在傷心的蘇納沒心情和他們來。他出門散步了，走的是許多年來他和小狗散步的慣常路線，而且在同一個時間。將來他還會這樣走很久。當他喘不過氣，按著心口停下腳步時，仍然會出於習慣輕聲說：「你先跑。」

班吉和艾德莉向上走到大熊鎮球迷的看台區域。黑夾克們不發一語地將他們圍在中間。艾德莉知道黑夾克當中有許多人都會在這星期參加獵鹿，如今卻為了一群十三歲小孩的比賽中斷獵鹿傳統，這並不是好現象。對任何人來說都不是。

提姆站得離她和班吉最近。海德球迷大吼「大熊娘炮」，大熊鎮球迷回以「海德婊子」。

在此時此刻這些都只是文字，可是提姆看了一眼班吉和艾德莉有何反應。班吉毫無反應，只是慢慢呼吸和不帶情緒的眼神，彷彿他只是剛放下手邊某件事或準備好做某件事。艾德莉的反應只是迅速的一瞥和略微訝異的：「我不敢相信你們今天這麼冷靜。」

提姆意味深長地點頭。

「我保證過我們今天會冷靜。」

「跟誰保證？」她不懂。

「俱樂部。」他說。

他甚至沒跟最親近的心腹說他和大尾談過。他只是告訴大家保持冷靜，除非他下達直接指令；他們遵守了，並非出於恐懼，而是因為他們愛他。他曉得這個鎮上沒人了解這種兄弟情感；要說誰能懂，大約只有艾德莉了。他仍然無法讀懂她此時的表情，也許因為她沒真正展露出她的感覺：她既為提姆和手下們還沒惹出麻煩而驕傲，又暗自渴望他們出手。艾德莉一生中因為看過太多人彼此傷害而變得刀槍不入，可是要是有人傷了動物，她絕對會失控。她的腦中出現黑暗的想法。在這種時刻之中，她格外了解提姆。

「**大熊娘炮！**」一座看台吶喊。

「**海德婊子！**」另一座看台回應。

吶喊聲在冰面上來回追逐。十三歲組比賽時的看台通常空空蕩蕩，這個星期卻一點都不如往常。兩個鎮的甲組隊會在星期六進行本球季的首場比賽，艾德莉不禁猜測到時這些傢伙會帶什麼傢伙來看比賽？坦克車？

「**殺人犯，搶劫犯，強暴犯，燒死吧！要是你們還沒上自己的姊姊，我們絕對會先上她們！**」幾個海德球迷大叫。

「**你們想打的話就過來！反正海德沒人敢！**」提姆的手下在艾德莉身邊叫。

冰館裡的紅衣球迷人數不及綠衣球迷，大部分原因是他們不夠有組織。他們開口唱的時候是數百個分散的聲音，但當提姆的人出聲時卻像發自一人之口，像孤身就能做出任何事的可怕男人。當然，海德看台區上的每個人都曉得這個事實，他們知道自己是少數，於是他們做出任何身處這種狀況下的球迷會做的：找出對手的弱點。喊出任何對方會在乎、能傷害對方、折損對方自尊的話。海德球迷力求重擊對方最容易碰觸、效果又最強的弱點。

泰德和十三歲球員們用手肘擋開已經在球員甬道裡互相推擠的父親們，上了冰場做暖身滑冰，海德看台上已經開始出現謠言：關於甲組隊前任教練蘇納。關於一條在大熊隊相片裡的狗。就連熊迷裡最令人害怕的成員都為那隻狗哀悼。

接下來發生的事既簡單又有效，隨機但是理所當然，出奇愚笨卻具有即時的毀滅性：托拜亞斯身後某個年輕人開始學狗叫。

「汪汪汪」，他身旁的幾個人笑了起來。

另一個叫得更大聲：「汪！汪！汪！」

突然之間，整座看台都在學狗叫。一開始只是玩笑，卻迅速成為威脅。正如往傷口上撒鹽，直接的挑釁。大熊鎮球迷們並未以唱歌或吶喊回應，他們的反應比那些都糟糕：他們陷入完全的靜默。接著其他一切也陷入靜默。

若是你從未經歷過，那麼很難形容充滿球迷的冰館裡的聲音，但是就連正在吃爆米花的兒童或嚼熱狗的老人都能在一段時間之後對周遭充耳不聞。特別是在大熊鎮，每個人都習慣了兩邊看台上的球迷們輪流喊「婊子」和「娘炮」，就算是用外國話叫喊出來，吃爆米花和嚼熱狗的同樣會置若罔聞，自顧自坐在位子上閒談房貸和孫兒女和天氣。或許他們也有點大意，因為距離上回真正嚴重的鬥毆已經是兩年多前了，每個人都忘了熊迷出手之前的聲音，每個人都覺得安全，就像孩子們把鼻子抵在獅子圍欄的玻璃牆上。黑夾克的怒吼就像廚房裡嗡嗡作響的抽油煙機，除非被關掉，否則你不會注意。

可是現在完全的寧靜突然降臨，空氣中除了惡意和恐懼之外一無所有。直到今天之前，上一場事件確實是兩年多前發生的，但是如今眼看著又要重演。

「**汪！**」海德看台區的某個傢伙大叫，顯然過於旺盛的腎上腺素令他沒注意到別人都已經閣上嘴了。有人從牙縫中逼出「閉嘴」，另一個人在某處開始喊起別的口號，但是已經太晚了。

「你想怎麼做？」提姆下方的一個黑夾克問。

提姆站著，眼睛凝望冰館另一邊的海德看台區。他的眼中空無一物。沒有同情，沒有原諒，也沒有悲憫。他確實想起自己保證大尾這星期不會找麻煩，但是這場麻煩可不是他找來的。海德眾人來到他的冰館、他的家，吹噓殺了蘇納的狗。還不准他有任何反應？去他的。他的聲音冰冷：「幹。扭斷他們每個人的脖子。」

黑夾克們跳過防護欄，開始像單一有機體般行動。整個座位區似乎屏住了呼吸，帶著孩子的家庭和老人全為了讓路而絆在一起。黑夾克如同一片黑潮般向前湧上，踐踏過無數熱狗和爆米花。

艾德莉抓住提姆的手臂大叫：「**你不是答應俱樂部會保持冷靜嗎？**」

提姆瞪著她，不帶任何悔意，卻有點同情：「俱樂部？我們就是俱樂部。」

然後他也跑了出去，班吉在他旁邊。艾德莉想阻止弟弟，卻根本來不及。被激怒的吶喊已經將對面看台上的狗叫聲淹沒，艾德莉的手掌卻仍能感覺到將小狗放進墓穴裡的重量。

她雖然不想要暴力，卻已經沒法批評使用暴力的人。

球員甬道裡的父親們認知到危險就像聽見洪水波濤襲來的轟隆聲，他們大聲叫冰場上的十三歲孩子下來，冰館內瞬間充斥恐慌和混亂。

托拜亞斯看見黑夾克們從冰館另一頭接近，還看見自己的看台區分成兩種人：一種開始向後退，另一種向前迎接威嚇。托拜亞斯的父母總是要他朝火場奔去，因此他想都沒想就跳過防護欄，落在數公尺之下的水泥地，然後以最快速度朝冰面跑，腦中只想著把弟弟帶離此地。

漢娜和強尼抱著同樣的想法跑下看台，可是人群太密集，現場秩序又過度混亂。他們被人潮推向冰館角落最接近更衣室的地方，波波勉力伸手抓住強尼的肩膀。強尼轉過身，在聽見波波大喝聲的同時感到內心嚴重潰堤：「**泰絲跟我在一起！別擔心！去找托比和泰德然後到停車場和我們會合！**」

另一頭，漢娜被迫放掉強尼的手指，感覺就像被無情的暗流沖開，一眨眼之間兩人已經距離十公尺之遙。托拜亞斯和泰德不知從哪裡冒了出來，泰德仍然穿著冰鞋和全副冰球裝備，托拜亞斯用力揮舞雙臂清道。在他們身後，提姆和當先的黑夾克們已經抵達海德看台，某些留下來的紅衣球迷已經扯破看台木地板，朝正在往上爬的黑夾克們瘋狂揮舞這些臨時武器。鼻子被打破了，下巴裂了，可是黑夾克們仍然向前推進。這樣下去會出人命，強尼還有時間思考，但是他還沒想完，漢娜就擠過人群抓住他大叫：「**兒子們！把兒子們帶出去！**」

在漢娜身後，泰德隊上的一位父親和兩位大熊隊的父親正打得起勁，一隻手肘撞上她的太陽穴，幾乎令她失去平衡。強尼見到之後一把將三人分別丟進半空中。他正要拉住漢娜，托拜亞斯卻已經從另一個方向拉住她。強尼幾乎認不得自己的兒子：這個十五歲小孩就像個大人，一點都不害怕。他一手拉著泰德，另一手攙著媽媽。此時全家人都看見人群中出現一個小空隙，於是抓住機會向出口推去。先是男孩們，然後是漢娜，強尼殿後。他犯了一個錯誤：邊跑邊向後看。他沒看見從更衣室後方儲藏室轉角跑過來的男人，兩人的腦袋在全力奔跑下撞個正著，強尼的頭在幾秒鐘之內什麼聲音都沒有。接著他感到額頭濕黏，卻絲毫不覺得痛。他困惑地眨著淚汪汪的眼睛，看見眼前的男人跪在地上，眉毛上的傷口正淌出汩汩鮮血。是彼得．安德森。

86 血

食堂裡迅速擠滿逃離暴力現場、帶著孩子的恐慌家長。蜜拉根本沒想怎麼做才正確，只是雙腿岔開站在食堂門口。擋住冰館暴民衝進食堂的點子也許有些天真，她畢竟思考：「妳想怎麼辦，蜜拉？打算怎麼阻止他們？」

然後她覺得有人從身旁左側走出去，接著另一個人從右側走出去。是瑪亞和安娜。瑪亞站在那裡保護媽媽，安娜站在那裡保護整個世界。只有一次，兩個年輕人跑上樓梯來，蜜拉來不及看清他們是海德還是大熊人，不過手裡都抓著金屬水管。對安娜來說這已經足夠。她等頭一個夠接近他們時便照著胸口用力一腳，讓他畢生難忘。他向後飛出去，還在樓梯往上跑的同夥不可置信地瞪視著，然後決定保命要緊，轉身逃走。

「**狗屎！**」安娜大叫著用單腿跳回來，因為她好像又踢斷腳了，為什麼這些男的踢起來非得這麼**死硬**？

蜜拉把她和瑪亞拉回食堂，關上門。幾分鐘過去了，接著外面的群魔亂舞猛然停止，像是有人拔掉擴音器的插頭。她們打開食堂門，冰館裡幾乎是空的。

彼得跪在地上發出痛苦的悶哼，血滴進他的眼睛裡。強尼彎下腰，不是要打他而是要幫他，但是看起來並非如此。提姆從看台上看見他們，地獄之門於焉開啟。

艾德莉仍然在大熊看台區，她甚至沒想跑。她不想打，卻也不想逃。她的胸中既沒積滿憎恨，也沒有恐懼，只覺得空虛。唯有當她聽見某人叫喊她的名字時才回到現實中，轉身看見來者是班吉，抱著艾莉西亞。艾德莉永遠無法得知班吉如何找到艾莉西亞的，可是他在大熊看台和海德看台之間聽到小孩的聲音，於是黑夾克們繼續向前跑，他則在中間轉了向。

「妳在這裡幹什麼，瘋了嗎？」他大吼。

「我想看比賽，可是蘇納不想，**我就自己來了！**」艾莉西亞也吼回去，試著表現出生氣的樣子，其實心裡很怕。

班吉彎下腰從亂陣中將她抱起，彷彿是自己親骨肉般一路抱著她。她的手臂環住他的脖子，彷彿他是她的親生爸爸，像剛從海裡走上岸的人身上附著的海草。艾德莉的怒火瞬間消失得無影無蹤，渾身只剩疲憊。她直起背脊，像是藉此命令四肢恢復感覺，然後快速指引弟弟和小女孩前往其中一個緊急出口。他們走進停車場之後所有緊繃的情緒放鬆下來，艾莉西亞開始放聲哭泣，歐維奇姊弟甚至沒停下來窺望冰館裡的混亂，只顧著直直走進樹林。他們一路走回蘇納家，將烏煙瘴氣丟在身後而不是跑向它，照顧某個人而不是奪走另外某個人的一切。艾莉西亞一路上都沒放開班吉，那天晚上她和艾德莉睡在沙發上。也許相關單位永遠不會將他們列為一個家庭，但是許多年後終有一天，小女孩會頭一次代表國家隊比賽；當人們問她球衣背後要放的姓氏時，她會回答歐維奇。

彼得抬起頭，在血水中眨眼，他看見強尼伸過來的手，也看見從看台上跳下的提姆，手裡拿著某種金屬管。彼得用盡全力也只能勉強含糊地虛弱叫出：「小心！」不是對提姆，而是對強尼。

強尼看見對方，在最後一刻將金屬管打偏。失了重心的提姆踉蹌衝向彼得，剛好給強尼向後退的幾秒鐘。待提姆站穩腳步想要追擊時，已經有另外一個人站在兩人中間了。那人又矮又胖，夾克拉鍊向下拉開，提姆先看見裡面插在腰間的手槍，才看到里夫位在較高處的臉。

「來！」里夫簡短地說完，在強尼後方趕著他走。

此時他把槍握在手裡了，半隱藏在手掌中，朝向地面，但是眼睛直盯著提姆。

漢娜、托拜亞斯和泰德站在幾公尺之外。他們在里夫身後向外退出，提姆一動也不動地站著，周遭一切彷彿慢了下來。或許是因為有幾個熊迷成員看見老大眼前的麻煩而立刻停止動作，結果引起連鎖反應，另外幾個停手了，然後又是幾個，當夠多的黑夾克停手之後，其他人也跟著靜止下來。人群仍然密集，攻擊性卻大大減弱。人們湧進停車場，已經不像之前那麼驚恐。最後幾個人甚至是漫步而出，彷彿只是電影散場。除了最靠近里夫的人，其他幾乎沒人看到手槍。一切來得那麼快，卻又沒來由地結束。

「社區精神，是嗎？」里夫和強尼走到雪地上時，他給了強尼一個笑容，似乎覺得很有意思。

強尼震驚到無法回答，因為害怕可能降臨在孩子們身上的厄運而怕得失去判斷力，同時又感激里夫救他們出來，他壓根就沒想到重新消失在里夫皮帶後的手槍。他們點了個頭表示再見，里夫消失在停車場眾多車子之間的空氣中。

提姆看起來並不害怕，充其量只是驚訝；事實上幾乎可說被吸引住了。里夫一消失，他就忘了這件事，彷彿剛才發生的不過是小孩子玩遊戲，這類事情一點都不稀奇。他彎腰問：「你還好嗎？」

「我也不知道。」彼得誠實地回答。

「**彼得！！！**」大叫聲刺進彼得耳朵裡。

「喔幹，你這下麻煩大了。」提姆嘻嘻笑著說。

彼得老是被提姆的冷靜給嚇著，他看起來似乎對腎上腺素免疫。

「**爸！**」瑪亞邊吼邊跟媽媽一起跑來，她們後面是李歐。他在這段時間裡只顧著反胃，可是現在沒人想對彼得解釋那個又臭又長的故事。

「**發生什麼事？**」蜜拉的嘶吼甚至連提姆都向後跳開，不過提姆仍然忍不住爆出：「唉，你們也知道，就小混混的行徑，每次都是彼得先出手的！我們努力拉住他，可是妳們都曉得他生起氣來的樣子……」

他十分確定若不是彼得擋在他和蜜拉之間，她肯定會在那當下宰了他。彼得的謊話撒得如此輕易，連他自己都吃了一驚：「我撞到一根柱子，親愛的。沒事，只是笨得可以的小意外。」

87 利益

今天冰館裡所有男人當中只有兩個人穿西裝打領帶。他們之間的距離很遠，可能根本不知道彼此的存在，一位是大尾，另一位是理查．西奧。超市老闆和政客在自己的專業領域中名聲都挺臭的，因為競爭對手認為他們不守行規。他們自己倒直認不諱，這也就是為何他們的比賽成績比任何人都好。他們今天為了不同原因來到冰館：大尾希望左右事件走向，西奧只想分析事件。大尾看著冰上的十三歲球員們，西奧看的是人群；一個眼中看到球員，另一個眼中是選民。

大尾一整天都渴望他能在大熊鎮和海德鎮之間發起休戰，為時長到能拯救兩個俱樂部就行。但是當他看見人群的數量和海德看台傳出的第一聲「汪！」，便知道大勢已去。提姆是否保證過維持冷靜已經不重要，沒人過得了這關。

可是理查．西奧坐在原地看著鬥毆發生，顯然不為所動。超市老闆像是被附身般奔向冰面，試著阻止人們彼此殺戮；政客卻認為也許這正是情勢所需：能拯救兩個俱樂部的可能不是和平，而是戰爭。他只需要想清楚如何藉此牟利。

結果，答案出在彼得．安德森身上，因為無論是好是壞，他和這個鎮息息相關，西奧帶著淺淺的笑意如此想著。他坐在看台最高處，到最後只有他能夠縱覽下方發生的混亂。他常常說他的政治成就來自於當別人朝一個方向跑時，他朝另一個方向跑，不過這次他只需要靜靜坐在原地。

他看見彼得・安德森匆匆跑出儲藏室，和一位穿著消防員上衣的同齡魁梧男人撞個正著。他也看見彼得撞破的眉心汩汩流血，還看見提姆馬上表現得彷彿保護彼得是他的責任，衝進兩人之間，之後里夫又如何出現護衛消防員。也許沒人預料到兩邊的聯手關係，但畢竟不違法，至少對一個政治生涯建立在不尋常友誼上的政客來說是不違法。

鬥毆結束，一切突然歸於平靜之後，人們像水流出洗臉盆般走出冰館，大尾滿身大汗，西奧卻好整以暇。其中一個盤算著今後將失去的一切，另一個已經有了如何獲取利益的策略。

當大尾在停車場裡四處探詢是否有人受重傷時，西奧正在冷靜走回辦公室的路上。今晚的夜色很美，天上的星星明亮，雪正在飄，他的鼻孔裡和腳下踩碎的都是冰。他很愛這個地方，凡是聽見這句話的人絕不會相信，不過他遊歷了半個世界，仍未見過像這樣的地方。森林和湖，大自然和雪，打不敗的美。

他一點都不驚訝這座小鎮能使人變得暴力；假使有人想把它從他手中奪走，他肯定也會變得暴力。這樣的領悟能幫他解決每個人的問題，他會因為這樣成為贏家。

88 小混混

波波和泰絲在廂型車旁等待，強尼和漢娜把兩個兒子交給他們之後便跑回冰館，看看是否有人受傷或需要幫忙。意外的是並沒有。原本預計比賽的十三歲孩子們都毫髮無傷，當然了，因為他們全副武裝地穿著球衣裝備；至於家長和其他群眾只有因為撞擊造成的瘀青和擦傷，而不是出於打鬥。看台上的男人們只把彼此當目標，並未波及無辜。強尼知道某些年輕消防員通常稱這種態度為「小混混的榮譽感」。消防隊其中幾位年輕消防員身上有紅色公牛刺青，比強尼自己的大。他們雖然是消防員，但更重要的是他們來自海德，而且和他不同，他們的怒氣更足。也許是因為強尼老了，有時候他覺得如今在自己家鄉小鎮上長大的年輕人，比他當年的他還缺少自我認同的身分。每個人都想感覺自己很重要，尋找能夠歸屬的事物，但是海德能讓人有歸屬感的事物越來越少了。「我們只想跟熊迷打，從來不碰老百姓。」其中一位年輕消防員曾說。強尼忍不住想這就是問題所在，他們說「老百姓」，彷彿自己是阿兵哥。

車子引擎紛紛發動，停車場很快便清空。若是在其他鎮子或另外一種人群當中，恐慌也許會更嚴重，這裡的人卻在幾分鐘之後便若無其事。幾乎所有人都見過小混混打架，一等事件落幕，一切便恢復正常，到了明天多半就會被遺忘。

強尼意識到這次唯一感覺不同的是，距離上次的事件已經過了這麼久。上回嚴重鬥毆是兩年前了，最後導致海德人放火燒了熊皮，大熊鎮的熊迷在森林裡追獵兇手，一場車禍害死一位大熊鎮的少年。在那之後似乎人人醒悟到情勢已經發展得太過火，若任由對立發展，將引發全面戰爭。那次就連海德最糟糕的男人都自制到在下一場比賽中與看台上的大熊人一起唱：「我們是熊。」那樣的做法等同於一面休戰的白旗，提姆和手下也接受了。每個人都後退一步，兩年了。可是現在？就算今天的麻煩很快會過去，強尼知道這要不代表一場小對立的結束，要不就是另一場更大、更嚴重衝突的開始。

路上傳來救護車的警報笛聲，處處聽得見孩子們的哭喊，可是也有心情放鬆之後的對話甚至偶然出現的笑聲。強尼走回廂型車，漢娜跟在後面。托拜亞斯沒看見他們，便興奮地轉向姊弟們高聲問：「你們看見手槍了嗎？還有大熊渾蛋們看見手槍以後的表情？他們嚇到挫賽！現在他們知道不能找我們麻煩了！」

泰絲站在一公尺之外的波波身邊，傷心地搖搖頭之後低聲說：「錯了。現在他們也會去找手槍。」

漢娜沒聽見他們的對話，強尼假裝自己沒聽見。但是他希望泰絲是錯的。老天爺，他真的希望。

89 真相

星期四晚上了，所有大熊鎮黑夾克們都坐在海德醫院的急診室裡。提姆在某人下巴上打斷了兩根指頭，幾個手下的鼻子也被某些人的拳頭或手肘打歪。不過也許正是因為這些傷，他們的心情出奇地好，不斷開玩笑和唱不得體的歌。其中最主要的目的是虧彼得，這位前俱樂部經理因為眉頭撞破必須到醫院來，護士們迅速決定把所有大熊鎮傷患和海德傷患分隔在兩個不同房間裡，以免又生事端。每回護士進房間來叫下一個人時，熊迷們都會求她「先叫老大！」然後他們朝彼得點頭，睜大眼睛偷偷說：「拜託，先別叫我們這些跑腿的，先看我們的教父！他才是負責下命令的人！」彼得拜託提姆要他們閉嘴，可是提姆已經笑到沒辦法下令。

「你們這些人什麼都不當真，不把命當命……」彼得碎念。

「這個嘛，決定跟消防員開打結果被手槍威脅的可不是我們，所以也許我們真的不該太認真？」提姆對彼得嘻嘻笑。

彼得難以辯駁這句話，真的很難。熊迷之間某人接到一通電話，朝提姆點了下頭，提姆立刻起身和接電話的手下走到角落低聲講電話。也許是關於看台上的海德男人們，也許是關於里夫，彼得永遠不得而知，因為護士在此時叫了他的名字，他得去給眉毛傷口上藥。醫生問他發生什麼事，他回答「撞到柱子」。從那位消防員堅硬的程度看來，這倒也不算說謊。醫結束後醫生渾若無事地叫他回家，今晚急診室外大排長龍，醫生沒時間聊天。

提姆在彼得回到候診室之後笑著問：「歡迎歸隊，教父！感覺如何？」

「感覺像撞到柱子。」彼得也微笑。

提姆把手放在彼得肩上，靜靜地問：「聽著……我今晚要為幾個人開熊皮，只有跟我最親近的人。喝幾杯啤酒和……你知道……像從前那樣。可以嗎？我保證之後會打掃乾淨！」

「你不是有熊皮的鑰匙？」彼得不解，而且不確定該如何回應。

「我知道，可是要是你不願意我也不會做。畢竟……我沒別人可以問行不行。」

於是彼得點頭了。提姆也緩慢點頭致意。然後他身後的手下遞給他一把花，提姆傳給彼得。

「給我？哇，你們別這麼……」彼得才開口，提姆就迅速悄聲接話，免去彼得說蠢話的尷尬。

「不是給你的，給你老婆。」

「給……蜜拉？」

提姆點頭。

「小子們聽說她現在用律師身分幫俱樂部忙了，有些記者不高興蜜拉幫忙，所以我們想跟她道謝。」

彼得滿頭霧水地眨眼。

「蜜拉？幫俱樂部？你們從哪聽來的？」

這個問題根本不用問，因為答案再明顯不過：「你也知道，人們會講話。」

蜜拉坐在醫院外停車場中的車子裡等彼得。他們先把瑪亞、安娜和李歐放回大熊鎮的家，部分原因是李歐在車裡不斷反胃，另一部分原因是安娜給彼得太多關於「下次該怎麼打架」的建議，彼得和蜜拉受不了一路和她同車到海德醫院。此時蜜拉慶幸做了那個決定，因為穿黑夾克的年輕人們用他們的車把蜜拉的車團團圍住，以防海德球迷衝上來找麻煩，她很高興不需要對孩子們解釋。熊迷們過去總愛威脅擔任俱樂部經理的彼得，蜜拉也曾經費盡心血將想加入他們的李歐拉回來，而今他們卻成了她的保鑣？她甚至沒辦法對自己解釋。這是個詭異的時期。可怕的時期。

電話響了，她接起來，因為看見是合夥人來電而幾乎完全鬆懈下來。

「我聽說打群架了！妳那時在冰館？還好嗎？」合夥人喊出一連串問題。聽起來她大約喝了十二杯酒。

「是啊，沒事。彼得的眉毛裂了，所以我們現在在醫院。」

「眉毛裂了？」

「他說是撞上柱子。」

合夥人好一陣子不講話。

「你們最近真夠衰的。」

蜜拉嘆氣。「別提了，妳呢？」

「很好！我在家裡！挺醉的就是了。我想到一個說法，要是彼得被起訴的話可以用！」

蜜拉從座椅中彈起。

「什麼說法？」

「說他的簽名是別人偽造的！妳總認得妳老公的簽名吧？文件上的就像小孩的筆跡。」她說得沒錯。彼得到國家冰球聯盟打球之前因為得幫太多球迷簽名，所以練出一手非常簡單迅速的簽名方式。只要練習幾分鐘，任何人都能模仿。

「妳真是天才！」

同事嘆了口氣：「我還真是呢，對吧？可是……那個……妳也知道，撒謊當然是嚴重犯法。要是我們撒謊，八成都會被關進牢裡。不過這是……最後的辦法了。要是全部完蛋的話。」

蜜拉點點頭，眼中含淚。

「謝了。」

「只要是為了妳都行，妳知道的。」

蜜拉猛吸一口氣。

「妳覺得我這樣做錯了嗎？純粹從道德角度來看？這麼迴護彼得？」

合夥人在電話那頭輕聲呼吸，並不是因為她遲疑，而是企圖找出正確的用詞。

「妳也知道，蜜拉，所有我對良心和道德的看法到最後都只剩一件事：是否跟妳的家庭有關。妳可以有幾千條原則，可是一旦跟妳的家庭扯上關係就不用想那麼多了。妳頭一個該保護的就是自己的家，比道德甚至法律還重要。家人優先。妳可以扮演很多角色，可是母親的角色排第一個。妻子的角色也排第一個。」

蜜拉的額頭靠在方向盤上。

「謝了。我知道我已經謝過妳，可是還是要再說一次。」

合夥人聽起來像是被冒犯了：「妳也是我的家人。」

彼得頭暈腦脹地走出醫院，在第二次經過蜜拉的車時才認出來。然後他想坐進駕駛座，蜜拉輕輕笑道：「我才不會讓你開車！你頭上的繃帶比木乃伊還多！」

他聞言之後蹣跚地繞到另一側，上了副駕駛座。蜜拉當然很生氣，她害怕的時候就會生氣。她是那種當孩子受傷時會吼他們的人，他們也因為這樣而知道她愛他們。

「那根柱子還真硬。」彼得用一隻手摸摸眉毛試著打趣。

蜜拉覷了他一眼，沒發動車子。她的語調溫柔，言詞卻銳利地劃進他的皮膚：「你不需要總是跟我說實話，可是別撒謊。你這個人很不會撒謊，因為你的練習不夠，而且我就是愛你這一點。所以你是世界上我唯一可以信任的人。」

彼得緊緊閉上眼，感到整張臉都在痛。

「那是……意外。我撞上一個海德的傢伙。我不想說，是因為不希望妳誤會……」她的怒火猛然爆發，彷彿加了碳酸：「誤會？你自己看看周圍！難道這些人是我們的新朋友？」

她擺手向左右兩邊坐在車裡的黑夾克們示意。捫心自問，這個問題固然是問他，其實也是問她自己。她長久以來討厭那些小混混，現在卻慶幸他們跟彼得站在同一邊，因為這樣也許能嚇跑記者們，可是身為一位律師又該如何平心看待此事？

彼得顯得既羞愧又專注。他把花遞給蜜拉時兼具指控和道歉：「提姆和他的手下給的。他們說妳現在以律師身分在幫大熊冰球，所以他們想謝謝妳。也許妳想跟我說說怎麼回事？」

蜜拉到此時才悟出黑夾克們不是在保護彼得，而是保護她。

「我……」她開口，已經準備好一套說詞。要說蜜拉對自己的某項專長感到慚愧，那就是她很會撒謊。

然而，當她看著丈夫的眼睛，他看起來就像二十多年前輸掉生平最重要的一場笨冰球賽之後，頭一次走進她父母餐廳裡的那個人。她記起令她深深愛上彼得的所有原因：追尋夢想的男孩、好父親、正直的男人。於是她說了實話。每件事，一口氣和盤托出。

「大尾在你和札克爾去看亞力山德打球的那天來家裡，我猜那是他的打算，需要先支開你才能和我談……」

接著她深呼吸一口氣直到暈眩，開始告訴他自己被邀請加入委員會；以及她的公司後續會拿到的大熊鎮商業園區委託案，大尾和其他贊助商如何藉由這個方式賄賂她，把她和俱樂部綁得更緊；使她和每個人一樣必須仰賴這個鎮上緊密交織的利益輸送網絡，如此才能在拯救俱樂部的同時順便拯救彼得。

「救……我？」彼得的聲音幾乎低不可聞，既可憐又震驚，說不出話來。

蜜拉冷靜客觀地告訴她所有自己看見的合約，所有帳目間的漏洞，不存在的訓練中心，和那些下方有彼得簽名的文件。

「親愛的，過去幾年你在俱樂部做的事……我甚至不知道該怎麼形容……基本上都是洗錢。貪汙。從法律觀點來看絕對算得上是財務犯罪和濫用資金。本地報社已經從外面找了一名記者調查整件事，他遲早會發現所有被你們掩蓋住的事情。根據議會牽涉在裡面的金額……真要命，親愛的……你有可能被抓去坐牢！」

她在話還沒講完之前便已經無法呼吸，雖然車子引擎並未發動，放在方向盤上的手指卻不斷顫抖。坐在旁邊的彼得臉色死白，有如直直掉進幾千公里深的黑洞裡。他覺得自己的人格正在崩裂，汗出如漿，過度換氣，想打開窗戶卻又擔心車裡所有的祕密會隨之飄散。到最後他覺得不舒服極了，只能把頭抵在工具箱上。

幾分鐘過後他才勉強說出：「訓練中心？我……根本不曉得那時簽的是什麼，親愛的。我知道聽起來很像撒謊，可是假如我當初知道那是違法的，就根本不會……永遠不會簽！我以為只是幫大尾一個小忙……我還在俱樂部工作的時候簽過幾百份文件，然後離開之後他有天打電話給我，我覺得內疚所以心想……喔，老天，親愛的，我真的沒料到是這樣。我真是個蠢蛋。天大的蠢蛋！他說議會都同意了，他們只需要一個『響亮的名字』。我信任他……」

「我知道。」蜜拉輕輕說，彼得卻沒聽見，因為他正急於檢視所有自己做過的決定。

她想，最難以理解的是彼得和大尾為何對於記者調查此事如此震驚：彷彿他們是正在玩遊戲的小孩，一回身驚訝地發現某人從頭到尾都在觀察他們。他們以為自己是誰？他們以為記者們都在做什麼？難道整個俱樂部裡沒有一個人想過萬一事情被揭穿之後該怎麼辦？

彼得的換氣極不順暢：「我真不敢相信自己竟然這麼笨。太誇張了，我只是……我是說，我知道有些球員合約上有灰色地帶，委員會和贊助商也許也動了某些手腳。可是我向來假裝自己不知道。我告訴自己，我對財務一無所知，只要專心在冰球上，可是親愛的，我……我絕不會做違法的事，不會在——」

「我知道！我知道！我知道你是無辜的！」蜜拉打斷他的話，態度突然變得更強硬。他的聲音喘得厲害，比換氣不順還嚴重：「怎麼會？妳怎麼知道？連我都不曉得自己算不算無辜！」

「因為我了解你。我有好多事瞞著你，你在我面前卻幾乎沒有祕密。我又開始看心理醫生了，之前沒告訴你是因為我想自己能解決每件事。前陣子心理醫生問我感覺如何，我說感覺就像要淹死。他問我是什麼事拉住我不讓我淹死，我回答『我先生』。我的答案是……你。因為你就像能讓我靠岸的陸地，親愛的。我靠著你呼吸，而且你是我所認識最不會撒謊的人。所以我知道你不是存心犯法。」

「我愛妳，你們是唯一……妳和孩子們……你們是我唯一……」

「我知道。」

無論他們多麼用力眨眼，此時都無法看清楚對方。

「我們該怎麼辦？我得去找警察自首，我得……」他絕望地說，但她搖搖頭。

「不要，我跟大尾談過了。他正在和所有認識的人談，所有贊助商和政客。我們會解決這件事。」

「怎麼解決？」彼得邊啜泣邊問。

她回答的時候眼神也許絕望，聲音卻不動搖：「還不知道，可是你要相信我，我會找到辦法。」

「妳不能阻止記者，萬一他們……」他小聲說。

蜜拉看著車窗外穿黑夾克的男人們，靜靜思索自己的能力，她願意冒多大的險。接著她聽見自己說：「我們要說服報社別寫這件事，或是創造一個情勢，逼他們不想再寫。」

「報社**肯定**會寫，錯的是我……我是說，他們沒錯……」彼得回答。

「這跟對錯無關。」蜜拉說。

「那跟什麼有關？」彼得吸著鼻子。

她沒有答案。因為說到底跟什麼有關？站在對的那一邊？告訴你自己是在為對的事情奮鬥？或者只是為了生存？說這些做那些，只為了證明我們的能耐？不計代價只為了贏？她不知道；她下半輩子都會思索這些答案，但此時她只說：「保護我們的家庭比什麼都重要。你和我和孩子們。現在只有這個才重要。我會找到解決辦法，你得相信我。」

「我相信妳。」他低聲說。

她的手移動得異常緩慢，彷彿手臂會因為這個動作而斷裂；她伸長手指觸到他的。她的笑容看似易碎，卻充滿傲氣，有如擋在巨大混亂之前的微小反抗勢力。

「親愛的，等這件事結束之後……我絕對要去度假。我只想要安靜一個早上，不想聽見別人找我幫忙，好嗎？我還要在旅館裡吃早餐和那些可笑的果汁和可頌。該死的，我要**可頌**，聽見了吧？」

著他的手。

彼得盡力擠出笑容，幾乎成功，但是打心底答應她。她開車回到大熊鎮，一路上緊緊握

90 繼承

海德球迷的車陣穿過森林回到家。看台座位區的家庭轉向住宅區，看台站位區的年輕人卻駛向穀倉酒吧。他們之中有些人帶著瘀青和打歪的鼻子，得先到醫院治療；大部分人的皮肉傷卻淺得夠大醉一場。和海德冰館屋頂受到的損害相較，他們直呼「穀倉」的酒吧卻令人驚訝地完整撐過暴風雨，彷彿上帝在讓子民們看冰球或酩酊大醉之間做下選擇。要是你強迫今晚的酒客們做同樣選擇，他們將無法如上帝那般輕易決定。

漢娜早就不光顧穀倉了，因為她是大人，可以在家裡廚房喝酒。強尼坐在她對面。她的咖啡杯裡裝的是葡萄酒，他的玻璃杯裡則是威士忌，雖然她不忍心告訴他那其實是燭杯。泰絲上樓哄圖爾睡覺之後也在他身邊睡著。托拜亞斯沒換衣服就陷入夢鄉，彷彿一身束縛能讓他的身體更加放鬆。時間漸漸晚了，窗外一片漆黑，但他們仍能聽見院子裡的砰砰聲。泰德在外面藉著所有他能找到的手電筒發出的光線練習射門。幾公里之外的鄰居想必都能聽見他，可能只是因為他們可憐這個比賽被迫叫停的十三歲孩子，只能在這個時間消耗掉所有腎上腺素。

「我應該早就料到的，當初就不該去看比賽。」強尼責怪自己。

「沒人能預料到事情會變得這麼失控。」漢娜回答得簡扼，他卻能聽出她咬著牙，像是引信點燃時的微小嘶嘶聲。

「我不認識里夫，如果那是妳想問的。我只是去他那裡替本格特拿輪胎的時候聊了一下，沒別的。提姆為了某些債的事威脅他，所以他才來保護我們。」

「保護？你認為是這樣？」她反駁。

「不然妳認為是怎樣？」他不高興地問，明知這是個陷阱。

「他讓事情變得更糟了！原本只是孩子們之間的冰球賽，可是他身上帶著槍！你以為我們住在哪？戰場上？」

強尼嘆了口氣，旋轉著酒杯。此時他已經醒悟到那是燭杯，但要是他在此時承認，便等同於給她大作文章的機會。再說反正是便宜的威士忌，加點蠟也不會有太大差別。

「我可以和他談……」

「你該談的對象是托拜亞斯！你看見他的眼神了嗎？他看起來……」漢娜正想發洩，卻在講出「就像你」之前止住話頭。

因為他們的大兒子正是如此，生氣的時候就像爸爸。強尼瞪著杯子裡，讓威士忌從一側流到另一側。

「他的自制力挺好的，頭一件事就是去找弟弟。我們不就這樣教他的嗎？」

漢娜對著酒嘆氣。是沒錯，他們是這樣教他的。那她還氣什麼？她自己知道嗎？累極又洩氣的她衝口而出，彷彿只是大聲測試自己的想法：「我從前一直不喜歡泰絲搬到別的城市去念書的想法，可是今天我頭一次希望她真的搬走。搬得離這些遠遠的，我要她的世界……

更大。」

「世界上其他地方的暴力事件也不少，到處都有愛打架的笨蛋。」強尼不認同。

「對，可是至少她能遠離一代傳一代的暴力。」漢娜回答，強尼聞言之後抬起下巴，像是受了傷般低聲說：「因為我就是那種想把別人打死的人？」

漢娜搖頭：「不是。因為過去這幾星期以來我曾經想這麼做。」

廚房因為靜默而縮小，吞掉所有氧氣。強尼想說個蹩腳的笑話，說泰絲不可能繼承媽媽的暴力基因，因為漢娜根本不會打架；但此時不是開玩笑的時機。他懂她的意思。他喝掉威士忌，親吻妻子的頭，上樓給泰絲和圖爾蓋好被子，然後走進托拜亞斯房間坐在他身邊的地板上。托拜亞斯的呼聲很大，心臟卻跳得和緩。窗外積了新鮮的雪，強尼覺得自己好老。如同所有父母，他也夢想孩子們的未來會比自己的好一些、容易一些，但是你沒辦法為了保護他們而對抗整個世界；我們甚至不能保護他們不傷害自己。他閉上眼想，如果漢娜說得沒錯，如果這張床上的男孩真會長成如他爸爸的男人，那麼強尼只能做一件事：變成更好的人。

泰德一球接一球地練習，越來越用力，他在內心暗暗驚異竟然沒人出來叫他住手。他的眼角看見媽媽出現在屋角，馬上不多辯駁地放掉球棍。今晚冷得厲害，泰德卻滿身大汗。媽媽穿戴著托拜亞斯的夾克和泰絲的毛線帽，泰德很確定她腳上的是自己的舊鞋。他正想說自己不打了會進去睡覺，她卻對他用力眨眼，問了聲：「我能和你一起打嗎？」

他答應了。

91 蹤跡

我們在事後敘述這個故事時也許會發現，每件事明顯地如連鎖反應般逐一發生。可是對於置身其中的人來說，卻像是所有重要事件沒來由地在幾個小時之間同時出現。

星期四晚上異常地冷，報社主編在星期五早上鏟雪車出現之前就出門了。她在黑暗中朝辦公室走，剛開始還時不時回頭看，仍然因為最近在各處看見黑夾克而感到神經緊繃，但是她發現路上只有自己。除了記者之外不會有誰這麼早起床。昨天晚上冰館裡發生鬥毆，她知道此時辦公室裡已經有兩位記者在寫報導了。當初她接受了這份工作和他們頭一次見面時，兩個人都自我介紹是體育記者，結果後來其中一位負責新聞欄，另一位負責家庭生活欄。人們開她玩笑：這裡的每個人都是靠運動吃飯，所以妳最好習慣這件事。她也許還沒習慣，至少不完全習慣。

今天早上她起床時爸爸還沒上床；他們就像工廠工人換班。他整夜不睡，弓著身子坐在餐桌前，被各種文件和檔案包圍，大部分都是她沒見過的。

「這是怎麼回事？我以為你在研究昨天晚上的比賽風波？」她納悶，但父親只是擺擺手要她走開，彷彿她又成了個小女孩。

「這件事比較重要。看這個！所有文件都顯示納稅人的錢在過去十年之間被拿去用在和議會營建案有關的假補助和非法貸款，妳記不記得這邊的議會異想天開，申請舉辦世界杯滑雪錦標賽？看看這些本地富商付給這家建設公司的錢，我想它們是給政客的賄賂。特別是這個女人，本地最大政黨的黨鞭！還有這裡，妳認為誰替建設公司工作？她先生和哥哥！」

主編煮了咖啡，試著了解爸爸的文件堆。

「爸……你或許是對的，這是很大的醜聞……但是跟訓練中心和大熊鎮冰球的調查又有什麼關係？」

「這比大熊鎮冰球重要多了！那筆投資跟這個**不能比！**」

她驚訝地看著他。

「我能不能問一下，你從哪拿到這些文件的？」

「我用了點心找到一個消息來源，妳別擔心……」

他的眼睛因為疲勞而失焦。要跟他講理是不可能的。於是她叫爸爸上床睡點覺。

此時她正在雪裡走著，忍不住擔心一句他說的話：「這比大熊鎮冰球重要多了。」他們花了整個星期研究俱樂部和彼得・安德森，可是現在他突然在一夜之間就改變方向？她擔心得分了神，眼睛瞪著地面而不是向前看。當她抵達報社大樓時沒注意站在前方的男人們，此時要跑已經來不及了。然而她幾乎出於直覺，依舊轉身想逃走，直到她看見對方穿的不是黑夾克，而是紅色的。「嗨！」其中一個男人邊說邊伸出大大的拳頭，她瞥見男人夾克袖口下方的上臂有紅色公牛刺青。

她沒和對方握手，卻也沒將它打到一旁。另一個男人友善地微笑，他有很大的黑眼圈，多半是昨天晚上冰館鬥毆的紀念品。

「我們只是來這裡看一下！聽說大熊鎮的渾蛋熊迷最近在威脅妳和員工。別怕，沒什麼好擔心的，我們會處理。」

主編困惑地逐個看著男人們，然後說：「我不懂你說的，什麼威脅？」

第一個男人向她眨眨眼，彷彿兩人正在分享一則祕密。

「我們懂，妳不能透露任何消息。可是有人通知我們妳正在調查大熊冰球俱樂部，所以熊迷裡面最神經的傢伙們想阻止妳。別讓他們得逞！每個人都知道他們是騙子，沒一個例外，我希望妳死死咬住他們！我們會在這裡安排人手確保妳平安無事。」

主編不知該說什麼。老天爺，她才起床沒多久，在今天太陽出來之前還會碰上哪些更奇怪的事？事實證明還真不少。

「開什麼玩笑……」她走進辦公室看見坐在辦公桌旁的人，不禁喃喃自語。來人舒服地靠在椅背上。

「早安！」理查．西奧愉快地說。

主編嘆口氣。

「好吧，你改變主意想來這裡工作了？也許我可以請你負責畫漫畫？」

西奧笑著，暗自欽佩她立即生出的對立反應；大部分人頭一次見到他時會有這樣的反應，第二次多半比較謹慎。

「我保證不占用妳太多時間。相信在昨天的小意外之後，妳有很多事得處理。」

她也笑了：「『小意外』？你的用詞還真有趣。應該是小混混暴動吧。」

他看起來頗為驚訝。

「喔，不，我可不會用這種描述方式。我也在場，而且根本不擔心我自己或任何人的安全。只不過是兩邊的幾個年輕人發洩不滿而已，那種事情到處都會發生，就算在大城市裡也不例外。是吧？」

最末尾的說法令主編的態度稍微軟化下來。

「上次你來這裡的時候說你擔心兩邊球迷之間的暴力事件，現在你說他們是好朋友？」

西奧抱著歉意舉起手臂：「我只是不希望事情被錯誤解讀，報紙讀者會誤會的。因為那樣就會造成暴力，妳不認為嗎？」

「我們正是要報導昨天晚上的事件……」她話還沒說完。

「昨晚彼得．安德森的眉毛撞破了，妳聽說沒？」他快速打斷。

「沒……我不曉得。」她承認。

「我向妳保證純粹是意外！他在混亂中和另一個人撞在一起，可是大熊鎮肯定有人認為他是受到攻擊。妳知道彼得．安德森在大熊鎮有多受歡迎，好多人想保護他。對了……說到這個……顯然很多人也想保護妳？我看見外面那些妳的朋友喔！」

他調整一下領帶，下方是燙得筆挺的襯衫。主編不由得厭惡他在一大清早就看起來這麼像樣。

「如果你指的是大門旁那些人，我其實不認——」她正說著。

「妳當然不認識。可是他們似乎相信妳需要被保護，我也不希望這件事被錯誤解讀。」

他點點頭。

主編醒悟到情勢走向，覺得背脊一陣發冷。她悟出誰在散布謠言使得那些男人們出現在大門口。

「你究竟想說什麼？」她嘶聲質問，恨死他一派輕鬆的笑臉。

「要是妳寫彼得．安德森受了傷，根據某些謠言他是被海德球迷攻擊的，而且同一批海德球迷還站在報社大門保護妳，妳難道不覺得看起來就像……妳選邊站？」

「別威脅我，理查。我是記者，威脅可不是個好點子。」

「威脅妳？我才沒這個意思！唉呦，請妳原諒我！」他以極端絕望的表情哀叫，看起來幾乎是發自真心。

他站起身，她的頭偏向一側。

「就這樣?你一大早來就是為了說這個？」

他假裝思索，彷彿忘了某件事，然後戲劇化地輕拍一下額頭補充：「幸好妳提醒了我：我有一條祕密情報給妳呢!妳聽沒聽說海德冰球俱樂部有新的贊助商?也許妳很清楚工廠老闆們贊助大熊鎮冰球俱樂部?現在有另一個老闆贊助海德喔！」

主編的好奇心戰勝了戒心。

「什麼老闆？」

「妳的老闆。」

他說這話時非常開心，彷彿一位在大富翁遊戲中提走所有銀行資金的父親。他說出金主的公司名字，主播當然知道是誰。這家報社為他們旗下的公司所有。

「他們為什麼大費周章地來這裡贊助冰球俱樂部？」她問，不自在地調整衣服，好掩飾身上的冷顫。

「我念書時代的一位老朋友是他們公司的理事之一。我打電話告訴他海德冰球俱樂部的財務出了狀況，如果本地報社老闆能贊助他們倒是好事一樁。因為我們這裡的人就是這樣，守望相助，不是嗎？」

她緊咬著牙關逼出回答：「你的朋友知不知道有半數報紙訂戶是大熊人？」

西奧搖頭：「不，不，他根本對冰球一竅不通，只知道那是一種運動。」

她緊抿著嘴唇，憤怒和氣餒交雜。

「所以你現在認為我不敢再繼續調查大熊鎮冰球，因為那樣看起來會像是我因為有海德贊助商才調查？」

他的自滿令人不敢恭維：「不、不，妳誤會了。我想妳不會再調查大熊鎮冰球，因為妳有了更好的故事可以登。」

「什麼故事？」

西奧將剪裁優雅的外套拉到肩上，抬起一邊眉毛：「妳爸沒跟妳說？」

她還沒來得及回答，他便已經走出門消失在視線之外。她跑回家的時候，有公牛刺青的男人們仍守在報社大門。爸爸起床之前她就已經在腦中演練過無數次和他的爭執，以至於最後根本懶得再爭論。

「你為了另一則新聞，把我們對彼得．安德森的調查當作交換條件？」她落寞地問。

「另一則……更棒的新聞。」他駁斥她的說法，仍然半睡半醒。但她看得出來他的內疚。

「我不認為你是這種人，爸，我不認為你會從戰場上退縮。」

她的爸爸久久，久久地看著她。她看見他眼中慢慢積蓄的淚水，震驚到得坐下來。

他說：「我選我們可以贏的戰爭，孩子。我打電話給理查．西奧的老同事打聽他，他……是個危險人物，相當危險。他曾經只為好玩而毀掉別人的前途。我不是被嚇大的，可是要是我離開這裡，西奧又成了妳的敵人，那妳該怎麼辦？他可不像這裡其他人，他聰明多了，還有一大堆完全不同的人脈。他才不會派小混混來嚇妳，而是叫律師來毀掉妳的整個人生。像他這樣的人會不擇手段對付妳，不毀掉妳深愛的所有事情和所有人之前不會罷手……」

「爸，我小的時候你總是說，記者要是沒敵人就代表他沒盡責任。」她的聲音因為失望而顫抖，他將永遠無法徹底釋懷。

「可是妳太年輕了，不應該有敵人，小妞。不該有這樣的敵人。妳還有大好前程，而且我……可惡……我已經老得打不動了，至少打不過理查．西奧。他給我的文件可不是鬧著玩的；他能從每個地方拿到他要的東西。妳知不知道他光是打個響指就能替海德冰球俱樂部拿到多少錢？更別提他能對妳做的事……別因為自尊心而把自己的前途葬送在這個鳥不生蛋的地方，拜託，別學我，別想一下子就和全世界槓上。先等以後進了大一點的報社，有更多後援，然後要是妳想的話再來調查他。我是來這裡幫妳的，最應該幫的就是這個。所以妳聽一下我的建議吧？接受他給妳的新聞，比彼得・安德森的好。安德森只有一個人，又沒什麼權力。理查・西奧給的新聞跟全面貪汙有關，一直到議會最上層……」

「萬一這條新聞只是謠傳呢？」

「那我們就繼續調查大熊鎮冰球俱樂部，我們可以……」

女兒將臉埋在雙手裡。

「不行，沒辦法，爸。到那時他們早就毀屍滅跡了，一切都會太晚。」

她感到渾身乏力，頹然癱軟在桌邊。這就是輸的感覺。

92 島

夜色降臨，星期五又近了一點。班吉在樹木之間穿行，幾乎不留下腳印。從前這一點總是令在冰上與他碰頭的人吃驚，那是敏捷和力量的結合。艾德莉老說這樣靈活的人竟然不會跳舞，真是稀奇；而他會回答如此不會做菜的人竟然還這麼胖，真是稀奇。然後她會用力捶他，也許她將來會最想念這一點。她和艾莉西亞和蘇納此時正在狗園看新生的小狗，班吉溜出家門，對要往哪去並沒確切的概念，於是決定去湖邊。他沒有渴望實現的夢想，所以眼前有個人作伴也就行了。大城佬坐在露營車外的一張童軍椅上，裹著睡袋。他已經學會生火了，因此很高興看見班吉現身，因為這樣一來就有可以炫技的觀眾。

「你是照安娜的方法。」班吉不悅地說。

「她的方法管用唄，不像你的。」大城佬笑道。

他對於班吉的到來並不驚訝。這就是他們現在的關係：他們能感覺對方想做什麼。要是他們一起打冰球，那麼絕對是所向披靡。班吉連睡袋都懶得裹就坐進一把看似不穩的童軍椅，狀甚認可地點頭：「我之前還以為你自己在這裡熬不過一晚，沒想到你現在已經很習慣森林了。」

「我這輩子從沒真正看過森林，直到幾天以前。」大城佬說。

「能不能習慣森林，跟森林本身沒關係。」班吉回答。

他們抬頭看著夜空，班吉想起拉夢娜曾經講過的：「男人都怕天文望遠鏡，他們在看星星的時候會忍不住嚇到挫賽，因為他們會發現宇宙好大，自己又有多小。當一個男人發現他根本毫無意義的時候，會覺得那是全宇宙最可怕的事實。」湖正在結冰，橫亙在不遠處小島和陸地之間的是正在逼近的冬天。從這裡看小島一點都不起眼，但是班吉最快樂的夏天都是在那裡度過的。只要冰球訓練一結束，他和凱文便迫不及待到小島上當好幾個星期的化外之民。在那裡，一切不需言傳，卻沒有祕密；班吉從未和另一個人共度過如此的經驗。

大城佬抬頭看著星星，許久之後才說：「你說得對，你們的星星比我來的地方好多了，空氣汙染比較少。」

班吉慢慢點頭。

「可是風力發電扇比較多，爛透了，把獵物都嚇跑。」

大城佬笑著模仿他的口音。

「『獵物』？你用獵人身分在講話？」

班吉又露出他的招牌笑容，彷彿能看穿所有的人事物。

「說實在的，我比較喜歡釣魚。」

「你們這裡什麼時候有機會釣魚？大概只有八月裡的十五分鐘？」大城佬不解地朝結冰的湖水努嘴，雖然在大城佬的世界裡此時才進入初秋。

「一年到頭。夏天的時候你坐在船上，吹九個小時牛，釣不到一條魚。冬天的時候在湖上鑽個洞，坐在椅子上吹九個小時牛，照樣釣不到一條魚。」

「那可得吹不少牛。」大城佬說。

「你才知道。有時候牛都吹完了，我們只好開始講實話。」班吉回答。

他從露營車裡拿出幾罐啤酒並遞給大城佬一罐，大城佬搖搖頭。

「明天有比賽。」

班吉點頭。假如大城佬是個不識好歹的人，肯定會說班吉看起來有點羨慕。

「對海德，是吧？你不知道那在這裡代表什麼。這樣也好，別把它當一回事打。」

大城佬的手背撫過鬍碴。通常他每天早上都會刮鬍子，是他這輩子嚴格的生活紀律中的一部分，但是在這裡他就不在乎了。他轉向班吉，不是出於明知故問而只是好奇：「我聽說海德在比賽的時候會叫『大熊娘炮』，你聽了會不高興嗎？」

「你從哪聽來的？」

大城佬清了清喉嚨。

「隊上某個傢伙在更衣室裡講的。」

班吉緩緩點了個頭。

「我幹嘛不高興？」

大城佬滿肚子搜索適當的用詞，回答時的嗓音粗嘎，語氣保留。

「我只是在想，你是怎麼面對別人把你當成……異類。」

班吉靜靜地抽著菸，久到大城佬以為他沒聽見問題。可是班吉開口回答：「就我個人說來，我會先把大麻抽到嗨，再打掉別人的大牙。可是我相信有別的方法，也許冥想？我聽過很多關於冥想的好處，不過要是想同時抽大麻可是他媽的難。」

大城佬對話裡的憤世嫉俗一笑置之。

「旅行的時候，做你自己變得比較難還是比較容易？」

班吉吃吃笑：「要是沒人知道你是誰的話，想當任何人都變得比較容易。也比較容易當個大熊鎮來的人。」

大城佬向後靠在椅子裡。他還想問其他問題卻又不敢，只好慢吞吞地放下這個話題接著承認：「你們這些人真難搞。可是我得承認你們的日落很漂亮，我從來沒看過像這裡的日落。」

「那是因為你從來沒看過午餐時間剛過就落下去的太陽。」

「那倒是實話。」大城佬哈哈大笑。

接著班吉忽然低聲但清楚地說：「你會融入這裡的。這邊比你想的還棒。」

大城佬表情雖然沒透露太多，這句話對他來說卻有很大的意義。他從沒融入過任何地方。

「不然我還能怎麼辦？一直往北邊走，直到碰見比你們還瘋的人？」

「唯一比我們還北還瘋的人只有聖誕老人。」

兩人不約而同爆出大笑。班吉喝著啤酒，抽著大麻；大城佬閉上眼睛傾聽徹底的寂靜。

「你有多久沒打冰球了？」過了一會兒，大城佬問。

「兩年多一點。」班吉回答。

「這段時間裡面你都做了些什麼？」

「旅行，抽菸，跳舞。」

「在哪？」

「亞洲，大部分的時候。」

「為什麼選那裡呢？」

「因為那裡幾乎沒人知道冰球。」

「你找到要找的了嗎？」

「什麼意思？」

大城佬的聲音溫柔但篤定：「除非是為了找什麼，否則沒人會旅行到那麼遠的地方。」

班吉從鼻子呼出煙。

「要是我找到了，八成就不會回來。你找到你想找的了嗎？」

「在哪？」

「這裡。」

大城佬聲音中的自信消失了。

「說實話，我也不知道想找什麼。」

班吉打開另一罐啤酒。

「所以才要找，不是嗎？」

大城佬許久未發話。然後他輕輕說：「我……想付你露營車的租金。」

「省省吧，那樣我就得當你的房東了。」

「不然你現在是什麼？」

班吉轉頭看著他。

「你的朋友。」

他認得出來那個表情，是從未有過朋友的人才有的表情。大城佬花了大半輩子的時間否認這一點，如今竟然因為這句話而心痛。他猛然爆出心底話：「要是我喜歡男的，肯定會他媽的愛上你，你知道吧？」

班吉當然知道。但是他露出一貫的笑容，那該死、介於鳥和熊的淺笑。然後他說：「你已經愛上我了，只是你自己還沒發現。」

大城佬大笑，班吉也是。他們的笑如歌聲迴盪在林間，越過湖面，傳到小島上。

93 代罪羔羊

大尾坐在位於超市的辦公室裡，第一聲電話鈴還沒響完他就接了起來。

「我解決你的問題了。」理查・西奧扼要地宣布。

「什……解決了？怎麼……」大尾問。西奧向他解釋的過程中，大尾感到既佩服又有些害怕。

海德冰球的新贊助商實在是個簡單的解決辦法，既讓大尾脫鉤，又逼本地報紙換戲碼。

「這些記者不會再是問題了。可是仍然得說服議會保留兩邊的俱樂部，所以我們需要你朋友蜜拉．安德森再幫個小忙。」政客繼續說。

「蜜拉？你要她做什麼？」大尾覺得胃裡壓了一塊不吉祥的大石。

「我聽說她最拿手的是說服人。你只需要先說服她。」

「去做什麼？」

「火把遊行。」

大尾正要問一串蠢問題，但政客既沒時間也沒耐心，所以乾脆簡單解釋自己的計畫。講完之後，大尾驚呼：「這個手法……很高明，一定會管用。但要是蜜拉在大熊鎮這麼做，海德應該也有另外一個人？」

「我會告訴你一個名字和地址，記下來……」政客回答。

「好，好，你說門牌幾號？」大尾用筆在手臂上記下。

「你還得記得，我做這些有附帶條件。」西奧說完後又提醒大尾。

「你想要什麼？」大尾緊張地問。

「不久之後，報紙會登出另一件調查，關於不同的貪汙；每個好故事都需要幾頭代罪羔羊。」

大尾想吞唾沫，嘴裡卻乾得要命。

「喔？」

「我想自己選羊，你的工作就是幫我。」

蜜拉到辦公室時，大尾已經坐在外面的長凳上了。他的領帶鬆了，西裝下的襯衫第一個釦子沒扣。

「報紙不會調查彼得和大熊冰球了。」他開門見山地說。

她愣愣地瞪著他。他的話讓她覺得暈眩，是真的嗎？她不知道自己應該興奮地又叫又跳還是倒在雪地裡做雪天使；有那麼一瞬間她甚至想擁抱大尾，幸好衝動來得快去得也快。

「大尾！喔，燕尾服，你說真的？我們……我……你怎麼辦到的？」她驚呼。

「打了很多電話託人情，而且答應很多人將來會報答他們。」大尾說實話，看起來一點都不自豪。

鬆了口大氣的蜜拉在大尾身旁重重坐下。

「可是你確定彼得……安全了？現在他不會有任何事？」

大尾點頭。

「非常確定。可是我得請妳幫個忙。」

「什麼事都行！」

「先等我說完。」

她瞇著眼看他。「難道是違法的事？」

他開始大笑，能撼動空氣、發自肺腑的大笑，一路滾過停車場。

「不，不是。不過妳聽完之後可能會寧願是其他違法的事。」

他告訴她需要幫的忙，也就是理查·西奧的要求。她的臉色變得蒼白。

「火把遊行？同時拯救兩個俱樂部的偉大計畫？只要一隊人舉火把遊行？」

大尾緩緩搖頭，在她面前伸起食指和中指。

「兩隊。不是一隊火把遊行，是兩隊。」

然後他遞給她一張紙。

「這又是誰？」

「想要這個計畫管用，妳就得說服這個人站在我們這邊。」

「妳是一個簡單得沒藥救卻又複雜得要命的人。」心理醫生有一回如此告訴蜜拉。摘自某一本他看過的書，之後跟著一大段他很欣賞的關於腦部功能的解釋。可是蜜拉一個字也沒聽進去。她死死地記得兩個字：簡單得複雜，複雜得簡單。除此之外還有其他種類的人嗎？

她和大尾見過面之後直接從辦公室開車回家。她和彼得坐在餐桌兩頭，伸長了手握住對方的手指。她告訴彼得大尾所說的每件事，彼得吸了一口她所聽過最長的氣。他們後來才醒悟自己有多疲累、多震驚。當他們終於放鬆下來時，每一絲肌肉都開始疼痛，壓力釋放之後剩下的是眼皮底下蓄積的淚水。

他們沒人說話，卻同時想起伊薩克。想起他死的時候兩人如何將淚水往肚裡吞。多年來，他們教會自己靜靜地、靜靜地、靜靜地哭泣，免得被其他孩子聽見。他們想起平常盡力不去想的事，因為就連跟它們擦到邊都能受傷：他們曾經有多想倒在他被埋葬的地方，臉頰貼著草皮和他說悄悄話；他們曾經有多想撲在他的墳上，陪他一起去他的目的地。他那麼小，好小好小，怎麼會有人忍心讓如此無法自保的小生命獨自走上黑暗的旅途？他甚至還沒大到能自己待在廚房裡，可是每個人突然認為可以把他單獨留在教堂墓園中？才過了一天而已就改變主意？他做惡夢的時候能叫誰？他能爬到誰的床上尋求安慰？他能枕著誰的肩頭入睡？他的父母如此恨自己，因為他們沒跟他一起走，因為他們繼續過活。

他先走之後，他們的所作所為有多少件事都很重要，都是大事，好合理化他們的遲來一步？如此當他們在天堂裡與他重逢時才能悄悄說：「媽咪和爹地只是去拯救世界了。」幾乎每件事。

他現在會為他們感到驕傲嗎？他們這輩子活得值不值得？他們成為夠好的人了嗎？

他們把眼淚往肚裡吞，靜靜地，靜靜地。然後彼得站起來洗手，轉向烤爐開始做可頌。蜜拉親了親丈夫，拎起外套走出門駛往海德。

他們是簡單又複雜的人。「妳總是有能耐在某個地方為了某件事奮戰到死。」合夥人如此說她。這就是蜜拉正要做的。

94 女人們

漢娜正在車道上鏟雪和清理院子。強尼上班去了，孩子們在學校，到處都是他們的東西。通常邊到處清理邊碎念的是強尼，因為他是個老古板，可是今天漢娜親自動手。有了家庭之後，你最懷念的會是無聊的感覺，因為你永遠不可能無聊了。漢娜最近在醫院裡聽見一位較年輕的護士談到另一位有外遇的同事，她滿腦子只想到：「誰有時間搞外遇？這些人難道都不用睡覺嗎？」

她從花壇裡撿起幾顆球碟，把被遺落的手套掛起晾乾，所有球棍集結在一起倚在牆面上。她的眼角看見遠方的車子，對於行駛在這條路上的車輛來說稍微昂貴了一點，是那種真正覺得自己配得上坐在那副方向盤後方的人才會買的車。開車的女人停住，下了車，在一張紙上檢查地址之後望著這裡，然後隔著矮籬笆對上了漢娜的視線，神色忽然顯得不確定。

「對不起……妳是漢娜？」

漢娜向路邊走近，手裡還拿著海德冰球的球棍。她知道蜜拉．安德森，蜜拉卻還不曉得這一點。所以漢娜決定裝笨。

「請問妳是？」

蜜拉幾乎笑起來。就連海德女人們講起話來都一副隨時想打架的樣子。

「我叫蜜拉，彼得．安德森的太太。我相信他和妳先生昨天在冰館裡相撞，彼得的眉毛還撞破了……」

「那是意外！」漢娜急急回應，蜜拉閉上了嘴。

「我知道，我知道！對不起，我不該這樣說的。我知道是意外，而且這不是我來的目的。事實上，也是我來的目的，可是……說來話長，我能不能重新說一次？」

她尷尬地笑著，兩隻汗濕的掌心互相搓揉。漢娜靠在兒子的冰球棍上，表情彷彿在說蜜拉來此是為了說服她改變宗教信仰。

「請說吧。」

蜜拉經過深思熟慮地呼吸幾口空氣，重新來過：「好。所以，我先生和妳先生昨天碰過頭……我想先問妳先生沒事吧？」

漢娜忍不住微笑。

「頭沒事嗎?他的頭一直都有事。妳先生呢?」

蜜拉報以漢娜一抹猶豫的微笑。

「彼得?他還在打冰球的時候,教練總說是那顆堅硬的頭保護他的頭盔,而不是頭盔保護頭。所以我想他應該沒事。」

「那好。我還有事要做,所以如果妳……」漢娜說完清了一下喉嚨。

蜜拉理解地點頭,望向泰德的小冰球場。

「是,是,當然。我看得出來。妳有幾個孩子?」

「四個,妳已經見過其中一個了。」漢娜說話時稍微感到不耐煩,因為她開始猜測蜜拉是來笑話她的。

「我不懂……」蜜拉慢慢地說。

漢娜的頭撇向一側:「妳來這裡幹嘛?找我什麼事?」

「我……對不起……也許有什麼誤會,我見過妳哪個……孩子?」

「我女兒。我今天早上在她夾克裡發現妳的名片。」

漢娜後悔說出這句話.她不希望聽起來像是會翻女兒口袋的母親,但是蜜拉看起來不像在評斷她。

「泰絲?她是妳的女兒?我不曉得。很抱歉,她只是問我的工作,我……」

「可是妳今天要來找我先生談事情?」

蜜拉把手放在大衣裡點頭。

「我知道看起來是很奇怪的巧合。」

漢娜盯著蜜拉看了很久想找出可疑之處。她找不出什麼之後便說:「我女兒想念法律,她不認識任何做這方面工作的人，所以我猜她只好問妳。」

蜜拉聽得出來這位母親話聲中的嫉妒。她懂，因為每當瑪亞提起任何一位音樂學院的老師時，自己聽起來就是這樣。她知道當親生骨肉生活在自己不了解的世界裡是什麼感覺。

「她只想得到一些專業課程建議，我——」

「我是助產士，我們也得上專業課程。」漢娜指出。

蜜拉的臉紅起來：「我知道，我不是那個意思。泰絲非常聰明，家教又好，肯定是得自妳的真傳。」

漢娜不苟同：「妳不用恭維我，我發現妳的名片時確實很生氣，可是強尼叫我放手讓孩子們去，我正在往那個方向努力。妳的公司在海德對吧?要是泰絲到外地上學，回來之後能不能在妳那裡工作?」

問題來得直接了當，蜜拉差點無法招架。她沒預料會是這樣的對話。

「當然，當然……我是說，要是她夠好的話。」

漢娜的回答出自一位對法律一竅不通，但對女兒瞭若指掌的人：「她會是最棒的。」

蜜拉發出短促的笑聲。她想：老天爺啊，我也想要有海德媽媽的自信。然而她很清楚自己跟漢娜一樣。她們兩人相同處看似不多，卻又幾乎完全相同。

「要是她還有問題想問，歡迎隨時來我辦公室。」

漢娜點頭，嫉妒但是感激。然後她開口問話，雖然不無禮，卻又並非全然和氣。

「妳要進來喝咖啡還是講重點?妳來這裡幹嘛?」

蜜拉差點想說喝咖啡，又不願冒險引起不必要的挑釁，便盡可能簡單地解釋：「昨天我有些朋友看見我們的丈夫在冰館相撞，讓他們覺得……焦慮。在某個程度上，彼得是大熊鎮的冰球象徵，我相信妳先生對海德來說也是。我的朋友擔心人們會以為他們在打架，這樣會引起更多麻煩。其中一位朋友想出一個點子，說我們的丈夫也許想……促進和平。我相信妳聽說過議會想關掉兩家冰球俱樂部的傳言？」

漢娜將兒子的球棍插進雪地，彷彿打算把它就地種下。

「我只聽說議會想關掉海德冰球，因為他們不想付錢整修或重蓋這裡的冰館。」

「我的朋友相當確定議會的計畫是同時關掉大熊和海德，重新組織新的俱樂部。我們想試著讓政客們改變心意，這樣就能救回兩個俱樂部。」

漢娜懷疑地哼了一聲。

「你們為什麼想救海德？」

蜜拉重重嘆氣向前一彎身，雙手撐在膝蓋上，甚至不看著漢娜：「我說句實話好吧？我連大熊冰球都不想救！可是現實就是如此，我只是想讓每個人皆大歡喜，該死！」

她並不想生氣，只是非常非常累了。漢娜微笑起來，因為她從沒聽過哪個人說話這麼像個當媽的。

「妳是南方來的？」她問。

「嗯。」蜜拉平淡地回答，手放在膝蓋上，眼睛望著雪。

「只有在妳生氣的時候才聽得出來口音，要不然妳聽起來跟我們一樣。」漢娜說。

這是很大的讚美。非常大。蜜拉抬頭看她。

「小心。總有一天妳女兒從大學回家來的時候講話也會帶著另一種口音。」

「只要她不開那種蠢車子，我都可以接受。」漢娜回答時輕蔑地向蜜拉的車示意。

「下次我來之前會先打破車窗好融入這裡。」蜜拉回答。

漢娜的笑宏亮又毫無敵意。她靠在籬笆上遲疑了許久才問出口：「妳認不認識大熊鎮一個叫安娜的年輕女孩？」

換成蜜拉大笑。

「當真？她是我女兒最好的朋友！」

漢娜的眼睛亮了起來，但是她盡力不讓情緒外露。

「我就是暴風雨那天晚上，她在森林裡一起幫忙接生了寶寶的助產士，我想再謝她一次。」

「什麼寶寶？」蜜拉不解。

「她沒……沒跟妳提這件事？」

「沒有，不過聽起來的確是安娜會做的事。」蜜拉微笑。

「妳是指在森林裡幫忙接生，還是她根本懶得提？」

「兩者皆是。」

兩位女人靜靜地笑起來。蜜拉直起身，後背提醒她自己有多老。漢娜低頭看著手指。

「我隨時歡迎安娜到醫院來，要是她想問問……關於我的工作。」

蜜拉點頭表示感謝。

「我保證會轉告她。她會是很棒的助產士，而且她……需要堅強的女性榜樣，越多越好。」

兩位女人對望著，眼神終於帶著休戰的默契。

「好吧，所以妳要我先生幫什麼忙？」漢娜問。

「其實現在需要的不是我們的先生，是妳跟我。」蜜拉回答。

95 歌

露營車旁的營火在黑暗中蹦跳，就像拒絕上床的固執三歲小孩。班吉的手機響了，他拿起來接聽。是安娜和瑪亞，她們覺得無聊，想知道班吉在哪。他說他在露營車旁，她們簡潔地回答：「馬上來！」雖說班吉想單獨和大城佬再共處久一點的時間，但是假如他得接受任何訪客，那麼安娜和瑪亞好歹不是最糟的。他滿想念這兩個活寶，她們就像全世界亂竄的抓狂松鼠，活在每個當下，而他希望她們永遠不要停。不要停止擁抱時大笑，不要停止背靠背入睡。女孩們開著安娜爸爸的皮卡，一路上安娜不住口地咒罵，因為她爸爸在喝醉時又把獵槍忘在車子裡了。瑪亞打了電話給阿麥和波波，命令他們也一起來，他們當然遵命；雖然明天有比賽。波波將車子停在上方的路邊，一腳高一腳低地穿越森林而來，後面跟著阿麥和咕嚕。他們決定不能讓咕嚕獨自逃離被召見的命運，因此第一件事就是到海德接他。原班人馬一起度過這最後一晚。他們笑得好痛快，事後他們會感激有這個晚上；每次回想起今晚，他們就會笑得像大麻效果發作的班吉和安娜，開始說起不入流的俏皮話。班吉和阿麥去撒尿時分別靠著一棵樹，班吉對阿麥說：「聽著，永遠別忘記你來自大熊窪。」

「你喝醉了又嗨得要命，我才不聽你的。」阿麥大笑，但是班吉猛地攫住他的肩膀，幾乎害他跌到雪地裡。

「我說，永遠別忘記你來自大熊窪。因為這個鎮上的王八蛋從前老愛強調這一點，你現在就乾脆不讓他們忘記。你到國家冰球聯盟打球的時候，只要有人問你從哪來，你就說『我來自他媽的大熊窪！』，記住了嗎？對那些在你家公寓後院打冰球的窮孩子來說，這個回答比什麼都有意義。」

阿麥保證了。他們在其中一人剛撒過尿的樹木旁擁抱彼此。阿麥永遠不會食言。他走回露營車，班吉站在原處望向湖的另一邊。過了一會兒波波也來撒尿了，班吉出於義氣決定陪波波再尿一次。

「要是你能不把亞力山德變成酒鬼，倒是功德一件。札克爾和我需要他好好打完這個球季！」波波盡力表現得嚴肅。

「我不能保證任何事。誰知道，也許喝酒能幫他不被運動逼瘋？」班吉回答。

波波厚實的笑聲像滾動的響雷，要是原本森林裡還剩下沒被打到的獵物，也都該被這陣笑聲嚇跑了。

「我好想你，兄弟。我希望你決定留下來了。你知道，有一天你和我和阿麥就會像彼得和大尾和他們二十年前的老隊友。我們會坐在熊皮裡談年輕時的日子，又肥又有錢，整個鎮都是我們的。」

班吉咳出一陣煙。

「時間是相對的，波波。這是現在，又是過去……**現在！**你剛剛說的：已經是過去了。」

波波困惑地抓頭。

「你說你抽了多少？」

「夠多！」班吉宣布。

「你這次別走了，答應我？」波波又講一次。

班吉搖搖頭。

「不行，我不能留下。可是我會盡量記得回家。」

「我真他媽的愛你。」波波悄聲說。他最棒的一點就是不會再加一句「可是不是那種愛」

之類的玩笑。他愛人的能力遠超過那些世俗成見，這個溫柔的巨人。

班吉微笑著。

「我也愛你。可是不是**那種**愛，所以別想歪了。」

波波又轟隆隆地滾出一陣笑聲。他們一起走回露營車。班吉抓過一罐啤酒，波波也拿了一罐，身為教練而不是球員總算有點特權。他們乾杯，望進對方眼裡。一切都很完美。

安娜忽然打算走到湖邊「看看冰厚沒厚到能撐住我」，她跟平常一樣靜不下來。其他人當然跟著一起去，不然他們還能怎麼辦？不過班吉和瑪亞留在露營車旁合抽一支菸。她把手臂塞進他的手臂下。

「你看起來心情很好，連帶讓我的心情也很好。」

「妳也是。」

她閉上眼深吸了幾口氣，相信他會拉住她。

「你覺得我們到最後能夠接受這個鎮嗎？回到這裡過下半輩子，就像什麼事都沒發生過？」

「也許吧。」他說。

「我不知道自己屬於哪裡。」

他溫柔地親親她的髮心。

「妳屬於一座大舞台，眼前是成千上萬的歌迷，全世界都有。」

她緊緊箍住他的臂膀，彷彿害怕那是最後一次。

「你可以做任何你想做的，只要不傷害自己。答應我。」

他的心跳變慢了，血液平靜地流，彷彿終於有可能與萬事和平相處。

「要是我喜歡女生，我可能會愛上妳。」他說。

「要是我喜歡驢子，我可能會愛上你。」瑪亞嗆他，他的身子像是盛滿了笑聲形成的泡泡。

「妳什麼時候回學校？」幾分鐘後他問。

「我也不知道。離開之前我幾乎和每個人都鬧翻了。」她嘆氣。

「那好！」班吉大呼。

「好什麼？」

「因為在妳生氣和孤單的時候寫的歌比較好。」

「這是有史以來最糟糕的讚美！」

「妳知道我講得沒錯，唱首歌給我聽。」他要求。

「可是我沒帶吉他來。」

「那我可要懷疑妳懂不懂『歌』的定義。」他指出，她打了一記他的肋骨。

「別這麼豬頭！你懂我的意思！我唱歌的時候得同時彈吉他，不然就沒辦法，感覺……不自然。」

「妳整個人都不自然。」

「嗯，說這句話的顯然是全宇宙最正常的人了。」

他又露出那慣常的笑容。兩個人無憂無慮地走到湖岸邊，安娜和男孩子們比賽誰能在冰上走得最遠。她贏了，當然，比別人多一公里。

瑪亞的頭靠著班吉的肩膀，保證：「我明天唱歌給你聽。」

從此之後，她會每天晚上唱歌給他聽。

在遙遠的黑暗夜色裡，一個孤獨的男孩遠離冰面站著。他聽見安娜和其他人互相打賭誰能走得最遠，一次一步。咕嚕滑跤之後爆出大笑，他聽起來是真心快樂。馬帖歐獨自站在那裡，任憑怒氣流竄全身，他幾乎樂在其中。當遠處的年輕人們退回露營車時，馬帖歐開始走上湖面的冰，走得很遠，直到雙腳像是踩在烘焙紙上。他停下來，兩隻腳底板抵在冰面上，盡全力增加自己的重量。他冷靜地想：「要是冰破了，我死；要是不破，你死。」

冰沒破。

他走回家，爬進鄰居的窗戶。今晚房子裡又黑又空洞，也許老夫婦到別的地方去了，馬帖歐自由地在屋裡四處遊走，觀察他們的生活。想像要是他們是自己的家人，人生將會如何。臥室某個帶抽屜的櫃子上有一排照片是老夫婦唯一的孫子；那個金髮男孩在每張照片裡看起來都像快樂得要爆炸。最近一張照片是他穿著冰球服裝，綠色球衣稍嫌大了點，眼神充滿狂喜。最老的照片是他出生之後不久拍的，相框上刻著日期。馬帖歐看著那個日期良久，記在腦子裡。然後走進地下室在密碼鎖上輸入數字，槍櫃應聲而開。

96
火把

理查·西奧的點子很簡單，卻並不單純。蜜拉和漢娜隔著籬笆握手，一位律師和一位助產士，分別來自兩座小鎮。然後蜜拉回家，漢娜去找鄰居。她先找最愛八卦的那位，而且刻意不提到這是誰的點子，到時傳出來便會像是出於隨機。

海德人的手機開始響起，蜜拉回到家開始找鄰居，同樣的反應也在大熊鎮發生。剛開始的言詞都很簡單，意義卻不單純：

議會打算關掉兩邊的俱樂部。不管你喜不喜歡冰球，都應該反抗。因爲這些俱樂部只是第一步，政客們之後就會對其他每件事下手。他們會先拆掉海德冰館，蓋高級住宅，在這裡長大的人將永遠住不起；他們很快就會蓋滿整座森林，如此一來我們就不會注意到兩座鎮子已經融合在一起了。到最後甚至不再有大熊鎮或海德鎮——他們先是組織新的俱樂部，然後會建新的鎮。如果放任政客決定我們看冰球的方式，他們很快就也會決定我們生活的方式。他們完全不尊重我們的歷史，只想把這一帶變成他們的提款機。不要放過他們！

沒人記得頭一個說這些話的是否是漢娜，或蜜拉，或另一個人。可是訊息不斷被複述，直到所有人都聽見了。理查・西奧在辦公室裡等著。其他政客們全都已經回家，可是他知道他們會慌張地跑回來。對他們來說到時候已經太晚了，機會不等人的。原本只要有幾十個人出現就夠了，但是實際加入的人數遠多於此。如此的場合十分罕見，過去一星期之間發生的事件全扮演著連鎖反應裡的一小部分，從不同角度影響每一個人。

大尾升起大熊冰館外的旗子，車陣開始沿著公路穿過樹林，成排成列的同事、隊友、童年夥伴、家庭。不過就是幾小時的時間，消息已經傳到每個人耳裡；年紀最大的是退休人士，年紀最小的還在嬰兒車裡。就連提姆和他的手下都出現了，人們頭一次看見他們身上穿的夾克不是黑色，他們看起來不過是人群中的一分子：冰球球迷，鎮民，選民。車陣在森林邊緣停下，每個人都下了車排成一列。大家花了幾個小時才收集到這些火把，最後一批還是用樹枝和鐵絲自製的。接下來，森林如同著了火一般。

主編和父親從報社頂樓看見；理查・西奧站在辦公室窗邊。永遠沒人問他究竟如何想出這個辦法，但是假如有人問起，他會說：「在我的經驗裡，大部分的人一次只能忍受擁有一位敵人。」因此與其讓兩邊繼續交戰，他給了他們共同的敵人：政客。「因為每個人都討厭政客，就連政客自己也不例外。」要是有人問起，他就會這樣回答。不過沒人會問，因為一切看似如此隨機。就像公民運動、草根行為。所有言語令整件事聽來就像自然而然產生的。

大熊鎮的火把隊伍有如沒有尾巴的火蛇朝議會大樓前進。第二支隊伍也有同樣多的海德家庭和鄰居和冰球球迷，等在幾百公尺之外。他們在理查・西奧的窗戶下集結，他是唯一還在工作的政客，所以也是頭一個走出來和大家見面的。

「我了解各位的挫折感，相信我，我也有一樣的感覺！」他在前排群眾表達訴求之前就搶先保證。

大部分人甚至沒想好任何訴求，但是這不重要。理查・西奧已經幫他們擬好稿子了。他爬上一面牆發表講話。用簡單的言詞：「我聽見你們的聲音！而且我保證其他政治人物也會很快聽見！他們想要的是一支球隊、一個鎮、而且眼看就會只剩一個政黨。他們想要所有人的想法都一個樣。可是我支持你們的兩支球隊和兩個鎮，不是因為我愛冰球，而是因為我愛民主。選擇愛什麼東西是人權，可是選擇討厭什麼東西也是人權！我們可以被威脅恐嚇甚至送進大牢，可是沒人能強迫我們愛什麼。我們有權討厭和我們不同的人，我們有權定義自己是什麼樣的人，我們的感覺和原則是不能用錢買到的。這裡是我們的小鎮，我們的生活方式，這些是……我們的冰球俱樂部。」

他放慢速度講出最後幾個字，彷彿剛剛才想到這個講法。當他說「冰球俱樂部」時，大熊鎮人群後方爆出一聲吶喊，光線暗得令人看不清聲音的主人，但它叫的是：

「你想衝著我們？夠種就放馬過來！」

很快地，海德人群也開始吶喊同一句話。這句話是兩座小鎮之間典型的叫陣怒吼，此時對準的卻是另一個方向，因為人們一次只能面對一個敵人。不出所料，議會其他人極為遲鈍地意識到火把隊伍的嚴重性，等回過神之後已經太晚了，有些政客甚至根本沒出現，有些則犯了個錯，想以普通人之姿混在人群內，卻反而使自己看起來像無名小輩。這是他們權力的結束，卻是理查．西奧掌權的開始。他的口袋裡放著寫了這次演講完整內容的紙條，此時他把紙條揉成一團，根本不需要它了。他原本還想講每座俱樂部都像希臘神話裡忒修斯的船，當木板爛了之後便換一片新的，直到最後與原始船身截然不同，所以哲學家們會問：「它還是同一條船嗎？」冰館也會被替換，一片接著一片，直到一切都換新、舊贊助商不見了，教練被開除。所有球員們長大之後都會被更年輕的名字取代。每件事都在變。冰球俱樂部唯一真正不變的是它的球迷。「你們就是那艘船。」理查．西奧本想如此結束演講，但是那聲「你想衝著我們？」的吶喊效果更好。好太多了。到最後兩座舉著火把的小鎮分列兩旁吼出同樣一句話，表達他們有多憎恨彼此，卻也說出他們想掌握修補裂痕的權力。任何政客都沒辦法導演出這樣的結局。

主編和父親在報社裡喝啤酒。他們打算幾天之後登出議會裡政商勾結的調查結果，內容關於最大黨的黨鞭，也正好是理查．西奧最有權力的對手，其丈夫和哥哥為一家行事可疑的建設公司工作。報紙會將流傳甚廣的懷疑與舉辦世界盃滑雪錦標賽申請案連在一起，再加上一家談了許多年的會展飯店興建提案。可是沒有一個字提及訓練中心。有權有勢的人會突然發現自己手無寸鐵，有些人進了監牢，只不過並非主編一開始想的那些人。

不過這一整個系列的報導將會被延後。此時主編和父親和所有人都還不知道。他們將得先報導其他新聞。

森林中的露營車附近，某支手機響起。

「是妳的嗎？」瑪亞問。

「妳和安娜到這裡之後我就關機了。」班吉說。還有誰傳的簡訊能比她們的更有意思？手機又響，瑪亞笑著說：「也不是我的！我認識的人全在這裡了！」

「『火把遊行』？」他們聽見波波在不遠處驚訝地問。

安娜湊過去看他的手機，隨之大笑：「你們有誰聽說這個什麼鬼火把遊行？我們只不過離開一個晚上，竟然就發生這種事？」

阿麥的手機也響起來，他媽媽傳了簡訊；然後是李歐傳給瑪亞的：媽瘋了，在這裡組織一場很大的示威，每個人都舉著火把？回來嗎？？

於是瑪亞和安娜上了安娜爸爸的皮卡，瑪亞得抱著他的獵槍。波波跟在後面，班吉、阿麥、大城佬和咕嚕擠在他身邊。他們回到大熊鎮時，鎮上空蕩蕩，卻剛好趕上聚集在海德鎮的遊行。剛開始他們不理解發生什麼事，稍後卻在火光照耀下看見匆匆寫了標語的布條：「兩個鎮，兩支球隊！」他們眼中所見到處是綠球衣，然後又看見遠處紅色的遊行隊伍。瑪亞和兒時友伴們一起走著，感覺自己不需要在那個短暫的時刻中再假裝大人，就算只有幾分鐘。只有那一晚，她覺得又徹底回到家了。她知道音樂學院的同學們不會了解，但是對參加遊行的人們來說，一個鎮不只是妳過日子的地方，而是妳歸屬之處。冰球俱樂部不只是冰球俱樂部，而是每個妳認識的人。它是妳祖父母的冰球俱樂部、妳爸爸媽媽的冰球俱樂部；鎮上有一家酒吧，曾經擁有它的是一位瘋老太婆和和氣的老先生，它也是他們的冰球俱樂部。它屬於妳的鄰居和朋友和超市裡的女收銀員和幫你修車的技師和教妳孩子認字的老師。它也屬於律師和經理和消防員和助產士。冰球俱樂部是那個打小就和妳在森林裡玩與妳背靠背睡覺的女孩，雖然她一點都不喜歡冰球。它是那個最英俊最狂野的男孩，臉上的笑容大到能容納他心中最黑暗也最美麗的想法。冰球俱樂部不是為自己打球，是為了我們。如果你到這裡和大熊鎮對打，你在冰場上面對的將不是一位守門員和五位球員，而是整座小鎮。這就是為什麼有這麼多火把，每個人都來了。

幾位老政客趕到議會大樓之後企圖大聲吼出「人們有權恨對方」的演講，但是到了夜晚將盡時，氣氛幾乎可以用快活形容。安娜在某處找到幾罐啤酒，阿麥只好負責開安娜爸爸的皮卡好讓她盡情喝酒。他剛開始試著向她解釋自己沒有駕照，安娜斥道：「你的意思是想喝酸掉的牛奶還得有個見鬼的警徽嗎？不過就是三個踏板和一個方向盤，我知道你雖然是個『男的』，可是應該也沒多難吧？」啤酒並不能使她講話比較客氣，真的不能，不過阿麥還是照做了。波波載著其他人尾隨他們，在咕嚕家外面放他下來之後原本想聲震整個住宅區地大吼「**大熊鎮萬歲！**」，因為反正豁出去了；幸好瑪亞攔住眾人。她的臥室窗戶也曾經被別人丟的石頭砸破，所以她知道那是什麼感覺。咕嚕站在人行道上看著她，眼裡忽然蒙上一層她不理解的悲傷，也許是愧疚。

「你還好嗎？」瑪亞問。

咕嚕害羞地朝雪地點頭。瑪亞把頭上那頂爸爸的羊毛帽向下拉，蓋過耳朵。她將手伸出車窗，眼波閃動：「明天連一球都不能讓他們進，好嗎？一球都不行，聽見了？」

他又點頭。她報以微笑。然後車子轉了個方向駛往大熊鎮，咕嚕站在原地目送他們，想講出心裡的一切，卻一個字也沒說。

遊行過後，全部車子都開回大熊鎮，蜜拉在副駕駛座上轉頭對彼得說：「你們今天晚上應該把熊皮打開，你和提姆。為了每個人而開，人們需要它。」

於是他們開了熊皮。長長的人龍在人行道上蜿蜒，就連蜜拉都來喝了一杯啤酒，一杯而已，身邊是大尾。彼得喝著煮焦的咖啡，提姆脫掉上衣在桌子上跳舞，頭上綁了一條綠色圍巾。歐維奇姊弟全在吧檯後面。班吉負責洗完杯子回傳給卡娣亞；她從能合法喝醉的年紀起便在海德的穀倉酒吧裡賣酒給醉鬼們。姊姊蓋比負責收錢，她的孩子們坐在地上用手機玩遊戲；艾德莉在酒吧裡四處走動，做她最在行的事：叫那些男人閉嘴，否則她就出手代勞了。

夜色更深的時候，大尾獨自坐在吧檯尾端。他還得完成一個誓言，給提姆的保證。蜜拉給了他必要文件，他也把賣掉所有昂貴手錶的錢裝在一個信封裡。他一直等到其他人都回家，班吉也洗完杯盤到外面去抽菸了，才走向三姊妹們說：「我要跟妳們談個生意。」

海德的垃圾回收場看似孤立，事實上卻有很多眼和耳。某幾輛拖車窗簾後閃動著微弱的光線，一隻黑白相間的狗從大門踱向不遠處的小房子；不過牠太老了，在半路上迷失了方向之後又轉回大門重來一次。一輛車在小屋外停下，艾德莉下車，上前敲門直到里夫將它打開。

「什麼事？」

「你是里夫？」

他穿著運動褲和刷毛襯衫，釦子沒對上扣眼。看起來剛起床，卻仍然顯得好奇。

「是？」

「我來還拉夢娜欠的錢。」艾德莉邊說邊將大尾給她的現金信封交給他。

她做夢也想不到自己會和那個穿西裝的假惺惺成為生意夥伴，也沒料到竟和他一起買下北極以南最破爛的酒吧，可是人生向來充滿驚喜。拉夢娜沒留下遺書，但大尾在蜜拉的幫助之下，和她的房東以及銀行釐清了所有跟她財產有關的法律問題。現在只剩下和里夫的協定。可惜里夫一點都不感興趣。

「我不要錢，懂？我要酒吧。」

艾德莉看著他的眼睛。她看起來夠瘋，里夫很欣賞這一點，她讓他想到自己的姪女們，那些小妞們也都是神經病，每個都是。

「如果你想要我們的酒吧，那你會得到的不是酒吧，而是一堆麻煩。」她說。

里夫的下巴尖若有所思地左右搖動，彷彿一具老舊的節拍器。他看起來非常仔細地思索了她的威脅，然後用手將運動褲拉到肚子上說：「喝一杯？」

她的眼睛眨也不眨，經過了又長又警戒的幾分鐘。她沒帶武器，而且知道他並非手無寸鐵，但她還是跟他進了屋子。他從沒有標籤的瓶子裡倒了酒。她看著他問：「你沒有更大的杯子？」

他立刻喜歡上她。非常、非常喜歡。瘋女人。

「咖啡杯？好？」

「當然，隨便什麼也比這些蛋杯好。」艾德莉邊嘟囔邊朝小玻璃杯撇嘴。

兩人開始對飲，喝了很多，同時交換無關緊要的閒話，在真正的話題外圍打轉，有如兩位格鬥冠軍測試對方的底線。里夫問森林和大熊鎮，艾德莉問回收場和裡面的機器。他們談論固定從這裡經過的犯罪幫派，偷的品項從汽油和工具到整間工作小屋，再用卡車連夜載走。他們有很多共通點，都討厭賊偷，可是自己也被冠上好多次賊偷之名。他們不是非黑即白的人，每件事對他們來說都是灰色的，他們已經接受了自己的天性。里夫問她是否打獵，艾德莉看他的眼神彷彿他問的是「妳吃食物嗎？」，她當然打獵。里夫大笑，說他在全世界打過獵，唯有在這個國家裡除外。

「這裡只有規定，懂？只能在這些時候打獵，只能打這些動物，只能用這種槍，規定規定規定……」

艾德莉笑得苦澀。跟擁槍執照有關的官僚規定多到能把人逼瘋，但是你又絕不能瘋，否則就拿不到擁槍執照。

「你也知道事情就是這樣。每次大城市裡的幫派火拼，某些政客就認為應該禁止獵槍。說得好像那些幫派拿著我們的獵槍到處跑。他們用的是走私來的手槍，拜託……」她嘆氣道。

桌子另一頭的男人對這番話寬容地微笑。

「獵人是這個國家最危險的幫派，對？」

他又倒更多酒。她向後靠在椅子裡。

「如果你問主管單位，那麼看起來確實如此。十七歲孩子在他們的城市裡火拚的時候他們抱怨警察沒有足夠的資源，可是假如這裡的人在空閒時到森林裡給鹿放鹽舐磚，警察就會衝進狩獵小屋裡檢查我們的槍櫃是不是沒上鎖，或是侵犯了狼的各種權利……」

他的笑聲粗嘎。她講完話，喝乾杯子，砰的一聲放到桌上表示閒話說夠了。他接受這個結論，說道：「拉夢娜欠我，這是我的債，懂？我要酒吧。」

艾德莉垂眼望進空玻璃杯，權衡著外交手段或暴怒一場。她比較傾向後者。當她一抬眼，看見黑白相間的母狗走進前門，鬼鬼祟祟地踱過來把頭放在里夫的膝蓋上。里夫輕輕撫摸牠。艾德莉聽過所有關於他的傳言，關於回收場裡埋著毒品和槍，可是這個男人待狗的態度彷彿牠是全地球上最後一株鈴蘭。

「牠是哪種狗？」艾德莉問。

「牠是，妳怎麼說？『純種的混種狗』！」里夫吃吃笑。

頭放在里夫掌心的狗似乎睡著了。

「你對牠很好嗎？」艾德莉問。

「比對人好。妳也是，對吧？」

「對。」

他輕輕拍著狗。

「牠是好看門狗，年輕的時候。現在？幾乎瞎了，聾了。脾氣很好。可是妳還能怎麼辦？比任何朋友都好，妳懂？」

艾德莉點頭。她懂。

「我有很好的看門狗，你所能找到最棒的，她剛生了小狗。我會帶兩隻來，我也能幫你訓練牠們。可是你得把錢拿走，別想動我們的酒吧，這樣我們就扯平了。聽懂了嗎？」

里夫微笑著思考許久。

「還有提姆？」最後他開口道。

「只要我說一聲，他就不會再跟你槓。」她回答。

里夫大笑。兩人又喝了些酒，握手。熊皮酒吧就此屬於歐維奇姊妹。艾德莉第一件事就是調漲啤酒價格。要是拉蘿娜在天堂裡看著她，老太婆絕對會興高采烈地跳起舞來。

97 肇事者

大熊鎮和海德鎮的故事原本可以就此結束，但是小鎮本身的故事永遠不會真正畫下句點。結束的是人的故事。

自從瑪亞被凱文強暴之後已經過了兩年半，距離她離開大熊鎮是兩年。開啟這一切的是她的故事，也改變了冰球俱樂部、影響政治決策、連根撼動了整座小鎮和半座森林。瑪亞的肩上沒有蝴蝶刺青，但要是她有也很正常，因為她大可以是露絲。她們兩個太像了，從許多方面來看。

只有一件事將她們兩個區分開來：每件事。

露絲死了，瑪亞活著。露絲早瑪亞半年離開。露絲逃走，瑪亞搬走。露絲永遠不會在數千人面前彈吉他或和閨蜜背靠背睡在露營車裡或在一年的頭一個冬季清晨大笑，笑聲穿過林間。露絲被人遺忘，彷彿她從不存在，彷彿她的遭遇無足輕重。

「凡事都有兩面，一面是我們看見的，另一面是我們看不見的。」拉萝娜過去總是這麼說。她從來不知道露絲是誰，幾乎沒人知道。她的故事沒開啟任何東西，卻是某件事的結束。

因為我們在這座森林裡所做的最糟糕的事是告訴女兒們：露絲這種女孩是例外。當然事實並非如此；例外的是瑪亞。所以那些人才會這樣，那些獲得最微薄報復或兩公克正義的人會自稱「倖存者」。因為他們知道露絲這類女孩的真相。

許多年之前，兩個小男孩在海德長大。他們成為彼此唯一的朋友，因為兩人之間沒有任何可以比較之處。一個男孩相當高壯，另一個瘦小，一個天不怕地不怕，另一個無所不怕。小個子總是被街坊鄰居其他男孩欺負，因為他是最後一個學會騎腳踏車、最後一個學會滑冰的。大個子總是能把那些男孩嚇跑，並不因為他是最壯或最危險的，而是因為他難以預料。街坊男孩們叫小個子「野人」，叫大個子「變態」，當時大家就知道他無法無天。

兩個男孩開始在白天到森林裡玩，晚上則到小個子家看影片。小個子獨自和媽媽住，大個子很喜歡這一點，因為他家裡還有四位哥哥和兩位暴躁的父母，他家的電視音量永遠不夠大到能蓋過其他人的聲音。小個子但願自己也有四個兄弟和一對父母。羨慕別人幾乎是每個孩子們的宿命。

他們頭一次見面時，大個子伸出手說：「我叫羅德利。」小個子握了握他的手，卻不知對方想知道什麼，因為別的孩子們從不問他叫什麼名字。羅德利嘻嘻一笑：「那我叫你咕嚕，因為你講話總是咕嚕咕嚕聽不清楚！沒關係！因為我喜歡講話！」

教咕嚕滑冰的是羅德利。兩人聯袂首次參加海德的冰球練習，羅德利建議咕嚕當守門員：「你不用很會滑冰就能當守門員，而且永遠不必擔心被打爆，因為沒人敢碰守門員，還有一整個球隊保護你！這有點像某種祕密規則啦，就算他們認為你是野人，上了冰場你就是守門員嘍！」從來沒有人送過咕嚕這麼棒的禮物：既能躲在護具和頭盔之下，又被大家接受加入某種團體活動。他們一起打了幾年，羅德利有遠大的夢想但是有限的天分，咕嚕卻正好相反。

他們每天放學之後見面，暑假時成天泡在一起。各種活動的點子總是羅德利提出的。他夢想成為英雄，而且可以花幾個小時編故事，比如他從著火的房子裡救出孩子們，或是將毫無自衛能力的女人們救離血腥的謀殺現場。他們常常坐在咕嚕家的地下室裡看學校的畢業紀念冊，羅德利會說他最想救哪個女生，她們之後又會如何感謝他。當然，那些女生在現實中不知道羅德利和咕嚕，可是羅德利相信她們很快就會知道自己有多不識貨。

如果羅德利的冰球打得好一點，或許這項運動真能讓他變成英雄，但他覺得教練從來不給他表現的機會。打冰球的永遠都是有錢、受歡迎、長得好看的男孩子們。羅德利始終無法接受如此的不公平待遇：讓女孩們想獻身的男孩們也都是最會打冰球的。於是羅德利在一次練球時和某位隊友起了爭執，教練介入時他還用力把教練下巴打脫臼了。「那個男孩太無法無天了，一點教養都沒有，簡直就是一個小神經病！」和羅德利住在同一條街上的另一位教練說。羅德利就此被踢出俱樂部，留下咕嚕。咕嚕如此安靜，又不占據空間，幾乎沒人記得他仍然是神經病最好的朋友。畢竟咕嚕是守門員，你不能動他一根寒毛。

羅德利每天晚上照樣來咕嚕家，他會先在冰館外等咕嚕練完球。咕嚕打得越來越好，但是幾乎沒人留意到。兩個男孩進入青春期，某天羅德利騎著電單車來到冰館．他說是其中一位哥哥給他的。他還有香菸。很快地，他教咕嚕認識了所有的毒品，但是咕嚕從來不用它們。

羅德利會坐在咕嚕床上，幾近瘋狂地講好幾個小時他在網路上看見的東西：政治、陰謀論、色情片、槍、化學。他夢想著自製冰毒，他說這樣一來他就會變得很有錢，而且製造冰毒不需要設備。他們可以在咕嚕家做；羅德利自己家不適合，因為只要一做出來就會被哥哥們拿去吸光光。他還會用兩人小學時起的慣常口氣談女孩子。羅德利還沒任何性經驗，但他發誓很快就會和某人上床。他用來描述女孩們的詞彙慢慢演變，所以幾乎沒人注意到：

「漂亮的」變成「火辣的」，然後是「性感的」；「眼睛好看的」變成「奶子大的」：「兇巴巴的」變成「該死的婊子」。很快地，他會坐在咕嚕房間裡一個接一個指出畢業紀念冊裡「最下流的婊子。他會說哪一個婊子在沒人邀請他和咕嚕參加的轟趴裡和誰上床。根據他的說法，最下流的當然是冰球婊子，因為她們只跟冰球球員上床，這根本不公平，球員們已經是最高大最強壯和最受歡迎的了，他們已經擁有一切。有一天晚上他坐在咕嚕床上絮叨：「女性主義他媽的徹底毀掉男人的生活！其實你知不知道根本就是生理構造不同？女人本來就應該待在家裡生孩子打掃屋子，男人負責建立社會和保護家庭！女人說她們想要平等，可是她們真正想要的是暴君，你懂吧？她們根本不想要我們這樣的傢伙，因為我們是輸家。她們只想要最壞的男人，因為她們嘴裡說要自由，生理構造卻叫她們被統治，這是她們的天性。她們想要一個把她們推到牆上的男人。你知不知道多少女人對強盜有幻想？她們幻想被戴面罩的男人攻擊！她們夢想的不是英雄，那只是電影，英雄在現實生活中根本交不到女朋友！」

咕嚕沒把他的話當真，也許他沒聽懂。他只是盡量點頭讓好友高興。羅德利的毒癮藥效退了之後，先是流汗然後又冷得要命，他向咕嚕借冰球隊的紅色練球制服，睡在咕嚕床邊地板上。隔天晚上他又睡在同樣的地方，因為一位哥哥和鎮上某些傢伙鬧得不愉快，留在家裡可能有麻煩，這是羅德利說的。這個晚上他在睡著之前又說起新的幻想，說他和咕嚕會如何阻止那些傢伙並殺掉他們，成為英雄。

隔天他們果然成了英雄。

露絲離開這個國家正好整整兩年半，那時瑪亞和凱文的事件剛好被公開了。瑪亞已經報了警，整座小鎮都和她作對。慢慢地，每件事都會改變，但是那時還沒人知道。露絲沒留下來等著看結果，她自己在幾個月前才經歷過那些事，她知道這座森林會如何對付她和瑪亞這種女孩。

射擊、挖洞、閉嘴。

露絲遠離此處的最後兩年半人生中，她為了兩個原因恨自己：第一個是她將弟弟馬帖歐獨自丟在那棟可怕的房子裡，和那對可怕的父母在一起；第二個是她忘了把日記帶出來。她不敢聯絡馬帖歐，因為怕父母知道她的下落。她的日記一直寫到離開的前一天，她離開的時刻又太晚，沒辦法回去拿。她不知道是否有人發現她的日記，並且盼望那個人不是弟弟。她希望他有真正的童年，騎腳踏車和玩電腦遊戲，只會在漫畫書裡碰見壞人。她每天都在倒數馬帖歐還有幾個星期和幾個月才到十八歲，那樣她就可以回去接他。她等不及了。六歲的年齡差距太大，或許就算他有機會，也根本不想和她走？

姊弟兩人從小孩子的時候就很愛彼此，可是他們向來沒有太多共通點。再說馬帖歐有露絲沒有的：他們母親的愛。母親始終跟在他屁股後面，而且因為露絲受不了她，她只好盡量保持距離。母親和她所有神經質的怪癖。她對陳年氣味的恐懼，使得她就算在天寒地凍的冬天也開著所有窗戶；深信所有鄰居都在監視他們；怕狗怕到認為住家附近的狗全是惡魔的化身。永遠沒完沒了。他們的父親只會坐在另一個房間看書，肉體雖在，心思卻神遊物外，彷彿他將遲鈍的反應作為逃脫工具。露絲既憎恨又羨慕他有如此的能耐。

他們每周末都上教堂，裡面滿是和露絲家一樣與眾不同的家庭。他們全都有許多規矩以及禁令，每個人都教孩子敬畏上帝，卻永不提愛。露絲有一天對母親大吼：「妳說我們都是上帝的僕人，那只不過是奴隸的另一個說法！」母親聽了之後又歇斯底里地崩潰。幾年之後，露絲仍然說不準那些精神崩潰是真的還是假裝；她不後悔對母親說那些話，只是討厭自己因此害馬帖歐傷心。

她怒氣沖沖地跑出家，甩上身後的大門，可是當天晚上又不得不回來；她沒有可以投靠的地方。她在學校沒有朋友，所有女生都像完美的娃娃穿著完美的衣服有完美的父母和完美的人生。她們在露絲背後偷笑，說她「信邪教」，「他們一家腦子都有病。」最後這些話已經變成日常生活的一部分，根本傷不了她。露絲變得十分擅長躲在一旁，令自己隱形，腦中只想著撐到十八歲之後就能走得遠遠的，過徹底不同的人生。這樣的想法持續到有一天她找到一位真正的好友，改變了一切。說來諷刺，她是在教堂認識這位朋友的。對方一家剛搬到海德，他們的女兒和露絲同齡，名叫碧雅翠絲。兩個女孩馬上成了好朋友，因為她們痛恨同樣的規則和禁令，同樣覺得自己生錯了地方。一等露絲有機會搭公車到海德，而且碧雅翠絲的父母離開之後，她們就會一起聽音樂化妝看平常不准看的電影。那是露絲人生中最棒的時光。青春期交的朋友是人生中永遠也交不到的，因為那段時光不會再重來。

碧雅翠絲在她們十六歲時弄到了海德一場轟趴的邀請。她們像其他年輕人那般又喝酒又抽菸，露絲首次覺得自己是正常人。她甚至吻了一個男孩，後來還和他置身於一個黑暗房間裡的沙發上。他想和她發生性關係，該起來的卻起不來。露絲緊張地笑他，男孩因此惱羞成怒，奪門而出回家去了。第二天露絲聽碧雅翠絲說，男孩告訴學校裡所有人他們發生了關係，而且露絲是個根本不解風情的蠢女孩。這次經驗讓露絲了解到：真相對男的來說一點都不重要。她參加海德轟趴的消息傳到大熊鎮的學校裡，有一陣子那些完美的女孩還無法決定該叫她「海德婊子」或「邪教妓女」。她十七歲時，碧雅翠絲送她一副很棒的耳機，好讓她將那些噪音隔絕在外。那天晚上她們獨自在森林裡喝私酒，碧雅翠絲高興地在露絲耳邊嘶聲說：「要命，我真愛喝醉的感覺！見鬼呦，我現在好想尿尿！肯定會像駱駝那樣尿一大灘！」露絲大笑到在地上打滾。她從來沒有第二個朋友像碧雅翠絲，沒人那麼了解她。

第二天，簡訊來得又快又急，露絲正在從學校回家的路上。她看到簡訊後感到血液被恐慌冰凍住：我爸媽發現藏東西的地方了！！他們已經打電話給妳爸媽！！！！！露絲飛奔過最後一段路，可是來不及了。母親把她的房間翻了個遍，還發現那些東西：丁字褲、香菸、避孕藥，她不知道母親認為何者最該譴責。但是碧雅翠絲的處境更不利，因為她父親發現她的電話和所有與男孩們的簡訊。碧雅翠絲在一個星期內便搬離了海德，被送到將近一千公里以外更小的鎮上和親戚同住。露絲忍不住認為學校裡的女生沒說錯：她們真的屬於去死的邪教。

一如往常又是羅德利的點子。「我們騎電單車去大熊鎮！找幾個大熊婊子！你知道大熊鎮的女生都很哈海德男生吧？因為大熊男生的屌都很小，基因缺陷！」

咕嚕不想去，但也不想拒絕。他不想掃好友的興。於是他們穿上冰球夾克好讓女孩們一眼看出來他們是海德人，然後出發了。當然他們並沒看見任何女孩，那天太冷了；最後他們只好把機車停在森林旁的路邊，羅德利邊喝啤酒邊講自己在網路上看到的東西。當時他對宗教感興趣，便滔滔不絕地一直發表；咕嚕之後才理解到羅德利最大的缺點可能是他太聰明了。而且把聰明才智用來做壞事。

天色開始暗下來，更刺骨的寒冷伴著陰暗的光線到來，兩個人正準備騎上電單車轉回海德，咕嚕一瞥眼之間看見結冰的湖面有個孩子，並不是站著，而是恐慌地呈大字形趴在冰上，讓自己越輕越好。湖岸邊站著幾個大一點的孩子，正在對他大吼和譏笑。咕嚕跑了起來，剛開始羅德利不明就裡，卻馬上看見成為英雄的機會。

「**你們他媽的在搞什麼鬼？**」他大吼。當孩子們作鳥獸散時他想追上並且宰掉他們，咕嚕阻止了，指向冰上的孩子。

是羅德利想出脫掉上衣綁成繩索的辦法。咕嚕比較輕，所以負責趴著向前爬行，盡量接近小男孩。然後他們把馬帖歐拉向安全地帶。馬帖歐又冷又怕，打顫的牙關幾乎說不出話，可是他們想辦法聽出一個名字和他家地址。咕嚕騎上馬帖歐的腳踏車，羅德利用電單車載著男孩慢慢跟在後面。

馬帖歐的姊姊獨自在家。她跑出門用力擁抱弟弟直到他無法呼吸。然後她打心底謝謝兩位紅夾克。

「露絲！」她邊自我介紹邊伸出手。

「羅德利！」羅德利笑起來。

三年後，她死在幾千公里之外的國度。他從沒到過那個地方，但馬帖歐知道他仍然是害姊姊慘死的兇手。

98 石頭

每個社區之所以有奇怪的名字，都是因為人們忘了原始的稱呼。大熊鎮有「大熊窪」和「大熊丘」，一開始可能只是描述地理位置的綽號，但從某個時候起卻成了被用在地名標誌上的正式名稱。到最後沒人記得起源，或想出該點子的人。

星期六一大早，某人敲響了安德森家的大門，堅定卻不急迫。敲著木門的拳頭屬於某個輸家，某個幾乎打了勝仗的人，但是她仍然自豪得足以挺直腰桿。

彼得打開門，剛出爐的可頌香味朝主編撲面而來，她的腋下夾著一個紙箱，對可頌香味的驚訝不下於彼得看見她時的反應。

「哈囉……我……」彼得啟口。

他們之前從未見過，但他顯然知道她是誰。這座森林沒那麼大。

「我要給你這個。」她嚴正地說，紙箱直推到他胸前。

比他想像的要輕。他朝下瞧進折口之間，看見裡面全是文件。

「我不懂……」

她慢慢呼吸，免得張口大叫。

「你有一些好朋友，彼得，有權有勢的朋友。我很討厭這些狗屁小鎮上的官商勾結，可是我自己現在也成了私相授受的一分子了。理查．西奧要我給你這些，好讓你放心我們不會再寫任何關於你的報導。這些是我們所有找到跟你和大熊冰球有關的資料。」

他打開盒子往裡面瞧。她希望他裝傻，或生氣，也許更希望是後者；這樣她對自己的看法會更正面一些。可是彼得只是眨眨泛淚的眼眶問道：「所以全是我的錯？」

主編忍不住在台階上左右踱步。

「是，沒錯，從某個角度看的確如此。不過我有點慶幸自己沒毀了你的人生。我知道你女兒的悲慘遭遇，你看起來是個好爸爸，所以我想你肯定也像是陪她去地獄走了一遭。我還聽說你為這個鎮上的孩子們做過很多好事，也許這樣……就互相抵銷了。」

他能從她眼裡看出來這不是實話。她仍然希望自己可以定他的罪，把他送進大牢。他騙了人，而她永遠無法原諒這一點。她轉身走回車子，他忽然叫道：「我能不能問……妳認為沒被定罪的人還能彌補過錯嗎？」

她轉頭看他：「什麼意思？」

彼得輕咳一聲，情緒明顯低落。

「我知道我犯了什麼罪，假裝沒看到。我沒問問題，假裝沒發現哪裡不對勁，我沒用心。我……保持沉默。」

主編深深吸了一口清冷的空氣，幾乎有平靜的感覺。那幾句自白令她幾乎感到公平正義，也許她可以接受這樣的勝利。

「你們那個俱樂部裡是怎麼說的？『天花板要夠高，牆壁要夠厚？』」

「對。所以我可以這樣彌補嗎？讓牆變薄一點？」他真誠地問。

主編從沒料到對話會有如此的走向，她努力尋遍腦中的想法和論點，最後說出：「我爸很喜歡歷史，特別是中世紀歷史。我小的時候每次度假都得去參觀教堂，他會講裡面每一顆石頭的故事。我記得他說過有個富翁犯了可怕的錯，修士們說要是他建一座大教堂，神就會赦免他的罪。當然那只是修士們想騙他付一大筆錢替他們蓋誇張的建築，其實跟現在冰球俱樂部要議會蓋冰館異曲同工，可是我小的時候認為……我也不知道……我仍然覺得這樣做也有好的地方。有權力的人到最後還是得認命把錢化成石頭。」

彼得站在原地望進紙箱裡，眼淚緩緩滴在文件上。

「謝謝妳。」

主編咬著嘴唇。然後低聲說：「別搞砸了。」

她開走的時候眼裡有生氣的淚水，副駕位子上是一袋剛出爐的可頌。

99 受害者

碧雅翠絲消失後，露絲再度變成形單影隻。這次感覺起來更糟，因為她已經體會過有朋友的感覺了。她的父母極度羞愧，甚至不逼她上教堂，也許因為他們想假裝自己也把女兒送到外地，因為顯然那正是父母們該做的。他們去參加教堂慈善活動時也把馬帖歐留在家裡，因為其他鎮上的教友會來參加這些活動，他們擔心馬帖歐會洩露關於姊姊的真相。有一天姊弟倆又被單獨留在家，露絲向弟弟借他藏起來的電腦，發訊息給碧雅翠絲。那年馬帖歐只有十一歲，卻已經知道把電腦連上鄰居的無線網路，露絲很驚異他竟然知道鄰居的密碼，馬帖歐只是聳聳肩，說幾乎每個人都用孩子或孫兒女的名字當密碼，因此他到網路上找鄰居家親人的名字，試了所有可能之後總算找到正確密碼。「你真是天才！」露絲的話令馬帖歐臉紅。然後他出門騎腳踏車，好讓她和碧雅翠絲自在聊天。他認為姊姊需要空間，而他向來假設自己是擋路的人，但她根本沒發現馬帖歐出門了。

幾個小時之後她看見弟弟回家來，又凍又怕地坐在陌生男孩的電單車後座。她慌張衝出門用力擁抱弟弟。穿紅夾克的男孩告訴她事情經過，他們看起來友善卻有點奇怪，其中一個滔滔不絕地講話，另一個卻根本沒開口。一個自稱羅德利，他朋友叫咕嚕，因為他從不說話。

「你們是打冰球的？」露絲朝他們的紅夾克示意問道。

「對！」羅德利以光速回答。

「真可惜，我最受不了打冰球的。」露絲微笑。羅德利立刻迷上了她。

接下來的那幾天，他每天都從海德騎車經過她家。他聽說露絲的父母信教信到瘋了，所以不敢敲她家的門，可是他在那條路來來往往地騎，期盼她在家看見自己。有一天她不想再假裝沒看見，並且偷偷溜出門和他見面。他載她到海德外圍的森林裡兜風，咕嚕和他在那裡發現一間遭人棄置的狩獵小屋，兩人把它當成祕密基地。咕嚕在一旁看漫畫書，羅德利則教露絲認識她從沒試過的毒品。她吐了，羅德利和咕嚕照顧她：「妳只是還不習慣而已，別擔心，以後就好了。」羅德利小聲說，並用手輕輕挽著她的頭髮免得弄髒。事情過後他載她回家，並且在她跳下電單車時試圖親她，她拒絕了；他便用力捉住她的手腕，害她痛得叫出聲。「妳想吊我胃口，我喜歡。」他說，她不知道該如何回答。她對發生過的每件事都覺得噁心，頭暈腦脹地趕緊回到屋裡昏睡。

他從那天之後開始傳簡訊給她，有時候一天傳五十幾次，她不知道該怎麼做。她傳訊息問碧雅翠絲，對方只是見怪不怪地回答男生有時候就是這樣，精蟲衝腦。其實沒那麼奇怪，不是嗎？而且他看起來像是好人，也許只是不曉得如何跟女孩相處？

露絲拿不定主意。幾天之後天氣冷到她下課後決定等公車而不是走路回家。公車站裡有幾個完美女孩，看見露絲便開始格格竊笑。其中一個說：「妳的衣服很美啊，是不是邪教的制服？」其他女孩爆出大笑。「她們穿這種衣服，因為她們的爸爸不希望別的男生被吸引，這樣就能上自己女兒嘍！」另一個說，這次笑聲比較小，卻更歇斯底里。露絲但願有個地洞鑽進去，又希望能把她們的臉推到公車站玻璃上砸爛。此時路上有人叫她，她抬頭看見羅德利。他的電單車換成越野摩托車了，總之露絲認為應該是那種摩托車。他說是哥哥們給他的。「妳要不要去海德的趴？」他問。露絲看看完美女孩，她們一臉驚恐，覺得羅德利看起來好危險。她看見她們的蠢表情，當下決定跳上羅德利的摩托車，呼嘯而去。

並沒人邀請他去那個轟趴，但是所有海德冰球隊都被邀請了，由於咕嚕是球隊一員，三人出現時並沒被質疑。轟趴主人是某個住豪宅的有錢孩子，屋子裡全是喝醉的人，根本沒人在乎你是誰。羅德利不斷拿酒給露絲，她沒看見他在裡面放了東西。她開始覺得怪怪的。他在她耳邊低聲說她很漂亮，他愛上她了，他想讓她覺得舒服。她完全不記得怎麼會置身在那個房間裡，也不確定他們是否還在同一間豪宅的同一場轟趴中。他開始脫她的衣服，她大叫不要，叫他住手。可是音樂聲太大了，他又太重。她昏了過去，不知道經過多久時間。當她醒過來後發現自己一絲不掛，眼前不斷閃著眩光，感覺糟透了。她想爬離他身邊，卻被他一把扼住頸子並且嘶聲威脅殺掉她和她弟弟。她害怕得渾身像是凍僵一般。對她來說強暴永遠沒停止；對他來說卻根本還沒開始。他有生之年都不了解這種行為就是強暴犯，他以為自己是英雄。

他終於吐了口氣，長哼之後放鬆下來；她看見這個機會，用盡全身力氣踢開他爬起來。但是她體內的藥性仍然太強，根本站都站不住。她掙扎著朝門口蹭去，同時勉強扣起上衣釦子，拉上內褲。她聽見他在背後發出聲音，不確定是笑聲還是什麼。之後她沒辦法描述那個房間，或是在裡面待了多久，但她永遠忘不了走到房外通往樓梯的走廊時看見咕嚕站在那裡。她可以清楚看見他眼中的恐懼和羞愧。她很確定他聽見了她的尖叫，卻不敢有任何舉動。他像是被凍僵在原地，如同羅德利魔爪下的她。

露絲開始跑。她的頭在旋轉，心臟怦怦跳，腿幾乎撐不住身子。她下樓之後，轟趴還在進行，某人朝她吹了聲口哨，另一個人叫道：「剛被幹完啊？要不要再來一輪？」她死命推開滿屋子喝醉的青少年們到了外面，此時才醒悟出自己衣不蔽體，可是寒冷給了她自由。寒冷也堵住了她的哀鳴，她甚至哭不出來，因為她的牙齒在走回家的一路上拚命打顫。

露絲在日記裡寫下：

女生進了小學之後，男生開始在下課時間打我們，拉我們頭髮，我們去找大人幫忙，他們只說：男生會這樣做因爲他們喜歡妳！所以男生就以爲自己有權力這樣對我們。長大以後他們強暴我們，要是我們不認爲那是讚美，就會被當作笨蛋婊子。他們毆打我們殺我們，只是因爲他們喜歡我們。爲什麼我們總是不理解呢？

下一頁寫：

根本沒跟另外那個海德傢伙上床可是他跟大家說我做了，所以我已經是妓女。妓女怎麼可能被強暴。

後面其中一頁寫著：

連爸媽都不相信我，我怎麼還有機會？警察怎麼可能相信我？或其他人？除非我被羅德利殺了，你們沒人會相信我。

最後一頁上是顫抖的筆跡：

做父母的總認爲他們應該和女兒談男生的事。我們不能穿短裙不能單獨出門不該喝醉不該讓男孩太喜歡我們。可是你們不用跟我們談男生，那些我們都已經知道了，該死的，因爲他們強暴的是我們！去跟你們該死的兒子談！！！叫他們跟彼此談，教他們阻止彼此。如果你們的兒子當了老師，他就要知道假如男生拉女生頭髮，有問題的是那個該死的男生。告訴你們的兒子如果在和女生上床之前得先停下來想一想，那就代表女生不願意！！！假如你不確定女生想不想和你上床，那就表示你從來沒和眞正願意的女生在一起過！別再教訓你們的女兒了，我們都知道。

第二天早上露絲覺得不舒服到想死。她幾乎盼望自己真死了。她但願能朝大腦裡倒強酸，腐蝕掉前一晚的記憶。他的呼吸，他無處不在的手，他在她體內。「我愛妳。」他輕聲說。「別吊我胃口！我知道妳想要！我知道妳幹過別的男人！」他咬著牙說。在那之後是威脅殺掉她和馬帖歐。然後她倒在房間裡一動也不動，苟延殘喘。

快中午的時候她收到第一封簡訊：昨天晚上謝謝妳美女！！他寫。她不懂。他在開玩笑嗎？還是在威脅？第二封簡訊是：愛妳。今天晚上見？親一個！！如此持續了好幾小時，直到仍然頭暈宿醉的露絲拿起電話回傳：我根本不想要。只是喝醉了。根本他媽的不想要。

他回答：別這樣！！妳當然想要！我沒讓妳爽嗎？我可以再多練習！！！來小屋，我們可以再做一次！！！她回答：不可能。變態。我要報警。

她的電話靜了幾分鐘。然後收到一張照片。接著是另一張。照片裡的她還穿著衣服，但她知道在拍完這幾張照片之後便一絲不掛了。照片傳進來的幾分鐘後，羅德利來電。剛開始她不敢接，但他一直打一直打，到最後她反而不敢不接。他的聲音毫無感情，彷彿是電腦在說話：「那我就會把妳的裸照放在網路上，讓每個人看清楚妳這個婊子。」原來那就是她在床上醒來時眼前的眩光；他趁著她失去意識時拍了照片。

她無法呼吸，無法思考。她關掉手機藏在床底下，彷彿這樣就能解決一切。她甚至不敢離開家，怕他等在外面。她吃不下睡不著，只能倒在地板上，一直哭一直哭一直哭。

那天晚上他又傳來更多簡訊，命令她跟他見面。照片可以給妳，我不會給別人看，妳來就是了！！她不敢拒絕。他們在海德鎮外森林中的小屋見面，最可怕的是他突然變得好溫柔，甚至有點膽怯。他輕聲說抱歉和愛她，說他不曉得她不想要。他說他也喝醉了，不知道自己當時在幹嘛，為自己找藉口。可是他還說其實她也有責任，因為假如她不想要他，為何還跟他去轟趴？難道她只是在利用他？其實她打算和另一個在場的男生上床？他不夠好嗎？他哪裡不及格？

他摸她的臉頰，她出於恐懼撇過頭避開他的手，他卻把這個反應視作出於愛意。「我們可以好好爽一下，我保證會很舒服。」他說著，並且開始親吻她的頸子。「我只想拿回那些照片。」她低聲說。於是他保證了，保證保證又保證。只要她願意再跟他發生一次關係，他就會刪除所有照片，甚至讓她親眼看見他刪除。

於是她又和他發生關係。他刪除部分照片，卻不是全部。接下來幾天他在晚上傳簡訊給她，她不得不一次又一次地照做。他給她毒品，她照單全收，因為如此能讓她忍受和忘記一切，並在事後頭也不回地逃回家。他卻認為這是愛的表現。

到後來他甚至在她面前崩潰痛哭，說他做出這些事並不能怪他，是她逼他的，全是她的錯。他攫住她的手腕，她甩脫之後拔腿就跑。他在森林裡追捕她，但是她速度更快。她回到家後，馬帖歐正在床上熟睡，她滿腦子想的是照片是否出現在網路上已經無所謂，她只想把羅德利引開這個家，她得保護弟弟。於是第二天上午她去了警察局。

她坐在一個小房間裡，眼前放了一杯水，但是她的手顫抖得太厲害了，根本拿不起杯子。她才十七歲，警方建議她打電話請父母來；但是她並不想。警方和她談了又談，不同人在房間裡進進出出，露絲覺得自己像是漂浮在吸塵器裡。有些人問她是否吸過毒，還說如果她講實話就能得到幫助，不會受到處罰。她錯了，不應該相信他們的。她承認自己吸過毒，承認自己和羅德利發生過數次關係，甚至還承認在另一個轟趴上差點和另一個男孩上床，可是他硬不起來。她給他們看羅德利的簡訊和照片，可是警察只看見一個穿著衣服的十七歲少女，看起來醉醺醺，卻滿快樂的。彷彿一切都是出於自願。羅德利傳的訊息中沒有一條顯示他在威脅她，甚至看起來有點反省的意思？也許只是誤會？

露絲不斷反駁，卻已經不曉得該如何解釋。畢竟連她自己都無法記得所有過程！她甚至不知道他在她的酒裡放了什麼東西！警方問她為什麼沒早點報案，她沒有答案，只記得自己害怕。警方說他們能體諒她，再次勸她打電話給爸媽。他們保證會跟她父母談，一切都會沒事。她又犯了同樣的錯，相信他們。

她還記得母親在那個房間裡的表情，受了傷似的，彷彿傷她的是露絲。她也記得爸爸看起來既不自在又焦慮，一副願意不惜一切離開此處的樣子。「我們並沒說妳在撒謊，小姑娘，可是妳看不出來眼前的處境嗎？」一個聲音說，露絲過了幾分鐘之後才悟出來說話的是母親。她知道媽媽討厭自己，可是竟然討厭到這個程度？她的眼淚開始掉下，嗓子變得喑啞：「他強暴我，媽！」母親對警方嘆了口氣，表情像是在說「看吧」。「很抱歉，我想我們得在家裡和女兒談談。也許我們可以明天再過來？她的想像力很豐富，而且就像你們想的，對毒品上癮了。她還有一整個抽屜的丁字褲和避孕藥，所以這根本不是第一個男孩子了！也許是他事後不想跟她交往，她自己後悔才編這些故事？你們也知道這個年紀的女孩們都是什麼樣子！」

露絲的腦子像失了速般旋轉，忍不住吐在警局地板上。她記得一位年輕的警察似乎理解到某些不對勁之處，將涼爽的手放在她額頭上還給了她一杯水，說道：「也許妳可以等明天感覺好一點之後再來，重新跟我們好好講一下發生什麼事？聽起來非常複雜，可是說不定我們明天可以把事情弄清楚點，等妳覺得……狀況比較好的時候？」

露絲不記得如何離開警局，也不太記得回家的過程。事後她只能想起爸爸在車子轉進家門口那條巷子時說的：「妳得記得那個男孩能告妳誹謗。妳做的這件事太危險了，可能毀掉他一輩子。」下車時，露絲的母親做了一件幾乎未曾做過的事：她拉起女兒的手，動作既輕柔又溫暖，幾乎像個正常的母親。「來吧，小姑娘，我們進屋去吃點東西，然後向神祈禱請祂指引妳。願神幫助我們，然後我們就能把這件事忘了。我想這周末妳可以跟我們去教堂，一切都會變好。」

露絲沒再回警局。年輕警員等著。或許事後他會恨自己沒多做點什麼；也許他盡量不想這件事。像他這樣的人只是盡量做自己分內的工作，他們都說自己只是跟著法律走。只不過法律不是為了露絲這樣的女孩而制訂的。它們全跟她作對。

接下來的幾個星期，人群中的露絲把自己越縮越小；當她獨自一人時，自殘行為越來越嚴重。奇怪的是母親對她的態度比平常還和氣，彷彿她的愛是某種賄賂：只要女兒不再講那些傻話，或許他們又能成為完美的家庭？倒好像他們從前真是完美家庭似的。露絲的爸爸幾乎不和她說話，除了這幾句：「我們只能希望警察不會聯絡那個男孩，不然他可能會告我們。我們哪有錢打官司？」

假如他們有親戚，多半就會像碧雅翠絲那樣把她送走，但是他們早就不和其他家人往來了。羅德利還會在晚上傳簡訊，總是說他有多愛她多想她。過了一陣子，他開始寫到「森林小木屋」裡的時光多麼美好，那間廢棄的小屋在他嘴裡已經變成「森林小木屋」了；露絲理解到他想像的是另一個平行世界，發生過的每件事都是愛情故事的一部分。有一天晚上她看見他站在家對面的路邊，另一次則騎車經過她學校。她開始在社群媒體上接到匿名帳號發出的訊息，說她是「自以為了不起的妓女，以為比誰都高級」。她知道肯定是羅德利，但是她又能如何證明？誰會相信她？

幾個月之後學校裡出現傳言，關於凱文對瑪亞做的事。大部分人則說是瑪亞害凱文做的事。露絲在學校食堂裡聽見傳言，每個人都在談論。瑪亞比露絲小幾歲，露絲不認識她，但瑪亞在一場轟趴之後向警方舉報凱文，凱文因此不能和球隊一起打一場關鍵性的比賽。每個人都瘋了。

露絲不敢向四周張望，因為她怕被人看出來自己的經歷。她腦中翻來覆去想了無數次警方和父母說她是騙子的指控，甚至因此開始認為也許他們講得沒錯。也許其實沒那麼糟？也許全是她自己的錯？

那天晚上她讀了所有網路上對瑪亞的評論。每個人都說她是妓女，根本是騙人，他們希望有人把她宰了。

露絲將在下一個春天滿十八歲，她醒悟到只要一有機會就得躲起來，離此地越遠越好。於是她真的做了。

100 果汁杯

星期六上午蜜拉照樣進公司，好坐在辦公桌前看著窗外。因此當她發現女兒來找她時差點嚇得魂不附體。蜜拉衝出辦公室，瑪亞不耐煩地大叫：「妳一個人需要多大的辦公室？太會擺架子了吧，這裡都夠開演唱會啦！」

蜜拉很高興女兒在給她驚喜的同時又叫她笨蛋，特別是今天；她給女兒擁抱顯得有點尷尬。瑪亞不情不願，因為手裡的野餐籃幾乎掉在地上。安娜特地開車載瑪亞來好讓她當面送上一壺咖啡和彼得剛烤好的可頌，還有最重要的：柳橙汁和玻璃杯。瑪亞交疊雙腿坐在辦公室地板上和媽媽一起吃，就像小時候。當時忙於工作的蜜拉出於內疚，偶爾會和女兒在室內野餐，瑪亞非常知道如何利用她這個弱點。

「我過完這周末就要回家了。那個……我的意思是……回學校。」瑪亞討厭自己不小心說出「回家」。

母親理解地微笑。

「很難？」

瑪亞可憐兮兮地點頭，是只有在母親面前才有的表情：「嗯，感覺很糟糕。我回來之前跟大家鬧翻了，可是我應該回去繼續奮鬥。也許班吉說得對：我快樂時寫的歌都很爛。」

「真遺憾情況這麼難，小乖。」

「難是正常的，媽。」瑪亞微笑。

「我知道，我知道……我只希望妳一直快快樂樂的！」

「別擔心。」

「我是妳媽，妳沒辦法阻止我！」

瑪亞的笑容令人無法猜測她究竟是要說笑話還是開始哭。

「對不起，凱文對我做的事幾乎壓垮妳和爸。」

輪到蜜拉看起來泫然欲泣。

「小乖，那件事沒……」

瑪亞點頭，看起來成熟又強大，既誠實又容易受傷。

「確實有，媽。你們的愛就像器官捐贈：妳和爸和李歐都給了我一塊你們的心和肺和骨頭，好讓我重新拼湊回完整的我。現在妳自己幾乎都沒力氣站起來繼續呼吸了。我常常想這件事，而且想到那些沒有妳幫忙的女孩子，就連我自己也差點被這件事打垮，那些沒有妳當媽媽的女孩子又怎麼有打贏的機會？」

要是你也有女兒，而且在聽見這番話時心裡不碎成千萬片，我就敗給你。

101
墳

咕嚕聽見一切，也記得一切。他在那場派對中站在臥室外，露絲大叫著不要，哀求羅德利住手，咕嚕卻沒衝進去。事發之前，羅德利問咕嚕的最後一句話是他想不想加入。「來嘛！我們可以分享她喔！」他欣喜若狂地宣布。可是咕嚕慌張地搖頭，羅德利從他的眼神裡看見他很想逃離現場，於是臉色瞬間一沉，伸出手指掐著咕嚕的頸子厲聲警告：「給我在這裡守著，要是你敢走我就殺了你。」

咕嚕就這樣站在那裡不敢作聲，可是他都聽見了。露絲衝出房間時，他往旁邊一讓，看著她跑下樓衝出門。羅德利追出來時在咕嚕面前停下，額頭幾乎抵住咕嚕額頭，發誓：「要是你敢跟任何一個人講這件事，我就連你一起拖下水！」

接下來幾個月，咕嚕的日子過得迷迷糊糊。他盡全力練球，每天晚上都因為疲憊而昏睡過去，唯有如此他才能不想那件事，否則會徹夜無眠。每次他醒來都痛恨陽光，痛恨那些再度糾纏他的影像，痛恨他暗啞的嗓子和虛弱的心臟。

羅德利不停打電話和傳簡訊給咕嚕，他不接也不回答。於是羅德利開始傳他拍下的露絲照片；咕嚕把它們全刪除了，他知道羅德利的意思是他也是共犯。

有時候咕嚕會在夜裡走到湖面上，希望腳下的冰裂開。有兩次他幾乎想上吊，卻又沒勇氣。唯一幫他遺忘的是冰球，於是他把所有心思都放在冰球上，也因此他才打得這麼好。

當凱文．厄道爾和瑪亞．安德森事件發生時，咕嚕當然跟每個人一樣聽見傳聞了。凱文被停賽，整個大熊鎮都起而反對。咕嚕比凱文小幾歲，他的海德球隊原本應該和同齡的大熊球隊比賽，卻因為教練擔心會出事而叫停。大家一如往常忘了通知咕嚕，所以當他在等公車回海德時，正好碰到露絲在路的對面踽踽獨行。兩個人都吃了一驚，不約而同停止了呼吸。

露絲當時正從位於鎮中心的郵筒走回家。她在網路上發現一個教會專門收容「有問題的年輕人」，得去寄出申請住宿的表格。正經過冰館走向公車站的她瞬間結凍，就如派對那天晚上。自從那晚之後她就沒再見過咕嚕，甚至不確定咕嚕是否認為羅德利的所作所為是錯誤的，也許咕嚕跟大家一樣，認為她被強暴是活該？

於是她鼓起所有勇氣，從對街向咕嚕喊：「你告訴羅德利別煩我好嗎？沒人相信我！他能不能別再來找我？」

咕嚕沒回答。他只感到內心徹底瓦解。露絲回家後把自己鎖在房間裡，兩天之後某個教會女人打電話來，露絲說了一大套關於自己「問題」的精采謊言，女人聽了之後甚至開始哭起來。那些話全是捏造的，因為他們根本不相信實話。

露絲就此離開小鎮，當然並沒去那座教會報到。等大家悟出來她已經出國之後，她只需要留在國外直到十八歲就能永遠自由了。她離家時偷了父母所有的現金；假如妳的母親認為銀行是無神論和惡魔信徒彼此勾結的產物，這就是唯一的好處。現金雖說不多，卻夠她買火車票和船票，以及踉蹌通往世界的頭幾步。露絲到了一個完全不同的國度，剛開始幾天頗為混亂，倒也交到了幾個新朋友，事實證明她在這裡不如在家鄉那般特別，也或許因為她的特別在這裡被視為正常。她但願可以聯絡馬帖歐告訴他自己的現況，但是她不敢，她只能倒數還有幾個月他就滿十八歲，她可以回去帶他出來。她認識了兩個在咖啡廳工作的女孩，並在某次鼓起勇氣向她們借了電腦上網，發現一則碧雅翠絲傳來的訊息。露絲的老朋友說和家人和好了，可是也徹底離開教會，認識一個男人之後訂了婚，兩人打算買一棟小房子。露絲想，她擺脫了黑暗過往，現在過著快樂的生活，所以或許一切都還算值得，至少她們之中有一個人是快樂的。她關掉電腦，從此再也沒打開過。咖啡廳女孩子帶她參加一場派對，盡情跳舞。露絲玩得很開心，沒有任何要求又毫不羞愧的開心，她生平頭一次。整個世界在她眼前打開，凡事都有可能。兩年半來她首次這麼暢快地大笑，感覺腐爛的自己正逐片換新，如同某個神話裡的船，直到她成為一個新的人。她的宇宙變得好大，過去的童年開始像是虛構的。有好幾百萬次她想寫信給弟弟，卻從未動筆。她參加許多派對，跳了好多舞，卻在某一晚被毒品攫走了性命。一切發生得好快，所有動作都還在進行，她的心臟就那樣在舞池燈光下停止跳動，身體還沒碰到地面就死了。醫護人員告訴她朋友，她死得太快，或許根本來不及感覺痛苦。

馬帖歐永遠不認為姊姊只是死了，而是被謀殺的。他發現她的日記和離家出走的原因，醒悟到她吸毒只是為了麻痺痛苦，甚至最終導致她的吸毒過量，此時他已經下定決心了。他曾經聽過爸媽教會裡某個女人說：「如果想報復，就得挖兩個墓穴。」馬帖歐媽媽叫她別再講了，因為那女人以為這句話出自聖經，馬帖歐媽媽卻堅信不然。也許馬帖歐就是因為這個原因才記得那句話。

他現在準備的不止兩個墓穴，而是三個。一個給羅德利，因為他的罪刑；一個給咕嚕，因為他能幫露絲卻袖手旁觀；一個給他自己。

瑪亞的故事大有可能和露絲的有同樣的下場。但是小小的誤差就能讓事情發展大相逕庭。一位奮鬥的母親，一位充滿愛的父親，一位陪伴她的弟弟，一位共同挑戰全世界的好朋友。一位經營酒吧的老巫婆隻身在冰球俱樂部會議上為瑪亞說話，一位撞見事發經過而且勇於大聲說出真相的目擊證人。

只需要這些就夠。不用更多。

阿麥說出他見到的，就算凱文並沒因為犯下的罪刑被起訴或坐牢，整座小鎮卻也因而無法視而不見。

可是每回當我們講起這個故事時都等同於犯下新的原罪，因為我們假裝阿麥的作為是正常的。當然不正常，幾乎沒人有他那種反應。咕嚕的反應才正常，他才是與我們相像的那一個。

有天早上某人敲響咕嚕在海德的家門，是羅德利。他的眼神充滿殺氣，拿了一把刀抵在咕嚕喉嚨上低聲說：「要是你告訴任何人發生什麼事，我就殺了你和你媽，聽懂了嗎？」

咕嚕點點頭，甚至不敢呼吸。他媽媽正在另一個房間裡玩填字遊戲。羅德利的眼睛眨了幾下之後，朝街上一部摩托車跑過去騎走了。等咕嚕再度聽說羅德利時，是因為羅德利的哥哥進了監獄，他本人則搬到車程幾個小時之外的另一個城，和哥哥同住一戶公寓。

羅德利傳給咕嚕的最後一則簡訊是：想想凱文的下場。沒人會相信你。你跟我在同一條船上。我們都會進監獄，你也永遠不能再打冰球。

咕嚕在下一個球季有了換俱樂部的機會，從海德換到大熊，因為大熊隊的守門員維達死了。頭一次和札克爾練球的時候，咕嚕覺得那是他貧乏人生中最快樂的一次。札克爾似乎能了解他，看出他的潛能，而非僅限於他的表現。咕嚕原本壓根不曉得自己有天分，是札克爾將他變成一顆明星。他開始在每天一大早到冰館，每天晚上最後一個離開。他一心一意都在練球，還生平第一次交了真正的朋友，他有了完整的人生。

他值得這些嗎？如果他不能被原諒，那麼他還能……被賞賜這樣的人生？有機會過著正常的生活？打冰球、大笑，甚至感覺快樂，雖說只有短暫的幾秒鐘。他能被赦免嗎？這樣公不公平？對不對？

他不知道。他永遠不會知道。

星期五晚上，舉火把遊行的群眾都回家了，兩座小鎮陷入沉睡，馬帖歐在鄰居的槍櫃裡發現三把獵槍。他四處搜尋卻沒發現子彈匣，於是他關上槍櫃，從窗戶爬出來跑回家，將獵槍包在姊姊的舊毛衣裡藏進他的衣櫥，然後上網搜尋如何拿到彈匣。他在過程中找到一個論壇，某人問了他一直在想的問題：「你能用獵槍殺人嗎？」最快的回答來自一個匿名帳號：「當然可以，如果你射得非常準。可是最好是用手槍，隨便哪個白痴都能用手槍殺人。事後要自殺也非常有效。你想要嗎？」馬帖歐不知道，真的不知道。他想要嗎？

經過諸般遲疑之後，他偷偷溜出家門，腋下夾著毛衣包裹的寶物，騎腳踏車穿過森林一路到了海德，途中滑倒幾百次卻忍住沒罵髒話。他不再覺得痛了，甚至也不生氣。啃食著他的只有空虛，這倒是個福氣。

他抵達海德時雙腿已經痠軟，但是處處都有還沒熄滅的火把，地面被人們踩踏得堅硬，他可以一路不怎麼滑跤地騎下去，一切都變得簡單點了。他接近垃圾回收場時看見拖車裡還有燈光，便上前敲敲大門。一個二十幾歲的絡腮鬍男子來開了門，還沒來得及開口，馬帖歐身後便響起一個聲音：「我們關了，知道沒？」

馬帖歐轉過身，和里夫望了個正著。他身邊一條黑白相間的狗正瞇眼看馬帖歐，嗅聞著空氣。馬帖歐強迫保持嗓音穩定說道：「我有三把獵槍，想問你願不願意用手槍換。」

里夫的雙眉壓擠在一起。嘴唇拉成一直線，下巴緊繃：「手槍？這裡沒手槍。」

馬帖歐抱著不知危險臨頭的孩子氣和堅定的立場說：「比賽的時候我在！我看見你在冰館裡，還有你的手槍！我只想……我也想買一把！拜託啦，這些是很棒的獵槍！」

里夫調整一下脖子上的金鍊，似乎正在沉思：「你要手槍……幹嘛？想打誰，是嗎？很壞的點子，朋友。非常壞，小朋友，好？騎車回家。睡覺，上學，好好過日子。」

馬帖歐瞬間暴怒：「**我才不是什麼見鬼的小朋友！你到底做不做生意？**」

站在他面前的里夫非常平靜，眼神卻令十四歲少年連連後退，一跤絆倒在腳踏車上。

「不做生意。我們關門了，知道吧？」里夫又重複一次，堅定地指向背後的大門，接著將掌心舉在空中，彷彿在說下一個警告是打耳光。

馬帖歐絕望地低泣，他從雪地裡拽起腳踏車，匆匆騎出回收場大門，還在一片冰上滑倒之後掉了所有獵槍，同時盡力不高聲大叫和放聲大哭。他心裡想，若不是他還有沒了的任務，肯定也會宰了里夫，因為他才不是該死的小朋友，大家等著瞧。此時他聽見另一個比里夫年輕的聲音，來自較遠處的籬笆。

「喂，朋友？過來。」

縱使里夫不願意賣槍給十四歲小孩，員工裡卻有人沒想這麼多。馬帖歐得再回大熊鎮的家去拿爸媽的現金和他的電腦，用它們和三把老獵槍換一把或許可以讓他大開殺戒的手槍。

星期六一大早，他在一戶很大的獨棟房子前院裡找到一部電單車，多半屬於某個懶得將它停進車庫的驕縱小孩，不像他自己的爸媽總是要他保證收好腳踏車。馬帖歐打破地下室窗戶溜進客廳，在掛鉤上找到電單車鑰匙。他騎著電單車出了海德鎮界，到了遠處下一座小鎮，途中因為天色仍然黑暗而在冰上滑倒好幾次，又幾乎數次撞車，差點死掉。

他騎進那座較大的鎮子時已經是清晨了。他等在一區灰色公寓住宅附近，直到無法感覺手指和扳機。羅德利走出門的時候仍然睡眼惺忪，一頭亂髮，馬帖歐不動聲色地等到他坐進車裡。有一瞬間，他考慮是否先不要動手，而是跟蹤羅德利，看他要去哪。他有工作嗎？朋友？他的人生裡有沒有愛他的人？馬帖歐永遠不會知道。他瘋狂地搓著手指恢復血液循環，然後走過停車場，等羅德利透過擋風玻璃看見他。馬帖歐想先確定謀殺姊姊的人認出他來，接著朝擋風玻璃開了三槍。馬帖歐站在那裡等到羅德利向座椅下癱滑，確定真的死了之後才騎上電單車轉回大熊鎮。電單車在半路拋錨，他站在路邊揮手，希望駛過的車輛中有人願意幫忙。然而看見他的人沒停車，可能會停車的人又沒看見他。其中一輛往反方向駛去的車子是警車。假如警車不光是疾駛而過，這個故事就會完全改觀。因為他們正趕往城中某個停車場發生的槍擊案。如果他們停下來，羅德利就會是唯一的死者了。

一輛卡車慢下來朝馬帖歐閃了閃頭燈，他跑上前。司機非常驚訝只有十四歲的馬帖歐竟然獨自在這個荒郊野地，甚至還好心地偏離原本路徑，繞了好長一段路先帶馬帖歐去他的目的地。司機幾乎把馬帖歐一路送回大熊鎮，他永遠不知道馬帖歐想做什麼。

馬帖歐剛好趕在比賽開始前回到家。他抓起姊姊的日記，騎著腳踏車穿過鎮子。他在安德森家門前停下來，站在那裡好久，思忖著把日記留在他們的信箱裡。他知道瑪亞的遭遇，也知道她媽媽是律師，也許他們能夠幫忙說出露絲的故事，她將能得到某種公平正義。但是馬帖歐不敢，他擔心日記被太早發現，有人能猜出他想做的事，進而阻止他。

更何況他絕望地醒悟到自己不能這樣對媽媽。她失去兩個孩子之後勢必得為了活下去而創造一番了不得的幻想。他不能強迫她面對真相，剝奪她幻想的自由。

於是他在路邊稍遠處某個院子裡找到沒上鎖的工具間，偷了一把鋼鋸，騎到湖邊。他在冰上鑽了一個洞，將日記塞進去。接著回到鎮上丟下腳踏車，跟著川流的人潮，與幾千個人一起走向冰館，成為他們其中之一。一位隱形人。

星期六上午，球季頭一天。兩座小鎮等了這麼久，森林裡竟然有股奇異的興奮。空氣中沒有暴力，沒人緊張地繃著肩膀，因為火把遊行之後和平再度到來。就算是脆弱的和平，畢竟還是給了所有人暫停的機會。今天我們多多少少都站在同一邊，今天只有冰球最重要。

阿麥肩上揹著球袋準備出門，媽媽在他頭上吻了一下。他穿過停車場，開始從大熊窪走向冰館，這件事他已經做了幾百萬次。這段路有多少步？幾公里？等到他終於完成夢想時，有沒有辦法測量這段距離？

他聽見那個熟悉的聲音叫自己的名字，驚訝到剛開始甚至沒回過神。他轉過身，球袋的重量幾乎把他拖倒在地。

「嗨！你在這裡幹嘛？」他朝彼得嚷。

「等你。你有沒有時間看個東西？」

「現在？我得去比賽……」

「我知道，對不起，我之後載你去吧？不會花太久時間！我們還來得及！」

彼得臉上那股明亮純樸的興奮之情勾起了阿麥的好奇心。前俱樂部經理領著阿麥走過公寓大樓，進入老採石場邊的森林裡，一路走到一塊寬廣開闊的空間才停下，之前人們說這裡將會蓋超市。然後又有人說會是診所。某人曾經有一段時間甚至夢想蓋一棟商業中心。當然沒一個成真，因為大熊鎮上唯一不會有任何建設的就是這一區。鎮本身也許會越來越大，大熊窪卻永遠不可能隨之進步。

「那裡！」彼得說著指向一片空無。

「我……我不懂……」除了雪和碎石子之外，阿麥啥也看不見。

彼得看見了別的東西：他看見救贖。

「阿麥，我想了很多，關於你費了多大的功夫才一路打到甲組隊，幾乎是不可能的任務。照理講你永遠不可能做到，可是你很……獨特。你的心推動你往前走，我從來沒見過這樣的毅力。我只是不希望看到所有以你為榜樣的孩子必須走過你這段辛苦的路。我希望能讓下一個大熊窪的孩子……容易一點。就算一點也好。」

「那跟碎石子有什麼關係？」阿麥問，既感動又困惑。

彼得綻出微笑。

「我要在這裡蓋一座冰館。不大，只夠練球，可以……讓大家聚在一起的地方。裡面可以有滑冰學校，一個兒童組，另外有一塊讓有興趣的人做其他運動。議會打算在現在的冰館旁邊蓋很新穎的訓練中心，可是我想我們也能在這裡蓋個什麼。當然會小多了，只是傳統的……大冰盒。可是我這次會確保所有文件都沒問題，也會找我朋友們幫忙。我知道你也有很多朋友，這一區有很多工人對吧？我也認識幾個，要是我開口的話他們應該會來。我想我們可以完成，你和我和其他幾個人。不知道，也許哪天大熊窪也會有自己的球隊？

我們應該還能有夢想吧？聽起來很傻嗎？是不是……太不切實際？」

阿麥的胸口上下起伏大約二十次之後，拿出手機對準碎石子地。

「不會，聽起來很合理。」

「你在幹嘛？」

「拍照。過幾年等我們家附近那些拖著鼻涕、被寵壞的小子們有了自己的冰館，而且覺得理所當然的時候，我就可以……」

阿麥突然之間看起來好高大，彷彿一夜之間長得比彼得還高。彼得大笑起來。一切在此時都只不過是個夢想，他甚至不曉得自己是否有膽子相信能做到。可是大熊鎮是一個特別的地方，該死的小鎮，這裡很多東西有奇怪的名字，因為每個人都忘了原始的稱呼。

幾年之後，大家會記不得為何位於大熊鎮最窮的公寓住宅區和舊採石場後方的冰館叫「大教堂」。可是將它自夢想中打造出來的男人記得，有一天在國家冰球聯盟打進第一球的男孩也記得。他在比賽之後會接受電視訪問。

「你想對在家鄉看比賽的親朋好友說些什麼嗎？應該怎麼發音？你來自大熊鎮對吧？」大西洋另一邊的記者會如此問。

阿麥會直直望著鏡頭說：「不，我來自大熊窪。」

102 死黨

蜜拉和瑪亞的辦公室野餐非常成功，充滿蠢笑話和毫不複雜的大笑，直到大門傳來某個東西在地上打碎的聲音，接著是某人大聲咒罵，聲音迴盪在整棟建築物裡。她們一躍而起衝向噪音來源，蜜拉的合夥人已經歪歪斜斜地進了門，此時正站在一灘還在不斷延伸的紅色水窪中，喃喃自語：「那可是我**最棒**的酒！這道門檻怎麼這麼害人？」

蜜拉的聲音融合了關心和困惑：「妳來這裡幹嘛？今天不是上班的日子，對吧？」

合夥人驕傲地舉高袋子，裡面有三瓶完好的酒。

「我才不是來工作的，是來這裡享受獨處時光。」

「妳不是……自己一個人住嗎？」瑪亞小心翼翼地問。

「那也不表示妳不能有獨處的時間啊！」合夥人糾正她。

瑪亞大笑。

「那我能不能喝點酒？」

可以。蜜拉不喝酒，因為還得開車。合夥人說她自作自受。合夥人和瑪亞喝完一整瓶酒之後，蜜拉低聲問她們：「我問一件事好嗎？我一直在想的。」

各喝了半瓶酒的她們用微醺的眼睛看著她說：「嗯？」

蜜拉慢慢地說，彷彿那些字想掙脫束縛衝出她的嘴：「我最近跟一個年輕女孩聊過。她比妳小幾歲，瑪亞，叫泰絲。她想念法律，她媽媽問我等她念完之後能不能來這裡和我們一起工作。我說當然可以，可是這是謊話，因為泰絲想幫助被毆打和被強暴的女孩子。她想保衛那些沒人幫忙的受害者，她想打抱不平……為了……」

瑪亞伸出手，放在蜜拉手臂上，替她說完句子：「為了下一個我。」

蜜拉點頭，垂眼看著女兒的手。

「但那不是我們這家公司的事，不再是了。這家事務所現在必須著眼在錢，為了大公司和創業的人。我……不想再做那些了。」

「妳在說什麼？」合夥人高聲問道，突然害怕起來。

蜜拉看著她的眼睛：「我愛妳，要是沒有妳，我每天根本沒辦法來上班。可是我需要有……不一樣的東西。公司可以給妳，我能簽字把股分轉讓給妳，大尾也給了我們所有跟大熊鎮商業園區有關的法律委託案……所以……妳不會再有財務問題，我保證。」

「那妳打算做什麼？」合夥人吃驚地問。

蜜拉一口氣全說出來：「設一家小事務所，讓像泰絲這樣的人來工作，為下一個瑪亞奮鬥。這樣一來，大家都不會以為瑪亞只是……最後一位受害者，那些老頭們就不能假裝自己已經解決了所有的問題，想出一些新的『價值宣言』，用『性騷擾』輕輕帶過，提供媒體公關傳單和好聽的說法，以為這樣做就夠了。我要跟泰絲這樣的孩子們一起奮鬥，不讓老傢伙們忘記這項努力是持續的；它永遠不會結束。我要看到某人站在這裡大喊：『什麼正義？誰的正義？』宣稱『正義必須聲張』好保護自己的兒子們的時候；我要看到某人喊：『還要等到何時？還要忍受多久？』當他們說『我們也得保護男孩子們，兩邊都不能太過火。』我不想要他們……該死的……某人得站在這裡提醒他們問題不在女孩！那不是最後一次！凱文不是最後一個男的！」

瑪亞和母親的合夥人只是點頭，蜜拉非常奇怪她們竟然看起來毫不訝異。

「好，我陪妳。」合夥人簡潔地說。

蜜拉沮喪地搖頭。

「不，不，妳不懂。我這樣做不能賺錢，可是妳能經營整家公司，大熊鎮商業園區的合約代表著……」

合夥人的表情像是覺得非常有趣。

「那我要幹嘛？坐在這裡變成大富婆？再說我又不喜歡很貴的酒。我要跟妳一起，無論妳去哪。」

瑪亞坐著看兩位中年婦女互相擁抱，心想等她老了之後，非常非常老的時候，希望自己也能和她們一樣瘋。蜜拉也開始喝酒，根本不顧可能的後果，到最後瑪亞得打電話叫安娜來接她們三個。安娜二話不說立刻就來了。四個女人中沒一個喜歡冰球，卻一致決定去看場冰球賽。

蜜拉鎖上辦公室。幾個月之後，她會交出鑰匙，把公司讓給某幾位員工，賣掉昂貴的車。新法律事務所的辦公室會是她家廚房。未來某一天，全國女性都會知道她們兩個。這也可以算是某種大教堂。

強尼在海德鎮清理廂型車。他永遠說不準誰把車搞得比較髒，孩子們還是漢娜。每天早上都像是在被龍捲風襲擊過的垃圾桶裡醒來。他正彎腰用小吸塵器清理內裝時，漢娜走出來捏了一下他的屁股，在他耳邊輕聲說：「今天小心點。別惹麻煩也別受傷，因為等你回到家孩子們都睡著之後，我要跟你上床；而且唯一一個能讓你叫痛的只有你老婆，聽懂了？」

他哈哈大笑。她真是個漂亮得讓人瘋狂的女人，又漂亮，又瘋狂。

她戲謔地踩著舞步進屋叫孩子們準備出門。他們要跟強尼去看球賽，因為漢娜得到醫院工作。泰絲走出家門時母親攔住她，遞過蜜拉・安德森的名片。

「妳……掉了這個，從妳夾克裡掉出來的。」

泰絲給母親一個微笑，原諒她的謊話。

「是喔，『掉出來』。」

漢娜從牙縫中吸氣。

「我……現在很難面對妳以別的女人為榜樣，而不是我。真的……真的很難。可是蜜拉說歡迎妳去她辦公室找她，也許將來有一天還能在她公司工作。我……」

她沒再說下去，因為被用力抱到快窒息時是很難說話的。

艾德莉開車穿過森林，停在露營車的坡面上方，車上還有艾莉西亞。小女孩衝過樹林撲進班吉懷抱。

「嗨最好的朋友。」班吉小聲說。

「嗨最好的朋友。」她唧唧笑。

他們一起去看比賽，大城佬搭便車。但是車子還沒離開森林小徑，艾莉西亞便已經問了他五十萬個問題，他開始後悔了：「你很棒嗎？有多棒？你射門很強？你比貓還快嗎？我是說普通的貓，不是超級英雄貓！你有多快？班吉，貓有多快？我們以後能不能一起練球？今天可不可以？你幾歲？五十？班吉，海德很棒嗎？我們能打敗他們？贏多少？你說『不知道』是什麼意思？你猜猜看嘛！！！」問個沒完沒了。車子抵達冰館時，大城佬覺得頭痛欲裂。班吉大笑著問艾莉西亞：「妳要不要進更衣室和阿麥還有其他人說哈囉？」

艾莉西亞瞠目結舌地瞪著班吉，彷彿他問的是要不要和蜘蛛人和神力女超人說哈囉。班吉握著她的手一同走進冰館。剛開始她還很神氣，但是看台上已經擠滿了人，噪音在她幼小的耳朵裡就像雷鳴。到了更衣室外，艾莉西亞緊張起來，小聲跟班吉說：「別進去我不要了沒關係！」

班吉稍微收緊握住她的手，然後平靜地說：「看屋頂。整個地球上只有妳和我。沒人能傷害我們。」

他們站在那裡，直到她再也聽不見嘈雜的人群。一切安安靜靜，沒有什麼好怕的。他們走進更衣室時她仍然握著班吉的手，握得很緊，彷彿那是最後一次。

札克爾坐在辦公室裡為比賽做最後的準備。有人輕輕敲門，大城佬進來了，札克爾抬眼看他：「嗯？」

他搜尋著用詞：「我只想說……謝謝妳。謝謝妳相信我，給我機會來這裡。我……我之前從來不認為自己會喜歡待在這種地方。可是現在這裡感覺起來已經比家還……更像家了。」

「嗯？」札克爾重複又問，耳朵和平常一樣對情緒有獨到的解讀。

大城佬輕咳一聲。

「今天晚上妳想要我用某種特定方法打嗎？某種策略？」

她看似思索一陣，然後說：「讓我驚豔。」

札克爾永遠不會命令他如何打球，因為那不是她的作風，但是之後那麼多年之中，少有球員能讓她這麼快樂。少有球員像他這樣經常令她驚豔。他與別人如此不同。

大城佬走進更衣室，到目前為止每件事都還很陌生，不過他會在這個鎮上待很多年。他會在離目前班吉的露營車不遠處買一棟小房子，花很多時間坐在船上釣不到一條魚。他將學會好好吹大牛，內容卻永遠無關他自己。他的母親之後也會搬過來，嗯，倒也不是真搬，但她來看他一次之後就不回家了。原來她也是森林的子民。要是不先讓你住在一座森林裡，你永遠也不知道自己是不是森林子民。

波波站在更衣室外的走廊上。泰絲給了他飛快的一吻之後讓他去做自己的事。她會搬到很遠的城裡念書，但是念完學位後會再回來和蜜拉一起工作。漢娜說得沒錯，她會成為最棒的。波波會和爸爸聯手經營一家修車廠，繼續當幾年札克爾的助理教練。他和泰絲結婚生了第一個孩子，接著辭去甲組助理教練的工作，開始督導兒童隊，因為兒童隊的練球時間比較早，他練完球後還來得及回家做飯歡迎下班的妻子。有一天他會訓練自己的孩子，每一個孩子。

野豬在看台上找了位子坐下，自豪得跟什麼一樣。他坐在大熊鎮球迷那一區，可是有個海德男人照樣擠了過來。強尼伸出大手，野豬遲疑片刻之後握了握。

「他是個好樣的，你那個波波。」強尼說。

野豬點點頭，先是驚訝，然後感激。

「他還是配不上泰絲。」

強尼無力地露齒一笑：「他是配不上，可是我們沒一個配得上自己老婆。」

野豬挪出空位，三個座位幾乎容不下兩個大塊頭男人。半輩子之前，他們努力想在冰上宰掉對方，而今卻將成為一家人和朋友，此時需要借助所有可得的援手幫助推動這個轉變。

幸好安娜和瑪亞坐在幾個位子之外，野豬湊過去問她們有沒有啤酒。她當然有。雖說冰館裡禁止帶啤酒，但要是安娜被禁止做各種事的話，她乾脆連家門都不用出了。進一步想，她甚至會被禁止待在自己家裡。野豬和強尼鬼鬼祟祟地用紙杯喝啤酒，不是因為強尼怕警衛，而是因為怕漢娜。

「你們應該來我們家吃個飯。」強尼終於咬牙說出。

「波波應該想。」野豬簡短地回答。

「但願如此，因為負責做飯的會是他。」強尼笑嘻嘻地。

野豬冷不防爆出狂笑。他們乾了杯。兩人肩並肩地坐著談冰球，十分鐘之內竟然沒大打出手。有一天，他們會是同樣一群孩子的祖父，要是那些孫兒女敢說自己最喜歡哪個鎮的球隊，就吃不完兜著走。

更衣室外的走廊上，阿麥揹著球袋走來。他在波波身旁停下，兩人久久擁抱彼此。

「這是我們這個球季最後一次在一起了，之後你就會變成職業球員。」波波的聲音像是被堵住一般。

「之後每個球季你都會對我講同樣的話。」阿麥笑笑。

然而波波還真沒說錯。球隊其他人都已經在更衣室裡了，阿麥在大城佬和咕嚕之間坐下。換衣服的時候他問：「你們明天想多練練球嗎？」

他們點頭。大城佬問：「今天晚上如何？你們比完之後有沒有事？」

兩人搖頭。看台上幾千個聲音異口同聲地吼：「**想衝著我們？放馬過來！**」兩方站位區都在喊同樣的口號，整座森林都甦醒了。咕嚕面無表情，膝蓋卻不停打顫。

「緊張？」大城佬問。

咕嚕有點慚愧地點頭。

「別緊張，海德就算想借我們的球碟去玩一下都沒門。」大城佬嘻嘻笑；看來已經傳染上森林子民的自傲。

「**來挑戰！來挑戰！你們沒一個人敢！**」外面的看台正在大吼，朝著政客和有權有勢的人，同時也是對著全世界。

「我都忘了他們吼得多大聲。」阿麥說。

「這種吼法我連聽都沒聽過。」大城佬承認。

「等我們出去的時候你就知道了，像暴風雨。」阿麥說。

「有沒有對付的祕訣？」大城佬問。

咕嚕讓每個人吃了一驚，包括他自己。他突然咧嘴一笑回答：「贏球。」

他們震耳欲聾地哈哈大笑，班吉正好在這時候拉著艾莉西亞走進更衣室，她想問問題。

很多，很多問題。

札克爾從辦公室走下來，在更衣室外來回踱步。她覺得緊張，這種情況很少有，也因此她的雪茄抽得比平常更兇。管理員邊咒罵邊跑過去打開緊急出口，以免火災警鈴大作。可是之後他忘了再關上門。

安娜的爸爸坐在女兒下方的座位上，他很清醒。她打電話給狩獵隊上的隊友，他們說他昨天一滴酒都沒喝，因為他知道今天要跟女兒去看球賽。「希望他下次打獵之前會喝，因為他清醒的時候可是大熊最棒的獵人，這樣對我們其他人來說不公平。」老人抱怨。

安娜朝爸爸彎身問道：「爸，你把皮卡開來了？」

他迅速點頭，同時迫不及待地保證：「開了，不過我可沒喝酒！我發誓！」

他好怕丟她的臉，好擔心她會以他為恥。可是她笑了起來，他也跟著笑，那笑容只保留給她。然後她謹慎地問：「爸，你記不記得不能把獵槍留在車裡？」

他的眼睛立刻睜大。

「它沒……我沒喝……我只是太緊張了！」

她無奈地搖頭：「那你至少鎖車子了吧？」

他聞言立刻站起來，推開人群衝進停車場檢查。她在身後叫他。他轉過身正準備接受被吼，她卻大聲叫到讓整座看台都聽見：「我愛你，爸！」

他不完美，這個老頭，可是他是她的。而且她永遠不會以他為恥。

103
問題

比賽快開始了，卻永遠不會開始。反之，所有我們將永遠不停止後悔的事才要開始。冰館裡的每個人都會在餘生中不停反覆回憶這幾分鐘，靜靜自問：「我當初是否該做某件不一樣的事？某件很小、微不足道、任何事？我能不能阻止他？」

在如夜色一般的黑暗中，我們會質疑自己做過的每一件事，還有我們建立的整個社會。

這到底算什麼?這些東西?只是我們選擇的總和。只是我們造成的結果。我們能如何面對這個下場?

這場冰球賽將永遠不會開打,對我們當中許多人來說,像是永遠不曾真正從那座冰場走出來。我們會永遠被困在惡夢之中。我們是說故事的人,試著用故事把我們的經歷嵌入前因後果之間,試著解釋我們奮鬥的原因好合理化我們做過的事。可是故事能揭露最好和最壞的我們,兩者孰優孰劣?我們為什麼內疚?明天我們還能看著鏡子裡的自己嗎?我們還能看著別人的眼睛嗎?

不能。

這件事之後不能。

104 後悔

里夫坐在垃圾回收場旁的小屋露台上,黑白相間的狗在他腳旁休息。夜色很涼,空氣清冷,他的胸口因為孤獨而感到疼痛。他在員工面前很擅長掩飾這一點,否則將會難以管束他們。他向來對當眾表示害怕的成年男人們感到驚奇,因為那是非常奢侈的,正如一隻兔子不認得眼前的掠食者,只因為牠從沒真正見過。在里夫成長的地方,一個男人就算心碎了也不會表現出恐懼,所以他才選擇海德。他在很多地方住過,最後卻選擇在這片森林裡落腳,因為這裡的人也在險境中求生存,危險程度不下於他。他認為或許他在這裡和其他人沒太大差別，不同於從前那些將他趕走的地方，也許這裡的人會讓他擁有安穩的人生，也許他會有時間在這裡打造起什麼。

他是一個暴力的男人，但假若你問他，他會回答那是因為他討厭暴力。他有一把手槍，免得自己殺掉任何一個人。他寧願把人們嚇跑，而不願冒險讓別人太接近。這就是他的生存方式，同時也讓他孤獨。他不常任由自己有這種感覺，可是那個女人艾德莉，那個來這裡把熊皮從他手裡拿走的女人，點燃了他心中的某種東西，在他的胸腔某處踢開一扇門。她讓他想到姪女們。正是為了她們，為了她們的孩子，他才想打造出某個東西。里夫自己從沒有過孩子，幾乎所有家人都死在一場世界其他地方毫無記憶的戰爭中。他看過好人犯大惡，但也看見壞人行大善。走到哪都一樣，每個人都愛得太多，恨得太容易，原諒得太少。可是絕大部分的人想要的跟他一樣：和平生活，夜晚來時心臟能跳得慢一點，為了你愛的人多賺點錢。

他建立這個回收場的生意，好寄錢給他的姪女和她們的孩子。也許有一天他會在這裡蓋一棟大房子讓她們全搬來住。他是好人嗎？不是。他很清楚。他做了很多應該後悔的事，卻又幾乎從不後悔，這豈不就是大惡的定義？一個人為了保護他的家庭能做出很多壞事，既然是為了家人打造的，那就乾脆用暴力護衛。也許有一天里夫姪女的女兒和兒子們能成為律師和老闆，他希望如此。也許有一天他們能無須質疑地屬於某個地方，如同彼得・安德森，不需要總是道歉或說謝謝，不用偷竊或哀求施捨。可是在那之前呢？在那之前，里夫得做他必須做的。

後悔？確實，他後悔一件事。那個男孩阿麥和每一件在選秀會裡發生的事。阿麥讓里夫回想起幼時的弟弟，在另一座森林裡，另一段時光。他們打冰球的架勢如出一轍。無論彼得・

安德森和其他人怎麼說，促使里夫幫助阿麥的並不是貪婪。里夫幫他，是因為在那男孩身上看見他愛過的某個人，而今他後悔當初沒用最單純的眼光看阿麥：一個男孩。里夫長大的地方沒有哪個男孩是阿麥的年紀，因為他們都已被視為男人，因為童年在充滿暴力的地方一眨眼就過去了，前提是真有童年的話。里夫這個人不容易承認自己的錯誤，可是他現在了解當初應該問阿麥他比較想要什麼：喝采或金錢。里夫認為唯有已經夠富有的人才在乎喝采，但是也許對那男孩來說不同，也許里夫壓根不明白他要的東西。

後悔？是的，說到底，里夫也許真有幾件。他後悔沒傾聽。他後悔此時沒去看球賽。他很想再看一次阿麥打球。向前方飛馳，就像從前里夫弟弟滑冰的樣子。那是一場神奇的比賽，了不起的比賽。

他閉上眼睛。聽見屋外碎石子地上的腳步聲，粗重的呼吸。

回收場裡的一個男人從拖車出來，雙眼圓睜。他以最快速度跑出大門，沿著路到了里夫的屋前，發狂似地敲著屋門直到里夫怒氣沖沖地開門，手裡拿一杯烈酒。

他就是這樣發現另一個員工幹的好事。他賣了什麼給那個來此地買手槍的十四歲男孩。今天稍早回收場的一位員工在大熊鎮看見馬帖歐，當時他們正要到冰館外設熱狗攤子，見到馬帖歐朝球賽走去。「他看起來有殺氣。」男人說。這片森林中或許還沒人像里夫這般飛速行駛過林間，前無古人後無來者。

安娜爸爸到了皮卡旁邊時停車場裡已經空了，冰館裡的球賽即將開始，路那頭的老美國車開得也太快了，可能是想趕著看開賽。安娜爸爸試了試車門，很慚愧地發現沒鎖。獵槍當然還在裡面，安娜的預測真準。他的確把槍忘在車裡，不是因為喝了酒，而是因為年紀。

比喝酒更慘。

正當他要把槍藏在椅子下，鎖上皮卡回冰館裡看球賽時，瞥見冰館另一側有個身影向前走。剛開始只是眼角附近的動靜，正如他在森林裡看到某物，卻無法即時分辨那是動物還是人，不過他向來相信直覺。假如某個東西移動的樣子不自然，他馬上就能感覺不對。在森林裡度過的一輩子教他看懂恐懼，看懂逃跑，看懂追獵。

他在車子之間挪動幾步觀察那身影，是個年輕男孩，從每個窗戶向裡面窺視，試著所有的門。然後他看見一扇打開的門，是更衣室走廊底的緊急出口，照理講應該是關著的，而且只能從裡面開，可是管理員將它打開好讓雪茄的煙霧散去。

男孩突然朝那扇門跑去，安娜的爸爸看見他手裡的槍。他根本沒時間大叫或警告任何人，男孩已經溜進去了。一切發生得好快，極其冷酷地快。

美國車甩尾衝進停車場。安娜爸爸抄起獵槍跑向冰館。

咕嚕坐在更衣室的長凳上。馬帖歐走進去。剛開始沒人看見手槍，然後彷彿每個人都在同一時間看見。有人以為是開玩笑，它和十四歲男孩的手臂形成不自然的對比，然後他們看見他的眼睛。裡面只有空無，假如那雙眼睛之後曾經有人性，此時已經消失無蹤。然後是第一聲響。

砰

第二和第三聲

砰砰

每個人都尖叫起來。奔跑。逃向淋浴間和廁所。哪裡都行。他們蜷曲在洗臉盆下和門後。

眾人原本相信自己死定了，此時卻開始理解正在發生的事，沒人忘得了那種感覺。結束了。好多人說你的一生會在眼前飛過，但是對大部分的人來說，我們只來得及想到小事情：一個人。一隻被我們握住的小手。一聲格格笑。吹拂在掌心裡的呼吸。

砰

咕嚕知道他要死了。他是馬帖歐的目標，在看見對方走進來時便知道大勢已去，他把眼睛死死閉上，希望能死得乾脆，不至於太痛。一點都不痛。他等著胸口爆炸，身體癱倒在地上，但是什麼也沒發生。他睜開眼，到處是血跡，地板上倒著兩個人。

艾莉西亞在更衣室裡竄來竄去，就像規模小卻持久的屁。問題，問題，問題。要這個人在球衣上簽名，還想多知道那種冰鞋的訊息，某個裹球棍方式背後的祕密。阿麥擁抱她，她看起來像是快昏倒。班吉坐在更衣室另一邊的長凳上，放鬆地向後靠著，幾乎打起盹來。他沒注意馬帖歐走進來，也沒看見艾莉西亞站在更衣室中央，就在咕嚕面前。

砰

漢娜在醫院。她沒聽見走廊上的叫嚷，不知道警報來自冰館，她的家人全在那裡；她也沒聽見同事嗓音裡的慌張，每位傳話的護士和醫生都像是靈魂裡被插上一片碎玻璃。漢娜甚至不曉得發生什麼事，因為她只是在這裡做她該做的事。事實上是兩件事。

就像殘酷的玩笑，上帝想告訴我們祂能隨意左右凡人。除非這次祂想表達的正好相反：祂的懺悔。

兩條寶貴的生命在冰館裡結束，漢娜懷裡的雙胞胎心臟開始跳動。兩段童年就此展開。嗶剝。搔癢和止不住的笑。爬樹。水窪和太大的雨鞋。湖上的冰。一百萬球冰淇淋。當你在屋裡玩球時，正在講電話的爸媽用氣音吼你。盪鞦韆。死黨。最初的愛戀。

這天帶給我們無法理解的暴力和無與倫比的悲憫。最大的恐懼，最小的人。所有屬於我們的東西。

我們該如何談艾莉西亞？

當然，所有我們的故事都關於她。所有在這裡結束的，所有在這裡開始的，她是萬事背後的原因。

砰

馬帖歐站在門檻，艾莉西亞不了解他手裡拿的是什麼，只看見他眼裡的黑暗，如煙霧般湧過來包裹住她，她只聽見尖叫和物體打碎的噪音。身邊所有人都在跑。

砰砰

第一槍射得太高。後座力太猛，馬帖歐的手抖得太厲害，於是他放低手槍，又扣了一次扳機。第二和第三槍射到了，正中胸口。身體還沒碰到地板便已死去。

砰

更衣室裡所有人都在跑，有些跑向廁所，有些跑向淋浴間，有些想從窗戶爬出去。所有人，除了班吉。因為他是會跑向火的那種人。

他一直都是。

安娜的爸爸快步衝過停車場往緊急出口跑去，氣喘吁吁地朝裡面的黑暗窺視。他看見馬帖歐往更衣室裡開了第一槍，又看見他走進去準備開第二槍，就在此時某人從裡面使盡全力撲向他。馬帖歐仰天往走廊一倒，一副大得多的身體壓在他身上。

砰砰

就是這兩槍奪走班吉的生命。兩槍都正中心臟。不然子彈還能射中哪裡？他有最寬大的心。馬帖歐支起上身，一躍之後站了起來，朝四周瘋狂地瞄準，打算繼續殺戮。

我們會說警方和媒體的說法不盡確實，也會說沒人能在那個距離和那種狀況下射中目標，就連最頂尖的狙擊手都辦不到；即使大熊鎮上最棒的獵人也不行，我們對天發誓。這不是實話。

站在看台上的安娜聽見槍聲，剛開始和其他人一樣以為是孩子們在放鞭炮，然後她聽見尖叫聲。從她站立的角度只能看見防護欄後方的部分甬道和更衣室的門。她看見班吉直直衝出門奔向手槍，將馬帖歐撲倒在地。接下來的兩槍直貫他的心臟，穿過身體，也穿過天花板。當馬帖歐再度站起時，一槍命中了他的頭。安娜根本不用看就知道那槍發自誰。其他人沒有這種準頭。

她跑向緊急出口，知道爸爸絕對手裡拿著獵槍站在那裡。馬帖歐的身體還沒碰到地板便已死去。

班吉也是。

每個人都曉得班傑明・歐維奇，尤其是我們那些夠了解他，夠格稱他班吉的人，都希望他能活得長長久久。順利的人生，快樂的結局。我們希望。親愛的老天爺啊，我們真的滿懷希望。然而我們心底也許早就知道他不會有這樣的人生。因為他是那種永遠擋在中間、永遠保護別人、永遠最先衝出去的人。他老是以為自己在所有故事中都是壞人，因為真正的英雄往往是這樣的，所以班吉這類男孩的人生故事幾乎不會以終老為結局。班吉這類男孩的故事結局，永遠是我們停止夢想有時光機，因為假如在遙遠的未來真的發明了時光機，某個愛他的人肯定會已經駕著它回到這個時刻。

好多愛他的人。

我們無法對抗邪惡。在這個我們打造出來的世界裡，那是最令人無法忍受的事實。邪惡無法被殲滅，無法被關起來；我們用越多暴力對付它，當它從門縫和鑰匙孔溢出時便越強大。邪惡永遠不會消失，因為它潛伏在我們體內，有時候就連我們之中最棒的人也不例外，就連十四歲的孩子也不例外。我們沒有武器能對抗它，只能用賦予我們的愛與之共存。

每個人都朝不同方向跑，想找到出口。只有安娜和瑪亞磕磕絆絆地衝下看台，在人群中逆流推擠。瑪亞的腿被卡住時大叫出聲，安娜將她周邊的每樣東西每個人用力拋向半空，直到瑪亞脫困，然後兩人一起奔向更衣室。她們最先看見阿麥和波波，身上全是班吉的血。波波將班吉摟在懷底搖著，彷彿他只是睡著了。可是他已經走了。已經不存在。

瑪亞的直覺對她大吼著幾千件應該做的事，但她只能聽見尖叫。不是出自她，而是一個小女孩。她站在班吉後方幾公尺之外，只是尖叫尖叫尖叫。但是大家似乎沒聽見她的叫聲，全都僵住了，他們盯著血泊和屍體，沒人看見那孩子。也許瑪亞在艾莉西亞身上看見自己。

也許她就是在這個時候成了真正的大人，她也不知道。可是當其他人全跪在班吉身邊時，她一把將艾莉西亞從混亂中抱起開始跑，穿過緊急出口，經過安娜爸爸，出了停車場進入森林。她坐在那裡緊緊抱住艾莉西亞，讓小女孩放聲大哭大叫，不用再目睹冰館裡的景象。瑪亞只想保護艾莉西亞，遠離血腥和畫面和記憶，她的腦中只想著這個，根本沒讓自己的腦子醒悟出班吉已經死了的事實。不可能。她只想著「保護孩子，保護孩子」。也許森林外還有許多拿槍的男人，也許還會有更多槍擊，所以保護孩子保護孩子保護孩子。人們從冰館跑進停車場裡，尖叫和警笛刺穿最後一道天光。瑪亞但願自己能夠停止發抖，但願能夠將小女孩抱得更緊，但願能用擁抱擠掉所有震驚和絕望和從今以後不再離開她們的可怕黑暗。可是她不知道該怎麼做，她不夠高大，不夠強壯。她不能呼吸，大口吸著氣，試著不去想裡面的血和死亡，她必須為了孩子堅強起來。可是該怎麼做？該如何生出力量？她沒有辦法。她很確定自己快要癱倒在雪地裡了，肩膀突然被兩隻手臂環抱住。是媽媽。蜜拉沒跑向火，她跑向孩子們。泰絲跟在她後面，很快地其他女人們也會出現，來自四面八方，身穿紅色和綠色的夾克，有些甚至是黑色。她們用手臂環抱彼此，形成一圈一圈的圓，一道圍住艾莉西亞的牆。

小女孩之後的人生中沒有比這次更糟糕的事件，但是在這個最糟的時刻和最強烈的恐懼中，整座森林裡的母親們和姊姊們全衝過來保護她。

沒人能對抗邪惡，但是假如它想帶走艾莉西亞，首先就得打贏其他每個女人。

幾乎每個人都開始跑，似乎都不知道出了什麼事。艾德莉．歐維奇開始跑，似乎已經知道出了什麼事。

文字？沒有可以形容的文字。

一切只剩震驚。

一切只剩黑暗。

一切只剩空無。

我們已經習慣了許多不同種類的暴力，卻無法預見這一種。我們將永遠無法理解這一種，將無法釋懷這一種。艾德莉抱起弟弟，他在她懷裡感覺好小。她把他抱出冰館，整個鎮全停止呼吸。每顆心臟都有一個洞。

明天太陽怎麼還能升起？日光怎麼還能存在？這些還有什麼意義？

車子還沒停穩，里夫便下了車。安娜的爸爸拿著獵槍獨自站在緊急出口旁。冰館裡的每個人都在尖叫。里夫看見地上的血和屍體，在幾秒間便理解發生了什麼事。他看見手槍，他大可以跑過去搶過來，因為那是唯一能追蹤到回收場和他的證據。但是他現在有太多後悔了，未來將有太多無眠的夜晚，馬帖歐的臉在黑暗中出現。好人能犯大惡，壞人也能行大善。所以里夫沒想到自救，而是轉身救另外一個人。他看見安娜跑過來，便抓住身邊的獵人問：

「你女兒？」

安娜爸爸點頭，困惑著，彷彿他的腦子已經失去意識，身體卻還不知情。里夫歇斯底里地揮手要她過來，安娜跳過血泊跑來。她將永遠不能原諒這件事，不能原諒自己；就算班吉已經死了，就算她跳過去是為了保護生者，就算他會希望她這麼做。

她和爸爸都不清楚里夫是誰，只不過和大家一樣聽過傳言，如此而已。他看起來並不震驚，也許是唯一一個，因為他在其他森林裡見過太多。

「你的車？哪一部？」他大叫。

安娜在那個時候才了解里夫的想法和自己該幫的忙，還有要是她不幫的話，情勢對爸爸將有多麼不利。她拉著爸爸，將他像個巨嬰般拖過停車場。他已經哭了起來，但她無法准許自己有同樣的反應。她向前開，旁邊坐著爸爸，里夫跟在後面。他們在森林裡的湖邊停下，沒人能從上方道路看見他們。安娜從皮卡後方拿出工具，他們開始在湖上鑽洞。鑽了許多洞，全分散開來。然後他們拆開獵槍，將不同部分丟進不同的洞。

他們開車回安娜家，里夫問都沒問就逕自走進廚房。狗兒們好奇地聞嗅，卻沒阻止他。他在櫃子裡搜尋一番之後發現安娜爸爸藏起的酒，他希望女兒不會倒掉這些酒癮發作時的補給。

「酒？好？」里夫說著開始往三個玻璃杯裡倒酒。

「你是哪根筋他媽的有毛病嗎？在這個鬼時候開始喝……」安娜怒斥，但里夫只是遞過杯子說：「你們警察叫它什麼？『不在場證明』？我們從來沒去冰場，都在這裡，懂了？我們喝醉了。你爸喝醉就不能開槍，懂？不在場證明。」

安娜和爸爸同時吐出一口憂鬱的長氣，接受了他的道理，他們沒別的選擇。然後三人乾掉杯子。里夫又倒了更多「不在場證明」。他們一句話都沒說，而且很快地變成各喝各的：里夫坐在客廳地板上，安娜爸爸坐在壁爐旁的椅子裡，安娜在廚房。她一直哭一直哭一直哭，這是她最後一次喝醉。

她從沒想過以後從事哪種工作，可是自此之後她會花一輩子的時間拯救他人。雖然她當時不知道，但這就是起點，因為她沒辦法救班吉。所以從今天起她不能再喝醉了。她愛她爸爸，但她不想冒險變成下回又有人在暴風雨中擊打門時，坐在壁爐前睡著的醉鬼。下一回她也許可以拯救全世界。

「這個地方還是有它厲害之處。」瑪亞的媽媽有一次說。爸爸回答：「最厲害的是它竟然還在這裡；人還沒跑光。」

瑪亞會記得，太陽在班吉死後隔天竟然又升起來，實在令人費解。她竟然繼續活下去。可是她頭一次了解了自己的爸媽，打心底了解。她了解在伊薩克死後，他們如何將眼淚往肚裡吞。他們多年來靜靜地，靜靜地哭泣，不讓瑪亞和李歐聽見。就連空氣吹在皮膚上想必也能令他們生疼。他們肯定想倒在地上，臉頰貼著草皮和埋在下面的孩子說悄悄話；他們勢必也恨自己沒跟他一起走。

他先走之後，他們的所作所為有多少件事都很重要，都是大事，好合理化他們的晚一步去天堂報到？幾乎每件事。

令人難以承受的是太陽照樣升起，瑪亞還在這裡，卻沒了班吉。她在餘生中幾乎每天都會停下來想：「他會為我感到驕傲嗎？我這輩子活得值不值得？我成為夠好的人了嗎？」因為當然她就是這樣，所有和她在大熊鎮一起長大的人都是：簡單得沒藥救，卻也複雜得要命。尋常卻又不普通的人。尋常得不普通的人。我們只是試著過自己的生活，和別人一起過活，和我們自己過活。當我們找到快樂的時候便接受它，當悲傷找到我們的時候便忍受它，對子女們的快樂感到驚嘆的同時，卻不因為我們無法永遠真正保護他們而崩潰。

瑪亞過去從不覺得自己屬於這裡，可是這個地方終於成為她的一部分，那種感覺比誰都強烈。大森林裡的小鎮。她會挺直腰桿談這裡的人們，嗓音堅定，也會說我們大部分人想要的東西並沒多了不起：一份工作，一個家，好學校。和狗散久久的步。獵鹿。一天開始時的咖啡和結束時的冰啤酒。一場真心的大笑。友善的鄰居。能安全騎腳踏車的街道。一座湖，讓你在冬天學滑冰，夏天在船上坐九個小時卻釣不到一條魚。打雪仗。讓人攀爬的樹。新的冰球季。所有這些。我們只要這些。

她仍然會說身邊的人都很愛一種簡單的遊戲，就連根本不愛的人也愛。一人一根球棍，兩座球門，我們對上你們。**砰砰砰**。她會說我們只不過試著活下去，該死的。活在彼此的差異當中。為了彼此而活。

繼續活。

很快地，好幾百萬人都會知道瑪亞的名字，可是每天晚上她都只為了班吉而唱。並非所有她的歌都跟他有關，可是多多少少都是他的歌，就連安娜的歌也是他的。若干年後的一個夜晚，瑪亞會變得非常有名，在全國最大的場館裡表演，門票會售罄。她頭一次踏進場館裡時就理解到這個場地不開演唱會時的用途。它是一座冰館。那是她事業中最重要的時刻，她會哭著唱完每首歌。

105 樹

班吉的告別式不是在開著門的教堂裡舉行的，而是一無障蔽的天空下。兩座小鎮全到場了。報紙上的通告根本是多餘，因為每個人都已經知道時間和地點，就連工廠都停工了。但是報紙上班吉名字的下方印著大家的感想：

文字無法形容椎心之痛

這句話是葬儀社的西裝男給歐維奇姊妹們看的。「我最喜歡的詩人，波狄兒．瑪斯汀。」西裝男說，並對這句愛的宣告稍微感到不好意思。如今她也成了歐維奇姊妹最喜歡的詩人。她們的弟弟就葬在父親旁邊，離拉夢娜和維達不遠。在這裡，我們通常說要把孩子們葬在最漂亮的樹下，但是就連我們之中眼光最好的人都找不到夠漂亮的樹負責看顧班傑明．歐維奇。因此我們種下新的樹，包圍著刻了他姓名的墓碑，我們讓艾莉西亞和其他孩子們把樹種進土裡，如此他們就能圍繞著他一起長大。到最後他長眠的已經不再只是教堂墓園，而是從前令他覺得最安全、最快樂的地方：一座森林。

文字？

無法形容椎心之痛。

艾莉西亞牽著艾德莉和蘇納的手來參加葬禮。她一見到瑪亞就放開他們衝過去，不是為了她自己，而是為了瑪亞。

「妳害怕嗎？」女孩問。

「非常怕，而且非常傷心。」瑪亞回答，眼睛埋在小女孩的髮間。

「妳想班吉害怕嗎?地底下是不是又黑又冷?」艾莉西亞問。

「不會,不會,班吉才不怕。他根本不在這裡。」瑪亞回答。

「不在?」艾莉西亞有些驚訝,經過數千次呼吸以來首度露出微笑。

瑪亞用力眨了幾百萬次眼睛。

「他在某個地方的冰上哈哈大笑,和他最好的朋友們打冰球,躺著看天上的星星。他不害怕。一百年以後妳會再見到他,告訴他妳做過的事情,妳這輩子有多精采,所有妳的冒險。他會很想聽妳說。」

艾莉西亞朝艾德莉跑回去,瑪亞坐在教堂轉角,用筆在手臂上寫字,直到填滿整條手臂。然後她問班吉的媽媽和姊姊們是否能在告別式上唱歌。她站在教堂台階上,這片森林從沒如此寧靜過。慢慢地,慢慢地,瑪亞唱出每件她想告訴他的事:

你害怕嗎?有個愛你的人想知道。
我說:喔不——他已經幻化飛離
因爲墓裡盛裝的只是記憶
包覆棺木的泥土已不是他長眠地
你現在在哪我不知道
你不在這裡,你已經遠離
水邊還有那張童軍椅
你曾坐在那裡大笑,找到少有的愛
堅冰包圍你的島,你穿上冰鞋

離開的男孩有永不褪色的美
你在打球，卻不覺得冷
打球的男孩永遠不會變老
你就是所有你想成爲的
你已經安全快樂，狂野自由
我不知道你在哪，朋友
但一百年後我們會再見

領導力有許多種。最容易讓我們崇敬的領導力，當然永遠摻雜著帶領追隨者進入未知的勇氣，勇敢地去到無人曾經踏足之處，向上走，向前走。但是在這些事件之後最能幫助大熊鎮，讓大家能在每天早上照常呼吸的，卻比出色的領導力不起眼得多。波波和阿麥領著所有甲組隊隊員到鎮上，集結起所有孩子。他們不斷打球打球打球，在冰館裡、在湖上、在公寓之間的小院裡。他們不斷打球打球打球。這是他們唯一知道的解藥，唯一能讓世界變得更好的方法。

大城佬也和他們一起去，剛開始很沉默，但是某件新鮮事很快地發生了：他變成健談的人。用手拍拍某人的肩膀，拉起跌倒的另一個人，揹著受傷的。隨著時間過去，他開始發現當他出發的時候，其他人會跟隨他，而不是他跟著別人的帶領。在別的球隊裡他總是以難搞、特立獨行、不忠心而出名。到了這裡卻正好相反。

有一天晚上他們和孩子們打球，家長們留下來觀賽。第二天晚上某位爸爸問他能否加入。很快地，每個人都在打，處處都在打。

這就是那種小鎮，每件事都會變化，每個人都能轉變。在這裡，就算我們的肺在尖聲吶喊，還是有力氣繼續打。也許因為我們習慣承受黑暗了，無論內在或是外在。也許因為我們住得離大自然很近。可是或許最重要的原因是，正如同其他地方的其他人：要是沒有明天，難道還有第二個選項？

領導力有許多種，大城佬、阿麥和波波在今年展現的不是向前衝刺的領導力，而更像是向後退。回到真正的我們。有時候最棒的領導力是找到回家的路。

幾個月之後，漢娜會再度抱著一個初生嬰兒。這是個好日子，本以為這樣的日子不會再發生，但它們確實會回來。她回到家和泰絲準備野餐籃，強尼在消防隊用里夫給的零件和波波的幫助修理廂型車。修好之後，他們走進消防隊前院，與其他消防員、他們的孩子、他們的弟弟妹妹們一起打雪仗。

托拜亞斯也在，他看起來儼然是位消防員了。他將會跟爸爸一模一樣，盡全力做個好人。幾年後泰絲會搬離此處，最後仍然會回到家鄉。對別的地方來說，她太像森林子民了，但是她在見到整個世界之前並不知道這一點。

有一天晚上泰德的教練打電話告訴強尼和漢娜，他開始接到其他稍大俱樂部教練的電話，其中也有冰球學校的人，甚至幾位球探，都在打聽泰德。教練說他們「得有心理準備，這孩子的人生就快要有變化了」。泰德是海德有史以來最耀眼的明星球員之一，終有一天他會成為最棒的。

強尼接完電話之後在廚房裡坐了好幾個小時，死盯著裝在其實不是酒杯而是燭杯裡的威士忌。他根本沒喝。最後他放下杯子，上了車朝大熊鎮開去，敲門，和彼得在廚房裡吃可頌和用低低的聲音告解：「大家都說我兒子大有可為，也許能一路打上去。我只是在想你有沒有任何……建議。」

彼得帶著歉意搖頭：「我沒辦法針對他的職業生涯對你做任何建議。我根本不懂錢和合約和類似的東西。可是我能給你幾個老朋友的電話，他們可以……」

餐桌另一頭的消防員抬起頭，眼睛蒙上一層不確定。他低聲說話的口吻幾乎像個孩子：「不……不是……我不是那個意思，不是給他的建議。是給我的。我得知道怎麼做才是個好爸爸，我想知道當你在他那個年紀，開始接到電話的時候希望得到的回應……」

彼得沉默許久。然後開始談他的童年，他從沒對任何男人透露過這麼多。幾年之後泰德成為海德歷史上最年輕的冰球隊隊長；再過幾年，他在國家冰球聯盟裡當了隊長。當記者問起他認為自己的領袖特質來自哪裡時，他只說：「**我家**。」

提姆和其他黑夾克又開始去看冰球比賽，又開始唱歌。可是如今嗓音稍微沉重了點，失落感大了點。他們永遠在比賽後拿著啤酒一路走到教堂墓園，坐在那裡和維達和班吉和拉夢娜和霍格和所有其他人不能到場的人報告，好讓他們知道比賽過程，每一個細節，每一次射門，每一次得分和每一個裁判做出的錯誤決定。天堂裡的啤酒變貴了，抱怨也跟從前一樣，幾乎沒有任何變化。但是有一天，提姆會帶著他的新生兒子到這裡跟大家介紹。

他的兒子長大之後會決定自己不喜歡冰球，比較喜歡足球，到時候天堂裡會有很多笑聲。喔，好多笑聲。

伊莎貝·札克爾會成為知名教練，贏了數百場比賽。她會贏小聯盟、區域聯盟和大聯盟。

她唯一沒能真正贏回的是那最初始、最不複雜的樂趣。對她來說冰球再也不是遊戲。可是許多年之後她會擔任國家隊的教練，艾莉西亞也是其中一員，札克爾會特地打破她那嚴格的規矩。

她會再讓某人穿背號16號打球，只有那一場。

艾莉西亞從更衣室長凳上站起來，領著她的隊友們衝上冰面，札克爾看著她，在短短一瞬間忘了那個人不是他。

班吉的葬禮過後，李歐連著好幾天坐在房間裡戴著耳機打電腦遊戲。他不停玩，像從前那樣等待，夜復一夜，等待一個特定的名字出現在螢幕上，那位他從沒在現實生活中碰面的玩家。最近幾個月以來他在這個遊戲裡碰到對方很多次，甚至開始有認識彼此的熟悉感。每次李歐都被那個陌生人殺死，幾乎像是對方每天都在跟蹤獵殺李歐。李歐無法擺脫再遇到他的渴望。只要他再快點，再更專心一點，他有信心能逮到那個渾蛋。不管他是誰。

但是他的仇家沒再出現。永遠不再出現。李歐將一輩子不懂為什麼，可是在他停止玩這個遊戲之後的很多年間仍然會時不時登入，只為了尋找那個特定的使用者名稱。要是他上網搜尋，也許會發現某個外文網頁解釋那個使用者名稱是「馬帖歐」的字面意義。只不過他從沒搜尋過。

他的房間傳來敲門聲。瑪亞拿著吉他站在外面。

「我能不能進來？」她低聲問，那口氣跟他小時候做惡夢之後偷偷溜進姊姊房間時一模一樣。

他點頭，當然可以。她在他床上坐下彈起吉他，他坐在電腦前打電玩。那是她回音樂學院的前一晚，之後她將獨自在那裡待上好一陣子，還會氣得寫出畢生最棒的幾首歌。

「你讓我很驕傲。」她對弟弟輕輕說。

「妳也讓我很驕傲。」他也輕輕回。

李歐的一生會有很多成就，他會大有出息，給她許多真正驕傲的理由。她只是預先驕傲而已，這就是姊姊的工作。

安德森姊弟成家有了自己的小孩之後，有一晚會坐在一棟跟這棟很類似的房子裡；那是平安夜，老的小的都上床睡覺了，他們會談起假如成長的環境糟糕一點，自己會變成什麼樣的人。只要稍微糟一點就行，只要生在稍微窮一點的人家，或是在年紀更小的時候、更殘酷地看到人們有多麼暴力。如果他們沒有願意為他們和任何人搏鬥的父母，沒有會衝過森林挑戰小混混和整座小鎮的父母。他們的媽媽和爸爸永不放棄，唯一後退的時候是為了準備攻擊，願意做任何事保護自己的兒女，雖然知道不太可能永遠保護他們不受傷害。

李歐會微笑，輕拍姊姊的頭髮說：「沒有媽和爸？妳沒問題的，妳是倖存者。我呢？根本活不了。」

警方永遠找不到殺了馬帖歐的獵槍。沒人能證明殺死班吉的手槍是哪來的。警察挨家挨戶地從大熊鎮這頭問到海德鎮那頭，沒人透露任何事。有那麼一兩個人會樂於向有關單位指出：跟處理其他事相較，警察似乎花更多功夫在事後追查獵槍，彷彿用獵槍殺了殺手的人比當初給殺手一把手槍的人犯了更嚴重的罪。

我們本地人和非本地人之間的問題永遠沒完沒了。我們也是這樣的小鎮。

里夫繼續生活在海德，經營垃圾回收場。每年冬天他會遠行到另一座森林，行李箱裡裝滿玩具和布偶。他在那裡和姪女們用小杯子喝很烈的酒，和她們的孩子們打冰球。

所有關於他的傳言都是真的，這個部分也不例外。所以他才能在森林裡的小鎮上如魚得水。跟他一樣，兩座小鎮也能同時兼具大好和大壞。

拖垮大尾的也許是悲傷，也許他的良心終於甦醒了。理查・西奧在葬禮之後一星期去找大尾，告訴他本地報紙會刊登的一系列報導。文中將會揭發一樁貪汙醜聞打垮西奧的政治對手，但是放過冰球俱樂部和彼得・安德森。西奧和一群認為他有用的生意人以及怕他的政客聯手結合起來，沒人能動他一根寒毛。他用看似出自真誠的同情態度解釋：可惜的是，並非所有他的政治盟友們都認為冰球俱樂部理當全身而退。他說每個人都需要小小的勝利。每個人都需要覺得他們贏了點什麼。因此西奧建議最簡單的解決辦法：給他們幾份有彼得簽名的合約。不是跟訓練中心有關的和最糟糕的合約，只是入門程度的財務漏洞，好讓他們覺得自己抓到某種把柄。可是當然嘍，到時需要有個人背黑鍋，假如不是彼得，那就得把故事講得好像彼得是被某人騙了。

西奧友善地張開雙臂：「我提議拉夢娜。反正她已經走了。再說憑我聽過的那些描述，我不認為她會反對自己被拿來救彼得・安德森。如果我們把問題栽在她身上，整樁醜聞會在幾個星期內被人忘得一乾二淨，大家又可以若無其事繼續過日子。」

大尾坐在辦公桌後看著自己的手，經過好一陣子才低聲說：「彼得是我小時候最好的朋友，你知道嗎？他還沒去國家冰球聯盟的時候就很棒，連到這裡比賽的對手球員都幫弟弟妹妹跟他要簽名。所以我才學會了他的簽名，在他背後賣那些『簽名』照片。我到現在都還能八九不離十地模仿他簽名。」

坐在椅子上的西奧揚起眉毛，面露困惑，對他來說是極不尋常的。

「你的意思是？」

大尾平靜地回答：「我的意思是照你說的做，交出文件，給你的政治盟友們一場小勝利。我們拿幾份合約給他們，說彼得被耍了，但不要推給拉夢娜，我會說是我冒用他的名字簽的合約。」

理查・西奧看起來既震驚又欽佩。故事傳到報社之前已經先洩露給警方了，大尾因為詐欺案被起訴，在監獄裡待了幾個月，沒讓任何其他人背一丁點黑鍋。出獄之後，他回到大熊鎮的家開始建造。然而他建造的不是之前計畫的大熊鎮商業園區或冰館旁的花俏訓練中心，而是協助兒時死黨蓋一座大教堂。大尾自掏腰包親自用兩隻手鋪設屋頂；之後他和彼得坐在完工的屋頂上喝啤酒，下面有上百個孩子在玩。這是個簡單的小冰盒，不是豪華的冰館，它呼應了七十五年前工廠員工們在大熊鎮成立俱樂部時蓋的冰館。那時這裡除了暴風雨和渴望之外什麼都沒有，愛和夢想，希望和掙扎。大教堂看來並不壯觀，一點都不，卻是某件事的開始。

沒有大尾的幫忙，大教堂不可能完成，可是除了彼得之外，沒人知道他有這麼大的貢獻。大尾從不告訴任何人，因為那是他的贖罪方式。

主编和父親一起去度假。她帶他去陽光普照的地方，兩人吃美味的大餐，散很久的步，參觀教堂，然後在有遮蔭的陽台上睡午覺。那是他們最後一次一起旅行，父親在那之後不久就過世了。主编回到大熊鎮和海德鎮，可是很快便搬到較大的地方為較大的報社工作。

她會擁有更多力量，雖然經過的時間比她設想的長了點，但終有一天她會看見對付理查·西奧的機會。她會立刻抓住它。

西奧在那時也同樣住在較大的城裡，高高坐大位，所以跌得更重。到最後她挖出許多與他有關的醜聞，多到毀掉了他的政治生涯和他本人。

她這麼做不是為了公平正義，甚至不是為了讓自己心滿意足。而是因為她可以；她這麼做是因為不應該永遠讓他這種人成為贏家。

阿麥最後一路打進國家冰球聯盟。他進頭一球的那晚，整座大熊鎮都還醒著，雖然有時差之分。事實上，或許整座海德鎮也都沒睡覺。就算他們已經睡了，也多半會被阿麥進球時整個大熊窪如暴雷般的歡呼驚醒。

數年之後，離這裡很遠的地方，一位年輕人坐在某場派對中的沙發上。身邊每個人都在跳舞喝酒，但他的眼睛會牢牢盯著電視。螢幕裡是一場演唱會的片段，在台上表演的是如今全國最有名的女歌手，她叫瑪亞·安德森，年輕人過去一直很愛這個名字，它聽起來如此尋常。他從沒留意過她的口音，也沒細想那口音為何聽來如此熟悉。可是此時他看到她在電視上唱一首與她深愛的某人有關的歌，因為那天是那個人的生日；她身後的大螢幕閃過那個人的照片。她知道沒人能真正看清影像，因為在那之後還閃過上千張其他圖片，她只是為了自己將他的照片安插進去。

可是沙發上的男人認出來了。因為他記得指尖和眼神。一座寂靜森林中老舊吧檯上的啤酒瓶。眼神哀傷但是心緒狂野的男孩教你滑冰時，雪花落在皮膚上的感覺。

沙發上的男人幾乎沒帶任何行李。他拎著輕盈的袋子和貝斯前往瑪亞巡迴演唱的下一站。他推開人群和保安人員，幾乎被打倒在地，可是他大叫：「我認識他！我認識班吉！我也愛他！」

瑪亞猛然停步。他們望進彼此的眼睛，只看見他，那森林裡的男孩，哀傷而狂野。

「你玩樂器嗎？」瑪亞問。

「我彈貝斯。」他說。

從那時起，他成了她的貝斯手。沒人能像他那樣演奏她寫的歌；除了她之外，沒人每天晚上像他那樣哭泣。

咕嚕繼續打冰球，別人也只因為這件事記得他。他不是在冰館，就是和母親在家裡。他從沒告訴任何人馬帖歐的子彈真正的用意。他能如何解釋？誰能讓他說出所有他必須說的？他太害怕了，太弱小。所以他什麼都沒說，不讓任何人難過，靜靜過日子，在當守門員的時候盡可能幫大熊隊攔下所有球碟。球迷們都愛他，無論是座位區或站位區的群眾。從某方面來說，他成了俱樂部真正的傳奇。他從來沒為其他俱樂部效力，只在這裡打，他變得比任何人還大熊。他雖出生在海德，但大熊鎮是他的家。最後他終於因為受了傷而停止打冰球，那時他已經三十出頭了，每天都試著忘記半輩子之前發生的那件事；在冰場上打球的每分每秒都是為了獲得原諒。彷彿只要他覺得自己夠好夠有價值，甚至被球迷多愛一點點，就能勉強繼續活下去，而不是只想著自己不值得這條命。

他打球的態度就像把冰面當成時光機，它當然不可能是。打完他的最後一場比賽，俱樂部將他的球衣高高掛在冰館屋頂，還舉行盛大的典禮感謝他。第二天他揹著大球袋上了巴士，抵達許多公里之外的另一個城鎮，走進小墓園，穿行於墓碑之間，找到藏在角落處一座疏於照料的小紀念碑。它位在漂亮的樹下，樹在冬天保護它，夏季為它遮蔭。咕嚕拔掉四周的野草，並在「馬帖歐」字樣下方放下花束。碑上沒有姓，因為他的父母太怕那些永遠恨他的人會來此破壞墳墓，雖然這裡離大熊鎮很遠。咕嚕用手指隨著筆劃輕撫名字，悄悄說：「請原諒我。活下來的應該是你。原諒我……」

然後他打開球袋，為裡面的獵槍上膛。他抹掉眼淚，拿起獵槍，走進森林裡。

這樣的懲罰夠了嗎？沒人能回答。永遠沒人知道。

人生假如不是串起的片段，那是什麼？笑聲假如不是掩在悲傷之上的微小勝利，那又是什麼？只要一個片段，一個就好，就能讓我們撐住。

露絲和馬帖歐長大的家，門上傳來謹慎的輕敲聲。他們的父母打開門，外面站著隔壁那對老夫婦。老婦人手裡拿著一個蘋果派，老先生拿著熱水瓶。他說話的聲音很小，也許是困窘於兩家雖只隔著一面籬笆，他卻對他們所知甚少。

「如果你們想談談，我們可以保持安靜地坐著，要是那樣比較自在的話。可是我們想也許你們有人陪會好過些。」

他們在小小的客廳裡坐下。

「好多漂亮的書呢。」老婦人說。

「我看書的能耐比過日子強。」露絲和馬帖歐的爸爸低聲回答。

過了一會兒又傳來敲門聲。外面是為女兒舉行葬禮的牧師，他們不敢把馬帖歐葬在同一座墓園，可是牧師照樣登門拜訪。他的工作固然特別，人也很特別。大家坐在客廳，牧師的眼睛慢慢在書脊上游移。

「那裡有一本聖經，我能不能拿它來念一段？」

露絲和馬帖歐的母親站起來將書取下，遞給牧師，她的身子瑟瑟顫抖。牧師握住她的手，揀出馬太福音第五章的內容：

哀慟的人有福了！因爲他們必得安慰。
溫柔的人有福了！因爲他們必承受地土。
憐恤人的人有福了！因爲他們必蒙憐恤。

同一頁下方，他念：

城造在山上是不能隱藏的。
人點燈，不放在斗底下，
是放在燈台上；
就照亮一家的人。
你們的光也當這樣照在人前，
叫他們看見你們的好行爲。

露絲和馬帖歐的父母將下半輩子都奉獻在慈善工作上。他們搬到世界另一端，在窮困的村子裡努力工作，為了別人建蓋房子。最大的一間是兒童收容中心。他們每天早上醒來的時候都會以為聽見自己兒女的笑聲。如同倏忽即逝的片段。

露絲和馬帖歐成長的小屋空了幾年，但是到最後仍又住了滿屋子的人。一對年輕夫婦將它重新整修，一片木板換過一片木板，直到幾乎每樣東西都是新的。他們的雙胞胎會在院子裡玩，鄰居會隔著籬笆和他們聊天，冰球球碟會打在牆上。

班吉媽媽繼續過活，難是難，但她不妥協。生命非得繼續，因為日子不等人。她會有孫兒女。當上祖母這件事救了她，因為孫兒女的成長也不等人。生日和暑假和平安夜和擦傷和小蟲咬和格格笑。等著被大咬的冰淇淋，等著被滑出去的冰鞋；等著被體驗的精采有魔力的冒險。等到夠久的時間過去，她會「只有大部分時間」感到心痛。她必須撐著繼續活。如今每次想起他的時候，她已經可以忍住不哭喊了；擁抱時已經可以不流淚了，大笑時已經可以不覺得內疚了。

生命繼續往下走。它不給我們其他選項。

艾莉西亞有一張床可以睡覺，一棟屋子可以住，但她幾乎不在那裡。她不是在蘇納家就是在艾德莉家。她在三個家裡長大，一個非常糟，可是另外兩個很棒。除此之外她還有冰館、愛她的人，和彰顯她的運動。剛開始班吉的媽媽和姊姊藉著用力擁抱她掩飾對他的傷逝；慢慢地，用力擁抱變成在她耳邊悄悄說她們愛她。就像木炭化成的小小鑽石。

艾莉西亞有天下課後回到蘇納家，帶了艾德莉給她的小狗。女孩嚴正解釋那是她的狗，不是別人的，可是得住在蘇納家。

「我得去學校和練球！不能把狗單獨留在家裡！所以你得幫我！」她下令。

「我懂，好，那也只好這樣了。」老人點頭。

「我能不能吃果醬三明治？」艾莉西亞問。

當然可以，想吃多少就吃多少。

歐維奇姊妹們每天都會去班吉的墓。假如他真的在那裡，肯定會說她們對他講的話比他活著的時候還多。只要她們想到這點就很想捶他，這也是她們最想念他的地方。

她們繼續經營熊皮酒吧，雖然這些時候人們都叫它「班吉酒吧」。酒吧外面沒有招牌，反正也沒必要。她們尊重拉蔓娜的傳統：單款啤酒和難吃的食物，至少先以這兩樣為基礎。後來食物慢慢改進了，因為卡娣亞與拉蔓娜不同，是會用食譜的人。蓋比的孩子們在酒吧裡做作業，她有半數時間擔心自己是不及格的媽媽，但是等他們成人之後會說，他們不願以任何天價交換她養孩子的方式。他們的大阿姨艾德莉主要職責是威嚇男人們將打扁他們的臉，或真的打扁他們的臉，取決於一天當中的時段。某天提姆和其他幾個黑夾克搬了撞球桌來，說是「從卡車後面掉下來的」。撞球桌安頓好之後，熊迷裡面幾個最壯碩的笨蛋打了幾次，可是當然他們的球技貧乏得可憐。

艾德莉尋思著燒掉撞球桌好將他們從精神虐待中徹底解救出來。然而一天下午她獨自在酒吧裡打掃，有人敲起門。外面站著一群年輕男孩，神情既期盼又天真，問她能不能打一下撞球。她讓他們進來了。到最後卻得用拖出門的方式才能趕他們回家。第二天她才開張，同樣一批男生又來了。她給他們吃微波披薩，男孩們不斷打呀打，越來越棒。要是哪天他們其中一個得了世界冠軍，她可是毫不驚訝。

這就是那種小鎮，真的。

今天是安娜的生日。她不期待有誰會記得，但是她爸爸很清醒，而且花了一整晚用氣球布置整個一樓。每顆氣球都被狗兒們弄破了，安娜這輩子從沒有如此被愛的感覺。

門鈴響起，漢娜站在外面。泰絲有點害羞地站在她身後不遠處，廂型車停在籬笆旁。

「這是給妳的。」漢娜邊說邊眨眼，好把蓄在眼裡的憐愛眨掉。

那是一張駕駛學校的禮券。安娜大笑了好久，然後漢娜問她和爸爸是否想參加「調查之旅」，他們答應了。她爸爸甚至沒忘了從皮卡裡取出獵槍。一行人幾個小時之後抵達那座較大的城，大到足夠擁有大學，對安娜來說又夠近；她拿到駕照的話就能住在家裡通勤到學校。

漢娜輕咳一聲之後說：「這所大學……規模很小。也許不是每個人夢想中的學校。泰絲不想念這裡，因為他們的法律課程不夠好，可是也許妳……那個……我只是想：他們這裡有助產士課程。妳得先成為護士，可是我能幫妳。我能……我想幫妳。如果妳願意的話。」

站在他們身旁的泰絲朝媽媽翻了個白眼。安娜不知該如何回答。她不像瑪亞，不知該如何以文字表達自己的想法。於是她走到車子旁拿出一個大信封，忸怩地交給漢娜，眼珠子四處亂瞟，就是無法正視漢娜的眼睛。

「只是很蠢的小東西。我媽死了以後，我每年還是會在學校做母親節卡片，因為全部同學都在做。我從來沒有人可以送，可是我想既然妳幫忙那些媽媽們，那就……可惡。有誰覺得聽起來很蠢還是奇怪？」

漢娜一個字都說不出來，於是泰絲跨過一步說：「才不會，安娜，很可愛。妳太可愛了！」

安娜朝一個方向看，漢娜朝另一個方向看。要是某人花了一輩子隨身攜帶某個東西卻不被任何人看見，想必旁人也不知該如何回應。大學不遠處有一間醫院，當大門附近有人開始叫嚷時，安娜和漢娜都鬆了一口氣。

「把這個移開！擋住救護車了！」

那是位護士，跟漢娜不無相似之處，氣得跟一整窩蜜蜂似的。醫院大門口有一輛拉著拖車的卡車，原來車主抱著盲腸炎一路開過來。叫計程車是不可能的，想也知道，他們以為他是錢堆起來的不成？可是當他抵達醫院時已經沒辦法好好停車了，他連滾帶爬地下了駕駛座，既疲憊又痛得要命。卡車便就此留在大門口。護士大叫的對象是保全人員，後者回答她：「妳以為我會開卡車喔？妳瘋了嗎？哪有人會開！」

安娜走過去說：「我會。」

保全人員看樣子是正處於人生中日子最飽足、髮量卻最貧乏的年歲，略帶輕蔑地轉身說：「**妳會**？卡車加拖車喔？**妳會**開那東西？」

安娜不置可否地聳聳肩，她爸爸在她身後堅定地回答：「我女兒什麼都能開。鑰匙給她。」

保全先是抓抓下巴，然後就合不攏嘴了。漢娜和泰絲站在一旁看著，她們從沒看過誰向後倒卡車和拖車。安娜跳下車之後，保全大大讚了一聲，但是沒人聽見；因為他的聲音已經被震耳的轟隆聲壓過。空中充滿急促如雷的旋轉聲，撼動整片草地。安娜抬頭一瞥，然後跑向漢娜勾住她的臂膀大叫：「漢娜！我要上哪種課才能去開**那個**？」

漢娜抬頭看天空，眼睛盯著救護直升機微笑起來。它飛向需要它的人，那些受了傷、高聲呼救的人、以及沒人到得了的急救現場。它飛向沒人敢去的地方。如果有必要，會朝火場直直飛去。

瑪亞在長大之後的好多年中，在數以百計的場館裡對數以千計的人唱歌。但她大部分是為了自己和兒時好友們唱。有一天，安娜會用直升機載著她，筆直飛上天空。她們也帶著那兩個小女孩，舊時的她們，她們希望自己能回到過去保護那兩個開心大笑的孩子。她們從森林地面抱起兩個小女孩，藏進外套裡，直升機旋翼葉片旋轉著，她們在地球上空飛了很遠。又高又自由。

瑪亞只再見到凱文一次，強暴案發生十年之後。她從場館停車場內的巡迴演唱巴士下來，他剛和妻子在附近的商場採購完。他正在向後倒那部老舊的小車，轉了個方向之後透過擋風玻璃看見瑪亞。他變胖了，看起來與從前不同，銳氣消失，不篤定的神態。他的妻子身懷六甲，手放在他的手上，看起來很快樂。他打造了不同的人生。為何允許他有這種權利？

瑪亞用眼神釘住他。他也震驚地立刻踩了剎車。對瑪亞來說，這場意外碰面只持續了幾秒鐘，對他來說卻永遠沒結束。她轉身走向將在那晚登台的場館。貝斯手等在不遠處。

「那是誰？」

「誰也不是。」她回答，真心的。

她不原諒，不遺忘，但她不會因為自己可以就選擇暴力。她不曾毀掉凱文的人生，雖然他活該。她選擇饒過他。

可是凱文的妻子會問他那女孩是誰。凱文吐了幾口充滿恐懼的長氣，最後會屈服於謊言的重量，向她輕聲說出真相。每件事。他在大熊鎮那晚之後建立起的新現實，而今卻在小車裡分崩離析。他失去了一切。

他應該被原諒嗎？他應該被饒過嗎？他可以被准許照樣過日子？

輪到別人討論這些問題了。瑪亞已經展翅遨翔遠遠超出這些。

春天來了，接著是夏天。幾乎令人難以承受。但是秋天會來，轉瞬即逝，最後冬天會給我們紮實的一拳。日子並非繼續下去，而是重新開始，一切又有了可能。任何事都可能發生，全世界最好和最美麗和最偉大的冒險。

管理員在一大清早打開冰館的門和燈。艾莉西亞滑到冰上時看起來好孤單，好嬌小；其實不然，她比誰都高大，而且永遠不再孤單。她躺在冰場中央的圓圈裡看著頭上的屋頂，閉上眼伸出手指，身體裡好多地方痛了起來，但是就在那裡、那個當下，她漸漸感覺不到任何事，因為班吉正躺在她身旁，新的冰球季眼看就要展開，一切都會沒事。在長長的冰球生涯中，只要她感到害怕緊張，就會在每一座冰館和每一場全國性比賽前做同樣的事，伸出手，感覺他在身邊。因為班傑明·歐維奇並不在墳墓中；班傑明·歐維奇和他的死黨在每一場比賽裡。

管理員和蘇納、艾德莉坐在看台上，整座冰館充滿櫻花樹的香味。要愛上冰球很容易，因為冰球在乎的不是過去，不是昨天，而永遠是下一回。下一次換位、下一場比賽、下一個球季、下一個世代、下一個神奇的時刻，當我們以為不可能的事成了奇蹟。下一個讓你從座位上興奮得高高躍起的機會。下一回。

有一天艾莉西亞會是全世界最傑出的。她來自一座心中懷抱哀悼、空氣充滿暴力的小鎮；她的球衣背後印著「歐維奇」的姓。她不是滑進冰場，而是以雷霆之勢衝出去。要是你能擋住她，算你好運。

每次她一得分，所有愛她的人就會高高跳進半空，一切犧牲在那些充滿喜悅的時刻中都值得了。這就是人生。有一天她會回到此處教其他孩子們滑冰。有一天她會成為蜘蛛人和神力女超人。

她那一百歲的生命會是我們最棒、最喜愛、最常講述的人生。有好多可以講，因為我們是冰球鎮，這裡除了故事沒別的。不過我們的故事說到底只跟一件事有關：一切始於某個男孩從這裡一路打進國家冰球聯盟，之後帶著一家子回到此處；關於他的女兒找到了全世界最好的死黨；關於可怕的罪刑和媲美器官捐贈的愛。我們的故事也關於眼淚和掙扎，擁抱和笑聲，舞台和吉他和數以千計的歌迷。關於一個男孩出生在從沒有冰的地方，在冰上的動作卻比誰都快；關於其他孩子們如何在其他領域成為最棒的；關於成為教練的男孩和成為父母的孩子們；還有駕著直升機拯救全世界的女孩。關於一個從不認為自己是英雄的年輕人，卻死得像個英雄，為了救一個孩子衝向火裡。關於家人和朋友。關於爬樹和冒險。關於一片無垠的森林和兩座小鎮和所有努力過日子的居民。坐在船上。吹大牛。釣不到一條魚。

所有這些都只跟一件事有關：艾莉西亞。我們提到的每個人、傳述的每個故事、全都跟她有關。這就是其他所有故事的最終章。也是她的故事的開始。

有一天她會讓我們覺得自己又成了贏家。

因為她是熊。

大熊鎮的熊。

他們才十五歲，
整個世界卻在一個晚上崩解，
在這個地方，
已經不再有對與錯，
只有生存。

大熊鎮，這個荒山野林中的小鎮，只剩下冰上曲棍球——它是令人無法抵抗的迷幻藥。鎮上每個人都在期待，期待那個英雄帶他們一起登上榮耀。他是他們的希望，是小鎮的未來。可是，那個晚上，他犯下了無可饒恕的錯誤。

那個受傷害的女孩，一直試圖壓抑一切，不要表露出來，以保護她所愛的人。但是她承擔不住其他人的痛，除了自己的，她無法連帶應付別人沉痛的哀傷。

那天早上，當她站在窗戶邊時，她已經知道這個鎮會如何對付她。

當多數人保持沉默的時候，寥寥幾個聲音就足以造成每個人都在怒吼的假象。

在事情變得更糟之前，他們是否還要繼續沉默？深藏他們心中的大熊魂，能否讓他們找到正確的方向？

死的人是我，
但被埋葬的是你們；
被他擊碎的是我，
但憤怒的是你們；
比身為受害者更不幸的，
是你們在我手中成為受害者；
我無法修復你們的傷，
無論我多麼想……

這是有關愛的故事，有些人被愛、有些人相愛、有些人不愛了，有些人只是彼此的「錯誤」。有時候好人會做出可怕的事，因為他們相信如此能保護所愛之人。有時候恨一個人是如此輕而易舉。

當一個男孩，冰球隊的耀眼新星，強暴了一個女孩。大家就此失去方向。相信謊言很簡單，真相太困難。但是在謊言裡，每個人逐漸分崩離析。夫妻不再緊握彼此的手、有良知的人因愧疚而不斷傷害自己、失去信念的人迷失在酒精裡、年輕人會在黑暗的森林裡互鬥至死、有祕密的人招架不住沉默的壓力，暴力就這樣在這裡蔓延。

然而，這是他們的小鎮。兩支冰球隊之間的敵對狀態演變成一場金錢、權力，以及生死存亡、彼此糾纏的瘋狂掙扎。還有所有圍繞著冰場跳動的心，那些依然懷抱夢想，努力拚搏的人們，如何彼此扶持。有些人會陷入愛河，其他人則被擊垮；會有非常成功的日子，也有一塌糊塗的時候。然而，這個小鎮會重新透出生氣，但是星星之火也同時悄悄燃起。我們將會聽見一聲震天巨響。因為，他們賭上一切，對上全世界。

菲特烈・貝克曼系列 07

最後的贏家（下）大熊鎮 3
The Winners

國家圖書館出版品預行編目 (CIP) 資料

最後的贏家 (下)：大熊鎮 . 3/ 菲特烈 . 貝克曼 (Fredrik Backman) 著 ; 杜蘊慧譯 . --
初版 . -- 臺北市：天培文化有限公司出版：九歌出版社有限公司發行 , 2024.06
冊； 公分 . -- (菲特烈 . 貝克曼系列 ; 7)
譯自 : The winners

ISBN 978-626-7276-47-1(上冊 : 平裝). --
ISBN 978-626-7276-48-8(下冊 : 平裝). --
ISBN 978-626-7276-49-5(全套 : 平裝)
881.357　　113006200

作　　者——菲特烈・貝克曼（Fredrik Backman）
譯　　者——杜蘊慧
責任編輯——莊琬華
發 行 人——蔡澤松
出　　版——天培文化有限公司
台北市 105 八德路 3 段 12 巷 57 弄 40 號
電話／ 02-25776564・傳真／ 02-25789205
郵政劃撥／ 19382439
九歌文學網　www.chiuko.com.tw
印　　刷——晨捷印製股份有限公司
法律顧問——龍躍天律師 ・ 蕭雄淋律師 ・ 董安丹律師
發　　行——九歌出版社有限公司
台北市 105 八德路 3 段 12 巷 57 弄 40 號
電話／ 02-25776564・傳真／ 02-25789205
初　　版——2024 年 7 月
定　　價——420 元
書　　號——0304107
ISBN ／ 978-626-7276-48-8
9786267276525 (PDF)
9786267276532 (EPUB)